KB026649

아프리카의 뿔

하상훈
장편소설

아프리카의 뿔

제1회 문학동네 대학소설상 수상작

문학동네

차례

아프리카의 뿔*

짙은 안개에 달도 보이지 않는 밤. 먹빛 바다에 실금을 그으며 움직이는 작은 빛이 있다. 바다의 뒤척임에 부연 빛이 들썩인다. 빛은 파도를 따라 일렁일 뿐 그 부근을 벗어나지 않는다. 인도양 어딘가에 떠 있는 유조선 선미 마스트에서 나오고 있는 빛이다. 유조선의 우현 녹등은 깨졌다. 좌현 홍등은 노파의 숨소리처럼 잦아들다 결국 숨이 멎었다. 선수등이 있어야 할 선수 마스트는 송두리째 부러져 밑동만 남았다. 홀로 남은 선미등이 비추는 것은 배의 뒤편뿐. 유조선의 반신은 암흑 속에 갇혀 있다. 앞을 보지 못하는 유조선이 파도에 흔들린다.

홀로 남은 불빛이 선미 끝에 솟은 연돌을 어슴푸레 비춘다. 연돌 옆면에는 이 배의 마스코트인 하얀 고래가 그려져 있다. 커다

---

* 에티오피아 · 소말리아 · 지부티가 자리잡고 있는 아프리카 북동부를 가리키는 용어. 이곳의 지형이 마치 코뿔소의 뿔과 같이 인도양으로 튀어나와 있는 데서 유래한 이름이다.

랗게 입을 벌린 고래가 강한 꼬리로 바다를 박차고 솟아오르는 모습이다. 하늘 저 너머를 바라보는 고래의 눈에 탄흔이 선명하다. 고래의 몸통 곳곳에 총알 자국이 박혀 있다. 연돌 여섯 개의 굴뚝에서 신음하듯 연기가 새어나온다.

연돌 앞 7층 갑판실 벽면에 총탄 자국이 빼곡히 들어차 있다. 탄흔을 가로지르며 벽면의 갈라진 틈이 거미줄처럼 이어진다. 선실 창문은 모두 깨져 이빨을 드러냈다. 바닥에는 콘크리트 가루와 유리 조각, 부서진 잡동사니들이 어지러이 널려 있다. 갑판실의 40여 개 선실 중에 사람이 있는 곳은 103호 선실뿐이다. 103호 선실에는 핼쑥한 얼굴의 누르딘 파라가 식은땀을 흘리고 있다. 누런 붕대를 감은 오른팔 주위에 몇 마리 파리가 집요하게 날아든다.

갑판실 제일 위층 선교에 있는 이는 오마르 아덴이다. 그는 입이 벌어진 철제 금고를 다리 사이에 끼고 벽에 기대앉아 있다. 금고의 열린 문 사이로 여러 나라의 화폐가 보인다. 오마르는 완전히 카트*에 취했다. 그의 텁수룩한 수염 사이로 초록빛 침이 흐른다. 갑자기 그가 입에 들어 있던 쑥색 뭉치를 내뱉더니 큰 소리로 울부짖는다. 옆에 세워둔 AK소총이 바닥에 쓰러진다. 그는 서둘러 주머니를 뒤진다. 주머니에는 아무것도 들어 있지 않다. 오마르는 바닥을 더듬으며 무언가를 찾기 시작한다. 고통스럽게 숨을

---

* 학명은 Catha edulis. 관목 또는 5에서 8센티미터로 자라는 식물. 암페타민(중추신경을 자극하는 각성제)과 비슷한 자극을 주는데 이는 흥분과 도취감을 유발한다. 소말리아에서는 인구의 61퍼센트 이상이 카트를 복용하고 있는 것으로 보고되었다.

헐떡이며 네발로 기어다닌다. 고장 난 항해 기기 앞에서 그의 혼란스러운 움직임이 멎는다. 오마르의 손아귀에 들린 것은 대여섯 줄기의 카트 다발이다. 서투른 손놀림으로 카트 줄기의 잎을 뜯어 입에 넣고 턱을 놀린다. 서서히 그의 몸이 나른해져온다. 그는 원래 있던 곳으로 천천히 기어가 벽에 등을 기댄다. 오마르의 눈이 감긴다. 그는 다시 가족들 곁으로 간다.

난간을 따라 갑판 위를 걷고 있는 사람이 있다. 모하메드 이브라힘이다. 걸음을 옮길 때마다 콘크리트 조각 으깨지는 소리가 난다. 갑판에는 지하의 기름 탱크와 연결된 파이프들이 종횡으로 늘어서 있다. 몇 개의 부서진 파이프에서 뿜어져나오는 더운 김이 모하메드의 발목을 휘감는다. 유조선 우현의 철제 난간은 중간에서 끊어져 바다를 향해 덜렁거린다. 난간이 끊어진 부분의 선체는 안쪽으로 심각하게 우그러져 있다. 지옥의 입구처럼 벌어진 시커먼 구멍 사이로 뒤틀린 철제 구조물이 드러나 보인다. 모하메드는 계속 앞으로 걸어간다.

그는 뱃머리에 섰다. 유조선의 선수부는 검게 그을려 도료가 다 벗겨져 있다. 그을린 자리마다 핏발처럼 벌겋게 녹이 슬었다. 모하메드는 바다를 바라본다. 아무것도 보이지 않는 어둠 속에서도 그는 바다의 모습을 그려낼 수 있다. 배가 나아갈 때 양쪽으로 갈라지던 물결. 물결은 배에 의해 부서지지만 쉼 없이 배를 향해 구애의 손길을 내민다. 그 손길을 바라보다보면 수평선 너머 한없는 거대함으로 웃고 있는 바다가 보인다. 모하메드는 알고 있다. 이 배는 그간 바다를 가르고 나아가는 것이 아니었다. 앞으로 나아가는 것처럼 보였지만 실은 바다가 배를 밀며 장난치고 있던 것이다.

모하메드는 크게 숨을 들이쉰다. 그의 납작한 가슴 안에 신선한 공기가 가득 들어찬다. 바다가 날것 그대로 그의 몸속에 들어온다. 눈을 가늘게 뜨고 하늘을 바라본다. 안개 때문에 별이 보이지 않는다. 모하메드는 어금니를 깨문다.

어깨에 메고 있던 AK소총을 양손으로 잡는다. 모하메드의 반팔 티셔츠에 짙은 갈색 핏자국이 선명하다. 그는 문득 오마르의 고함 소리가 그쳤다는 사실을 깨닫는다. 모하메드는 AK소총에 준비해둔 탄창을 결합하고 총자루를 거머쥔다.

1부

·
·
·

해적

I-Moby Dick호 사건 보고서 1

동일13호 납치 관련 내용

○ 사건 개요: 2011년 12월 4일 02시경 소말리아 해병대(SM) 소속 10명의 해적이 하라드헤레 항에서 출발하여 4시간 후 한국 참치 원양어선 동일13호를 납치.

○ 피랍 위치: 하라드헤레 항에서 북동쪽으로 약 156km 떨어진 지점.

○ 인질: 선장 이상권 및 한국 선원 4명, 중국 선원 12명, 베트남 선원 9명.

○ 소말리아 해적 명단

_ 대장: 부르하안 아부디

_ 진입조: 카넬레 자이크, 오마르 아덴, 라시드 디리, 아부카드 애맨 알리

_ 견제조: 압켈 하산, 압드라만 셰이크 압디, 사디요 디리, 누르딘 파라, 모하메드 이브라힘

1. 소말리아 해병대

고속보트에 거센 물줄기가 쏟아진다. 보트가 좌측으로 크게 기운다. 물줄기를 맞으며 사디요 디리가 급히 키를 우측으로 돌린다. 모두가 흠뻑 젖었다. 맞바람이 불어 파도가 거세다. 고속보트가 위태롭게 흔들린다. 스크루가 바다 깊이 들어가지 못해 속력이 제대로 나오지 않는다. 원양어선 동일13호는 배의 방향을 바꾸어가며 끈질기게 도망친다. 카넬레 자이크 하사가 AK소총을 들고 일어나 고함을 지른다. 소말리아 전사들은 지난밤 새벽 2시부터 지금까지, 3시간이 넘게 동일13호를 추격하고 있다.

동일13호는 낡은 원양어선으로 고속보트 두 대를 따돌릴 수 있을 만큼 빠른 배가 아니다. 그러나 어선의 선장이 늙은 코끼리처럼 지혜로웠다. 선장은 해적들의 모선이 원양어선의 시야 안에 나타나기도 전에 레이더 상의 정보로 자신들이 추격당하고 있다는 사실을 알아차렸다. 그는 선박자동식별장치(AIS)*를 끄고 항로를 바꿨다. 해적들은 바다 한가운데에서 돌연 목표물의 위치와 항로를 알 수 없게 되었다.

그러나 동일13호의 선장이 늙은 코끼리라면 이번 원정의 우두머리 부르하안 소위는 노련한 사냥꾼이었다. 소위는 12월부터 내년 4월까지 이 근방 해역에서 눈다랑어를 잡을 수 있다는 사실을 알고 있었다. 이제 12월 초순인데 다섯 달간의 어업을 계획한 배가 이렇게 쉽게 고국으로 돌아갈 리는 없을 것이라 짐작했다. 소위는 모선에서 고속보트 두 대를 내렸다. 그리고 현 위치에서 참치 어군의 양 끝쪽, 동북 75도와 동북 45도 방향으로 보트 두 대를 나누어 동일13호를 탐색하게 했다.

오전 4시 10분경, 동북 45도로 향했던 부르하안 소위의 보트가 동일13호를 발견하였다. 부르하안 소위는 즉시 무전을 통해 카넬레 하사 측 보트에 시계 방향으로 120도 선회하여 전속력으로 달려올 것을 지시했다. 소위는 카넬레 하사 측 고속보트를 기다리며 속도를 줄이고 10해리 밖에서 어선을 따라갔다.

40분쯤 지났을까. 서북쪽 멀리서 카넬레 하사의 고속보트가 보였다. 남은 연료가 얼마 되지 않았다. 이미 동이 터 하늘도 점차 푸르스름한 기운을 띠고 있었다. 본부에서 무전으로 저들이 방금 구조요청 신호를 송신했다는 사실을 알려주었다. 소위는 전속 추격을 명령하였다.

카넬레 하사 측 고속보트는 어선의 선수 쪽 좌현으로, 부르하

---

* 해상에서 선박의 충돌을 방지하기 위해 선박의 위치, 침로, 속력 등 항해 정보를 인접 선박이나 항구에 실시간으로 제공하는 첨단 장치.

안 소위 측 고속보트는 선미 쪽 우현으로 접근했다. 전사들은 일제히 AK소총을 들었다. 어선에 3백 미터 정도 접근하였을 때 그들은 양쪽 방향에서 일제히 총을 쐈다. 어선 선교의 창문이 요란한 소리를 내며 깨졌다. 도처에서 총알 부딪히는 금속성의 소리가 났다. 어선이 좌측으로 선체를 틀었다. 강한 물살이 카넬레 측 고속보트에 일었다. 고속보트의 뱃머리가 하늘로 높이 들렸다. 원양어선의 선미에 나온 선원들이 소화용 호스를 꺼내 부르하안 소위의 고속보트를 향해 물줄기를 내뿜었다. 부르하안 측 고속보트는 우측으로 키를 돌려 원양어선에서 물러났다.

"애송이, 미사일을 꺼내!"

압켈 하산이 모하메드에게 소리친다. 압켈의 코끝에서 물방울이 떨어진다. 모하메드 이브라힘은 귀를 먹먹케 하는 총소리와 거센 물살 탓에 정신을 차릴 수가 없다. 그의 나이는 16세. 바다에 나온 것이 처음이다. 동일13호가 이번엔 우측으로 급선회한다. 부르하안의 고속보트에 집채만한 물살이 인다. 사디요는 제멋대로 움직이려는 키를 꽉 틀어잡는다. 전사들의 머리 위로 물벼락이 떨어진다. "사격을 멈추지 마라!" 부르하안 소위가 소리친다. "애송이, 미사일!" 압켈이 모하메드를 돌아보며 악을 쓴다. 세찬 물살과 소총의 반동으로 보트가 요동을 친다. 모하메드는 흔들리는 탄약상자 속에서 RPG-7의 미사일 탄두를 찾는다. AK소총의 탄창들만 손에 닿는다. 모하메드의 손이 조급하게 움직인다. "기름이 떨어져갑니다!" 사디요가 소리친다. 원양어선은 큰 뿔을 가진 물소처럼 쉬이 길들어지려 하지 않는다. 계속되는 충격에도 어선의 선원들은 갑판에 나와 소화 호스로 물줄기를 뿜어댄다. 두 대의 고속보트는 어선에 붙었다 떨어지기를 반복하며 계속 충격을 가한다. 모하메드가 미사일 탄두를 찾는다. 압켈에게 건네려는데 옆에 앉은 누르딘 파라가 어깨로 모하메드의 팔을 가로막는다. 탄두가 고속보트 바닥에 떨어진다. 물줄기가 그들 머리 위로 쏟아진다. "뭐하고 있는 거냐, 애송이 새끼야!" 압켈이 분통을 터뜨린다. "물살이 올 때에는 탄약상자를 닫아!" 키를 잡은 사디요가 소리친다. 누르딘은 민첩하게 바닥에 떨어진 미사일 탄두를 왼쪽 발로 누르고 모하메드가 안고 있던 탄약상자에 손을 집어넣는다. 모하메드가 휘둥그레 뜬 눈으로 누르딘을 바라본다. 누르딘은 발사용 부스터를 찾아 발밑에 있던 탄두와 재빨리 결합하여 압켈에게 건넨다. 압켈은 미사일을 받아 RPG-7발사기에 끼워넣는다. 고속보트가 어선 우측 가까이 접근한다. 압켈은 탄두 앞쪽 안전뚜껑을 벗기고 안전핀을 뽑아 바다에 던진다. 어선의 소화 호스에서 뿜어져나온 물살이 고속보트의 정면을 향한다. 사디요는 있는 힘을 다해 키를 오른쪽으로 돌린다. 압켈은 그동안 왼쪽 눈을 한 번도 깜박이지 않는다.

"피해!"

누르딘이 팔에 체중을 실어 모하메드의 등을 세차게 내리누른다. 뒤편으로 불길을 내뿜으며 날아간 미사일은 어선 우현의 난간을 절묘하게 통과하여 소화 호스를 들고 있던 동양 선원을 지나 갑판실 1층 벽에 명중한다. 거대한 폭발음과 함께 콘크리트 조각이 비처럼 쏟아진다. 선교에서 키를 잡던 항해사가 쓰러진다. 고무 호스를 잡고 있던 선원들이 선실 지하로 대피하기 시작한다.

"진입조, 좌현 중앙으로 급히 진입하라. 좌현 중앙으로 급히 진입하라!"

카넬레 측 고속보트에서 단단한 체격의 오마르 아덴이 일어나 원양어선 좌측 난간에 10미터짜리 갈고리식 사다리를 건다. 우현 쪽에 있는 부르하안 측 고속보트의 전사들은 일제히 일어나 엄호 사격을 실시한다. 총성이 쏟아진다. 카넬레 하사가 AK 소총을 등에 메고 빠르게 사다리를 오른다. 키다리 라시드 디리와 오마르 아덴도 사다리를 탄다. 어선 갑판 위에서 선원들이 지하 기관실로 대피하는 소리가 어지럽게 들린다. 전사들은 갑판실로 달려간다. 갑판실의 문은 잠겼지만 창문이 깨져 있다. 그들은 창문을 넘어 선실 지하로 빠르게 내려간다. 갑판실 지하 복도에서 뒤처져 뛰어가는 뚱뚱한 선원 한 명이 보인다. 카넬레 하사가 바닥을 향해 총을 쏜다. 뚱뚱한 선원이 그 자리에서 넘어진다. 진입조는 복도를 따라 계속 달려간다. 기관실의 철문 밖으로 한 명의 선원이 고개를 내밀고 있는 것이 보인다. 해적들을 발견한 선원이 기관실 문을 닫으려 하지만 카넬레 하사가 문고리를 잡는 것이 더 빨랐다. 열린 틈을 헤집고 다른 전사들이 소리를 지르며 들어간다.

소말리아 해적들은 통신실에 들어가 구조요청 신호를 정지시킨다. 고속보트 두 대를 어선 위로 끌어올리고 항로를 소말리아로 바꾼다.

갑판에는 동일13호의 선원들이 꿇어앉아 있다. 무거운 침묵이 그들을 감싸고 돈다. 전사들이 그들을 빙 둘러싸고 총을 겨눈다. 처음 바다에 나온 모하메드에겐 총이 지급되지 않았다. 그는 농사할 때 쓰는 낫을 들고 있다. 오래되어 날이 무디고 군데군데 녹슨 낫이다. 이따금 태양빛을 받을 때에야 간신히 푸르스름한 기운을 내뿜는다. 모하메드는 힘껏 낫을 쥐고 다른 전사들보다 험악한 표정으로 인질들을 노려본다.

원양어선 선교에서 부르하안 소위가 내려온다. 소위는 푸른색 반팔 셔츠를 입고 선글라스를 꼈다. 코밑에는 잘 정리된 콧수염이 있다. 팔에 찬 은빛 시계가 반짝인다. 그의 몸에선 항상 이국적인 독한 향수 냄새가 난다.

그는 선글라스 너머로 붙잡힌 선원들을 한참 동안 내려다본다. 선원들은 갑판 바닥만 쳐다볼 따름이다. 납치 후 아무런 조치 없이 지나간 시간이 그들에게 너무나 고통스러웠다. 해적들은 선원들에게 아무것도 요구하지 않았지만 그들은 이 자리에서 아무것도 해선 안 된다는 사실을 알고 있다. 숨 쉬는 것조차 답답해 그들은 입을 크게 벌리고 숨을 들이마신다. 그들은 흑인 해적들의 손에 자신의 운명을 맡길 수밖에 없다.

부르하안 소위가 압드라만 셰이크 압디를 향해 턱짓을 하자 그가 얼굴을 가리고 있던 검은 천을 아래로 내린다. 부르하안 소위가 입을 연다. 그의 말을 압드라만이 영어로 통역해 전달한다.

"우리는 소말리아 해병대다. 너희는 우리나라의 바다에서 어업을 했기 때문에 우리에게 붙잡히게 되었다. 소말리아 해병대로부터 어업허가를 받지 않고 이 바다에서 어업을 한 어선은 대가를 치러야만 한다. 이봐, 선장. 허가증은 갖고 있나?"

동일13호의 선장이 다급히 항해사들과 이야기를 한다. 이윽고 3등 항해사가 조심스레 일어나 선교에서 서류 한 부를 가지고 돌아온다. 소위는 그걸 받아 압드라만에게 건넨다. 압드라만이 문서의 내용을 말해준다. 부르하안 소위가 얼굴을 찌푸린다.

"이봐, 너희들은 정말 큰 실수를 했군. 소말리아 과도정부는 우리를 대표하지 않는다. 그건 미국놈들과 에티오피아 겁쟁이들이 만든 허깨비 집단일 뿐이야. 과도정부가 헐값으로 팔아넘긴 저따위 종이는 우리에게 아무런 의미도 없어. 이봐, 알아들었나?"

부르하안 소위는 서류를 찢는다. 선원들의 얼굴이 하얗게 질린다. RPG-7발사대를 어깨에 걸친 압켈 하산이 히죽 웃는다. 선장이 항의하듯 일어섰으나 뒤에 선 오마르 아덴이 그의 머리에 총구를 댄다.

"알라께선 도둑질을 한 이의 손목을 칼로 자르라고 하셨다. 너희는 우리나라 바다에서 수십만 마리의 물고기를 훔쳐갔으니 너희 손목을 모두 잘라도 시원치 않은 일이야. 지금부터 너희들의 손목은 우리들 것이다. 우리는 이 배를 타고 두어 달 동안 인도양 순찰을 할 것이다. 너희는 지금부터 우리가 요구하는 항로로 배를 움직여야 한다. 순찰이 무사히 끝나면 손목에 대한 부분은 용서해주도록 하지. 참, 그리고 너희 회사가 이 배와 너희들을 소중하게 생각하길 바라는 게 좋을 거야. 너희들의 석방 조건은 3백만 달러다. 작은 어선이든 대형 화물선이든 모두 똑같아. 순찰이 잘 끝났다 해도 3백만 달러를 제시하지 않으면 너희는 고국으로 돌아갈 수 없어. 너희들 중 1등 항해사가 누구냐?"

이마가 좁은 사내가 인질들 사이에서 머뭇머뭇 손을 든다.

"좋아. 넌 나를 따라와. 순찰 항로를 가르쳐주지. 참, 죽거나 다친 사람이 혹시 있나?"

선원들은 하나둘 주위를 둘러본다. 아무도 손드는 이가 없다. 부르하안 소위의 한쪽 입꼬리가 미세하게 올라간다.

"운이 좋았군. 알라께서 언제까지 자네들을 지켜줄지 어디 지켜보자고."

2. 모하메드 이브라힘

부르하안 소위와 카넬레 하사, 압드라만은 선장과 1등 항해사를 데리고 조종 시설이 있는 3층 선교로 올라갔다. 압켈과 사디요는 지하 선실로 향했다. 인질들은 양손을 머리 뒤에 대고 갑판 위에 꿇어앉아 있다. 그들을 지키는 건 말처럼 긴 상판에 입이 튀어나온 아부카드 애맨 알리이다. 그는 무엇인가 못마땅한 일이 있는지 눈가를 잔뜩 찌푸리고는 가장 앞에 앉은 인질 머리에 총부리를 들이댄다. 선원은 머리에 닿는 차가운 기운에 놀라 아부카드를 본다. 아부카드는 왼손으로 자기 바지 주머니를 툭툭 두드린다. 인질은 아부카드를 향해 고개를 필사적으로 젓는다. 선원을 내려다보는 아부카드의 눈살이 더욱 찌푸려진다. 그는 왼손으로 자기 주머니의 속을 뒤집어 꺼내 보인다. 선원은 그제야 고개를 끄덕이고는 자신의 주머니를 뒤진다. 담배 한 갑이 있다. 선원은 잠시 주저하다 아부카드에게 건넨다. 아부카드는 담배를 받아 들고 코로 냄새를 두어 번 맡는다. 그는 옆에 있는 선원의 머리에 총부리를 댄다.

"아저씨."

아부카드가 옆을 바라본다. 순진한 눈을 한 애송이가 서 있다. 두꺼운 입술을 도전적으로 내밀고 있지만 연신 주변을 둘러보는 꼴이 어수룩해 보인다. 코밑의 연한 수염을 보아하니 엄마 젖을 뗀 지도 얼마 되지 않은 것 같다. 때 묻은 검은색 반팔에 물에 다 젖은 청바지를 걸치고 신발도 없이 새카만 맨발로 선 꼬맹이다.

"네가 그 애송이구나. 죽은 지브릴 대신해서 온."

아부카드가 그를 건성으로 훑어보며 대꾸한다.

"저는 애송이가 아니라 모하메드 이브라힘이에요. 원래 하라드헤레 검문소에 있었는데 어제 저녁에 뽑혀서 이 팀에 오게 됐어요."

아부카드는 세번째 인질 머리에 총구를 댔다. 이제 선원들은 알아서 자기가 가진 물건을 꺼내놓고 아부카드의 반응을 기다린다.

"제가 어떻게 뽑혔는지 아세요? 검문소에는 저 말고도 세 명이나 더 있었어요. 그중 저는 나이도 제일 어려요. 하지만 누구보다 용감하지요. 검문소에 있는 아프구예 중사님도 인정해주신 사실이에요."

아부카드는 못 들은 척 인질들의 주머니만 뒤지고 있다. 그가 여태까지 얻은 건 고작 피우다 만 담배 두 갑과 라이터 세 개뿐이다. 다섯번째 인질은 신발까지 벗겨 그 속을 자세히 살핀다.

"아까 소위님 뒤에 계셨던 하사님이 저를 택했어요. 검문소에 있던 저에게 짐을 싸서 트럭에 타라고 하셨죠. 그때 아저씨도 트럭 안에 있던 거 봤어요. 왜 여기 사람들은 저에게 말을 안 걸죠? 앞으로 계속 같이 싸우려면 친해져야 할 텐데. 아, 저도 당연히 하위예 족이에요. 아버지는 대단한 전사셨죠."

"대단한 전사는 무슨……"

아부카드가 조그맣게 중얼거린다. 모하메드는 순간 말을 멈춘다. 아부카드는 인질들 사이에 들어가 그들의 주머니를 뒤지고 있다. 아부카드가 주머니 속을 확인한 인질들이 어느새 여덟 명이 된다. 모하메드는 아부카드의 뒤통수에 대고 말한다.

"전 사실 왜 저만 검문소에서 이리로 뽑혀왔는지 알아요. 왠지 알려드릴까요?"

아부카드가 픽, 하고 웃는다. 모하메드는 목소리를 한층 높인다.

"전 사실 카다르 사령관님이랑 아는 사이예요. 저희 아버지가 그분과 함께 소말리아 국민 운동* 놈들과 싸우셨대요. 아버지는 통일 소말리아 회의**에서 아주 높은 자리에 있으셨어요. 이건 카다르 사령관님이 직접 말씀해주신 사실이에요. 사령관님이 제 어깨를 잡고 제가 위대한 전사의 아들이라고 하셨어요. 저에게 맛좋은 낙타 고기와 차를 대접하셨어요. 제게 훌륭한 전사가 될 거라고 했어요. 그분이 하사님께 저를 데려가라고 특별히 말씀해주신 거예요!"

"허풍쟁이 꼬마로군."

---

* 소말리아 국민 운동(SNM): 소말리아 북부 이사크 족 중심 군벌 세력.

** 통일 소말리아 회의(USC): 소말리아 중부 하위예 족 중심 군벌 세력.

아부카드가 고개를 절레절레 흔들며 입속말을 한다.

"뭐예요, 지금 저보고 허풍쟁이라고 했어요? 전 알라께 맹세코 절대 거짓말을 하지 않아요!"

모하메드가 아부카드의 팔을 잡고 대든다. 아부카드는 귀찮다는 듯 그의 손을 떨쳐낸다.

"도대체 나한테 왜 이러는 거냐, 애송아. 처음 왔으면 일을 배울 생각부터 해야지. 너 말고 다른 놈들은 다들 열심히 움직이고 있다고."

"무슨 일을 해야 하는지 아무도 가르쳐주지 않으니까 그렇죠."

모하메드는 한풀 가라앉은 어조로 대답한다.

"저기 갑판실에서 지하로 내려가면 압켈과 사디요가 있다. 걔들한테 가서 너도 좀 끼워달라고 해봐."

아부카드가 갑판실을 손가락으로 가리키며 말한다. 모하메드는 갑판실 쪽으로 뛰어간다.

"어이, 애송아."

모하메드가 아부카드를 돌아본다.

"너 근데 손에 쥔 게 뭐냐, 그거?"

모하메드는 쥐고 있는 낫을 바라보다 슬그머니 등 뒤로 감춘다.

"너 아직 총도 못 받았구나?"

모하메드는 얼굴이 새빨개져선 갑판실로 뛰어들어간다. 아부카드가 뒤에서 웃는 소리가 들린다. 모하메드는 언젠가 저 염소같이 생긴 자에게 한 방 먹여주리라, 다짐한다.

지하 선실 복도에 선원들의 짐이 어지러이 쌓여 있다. 가전제

품뿐 아니라 옷가지나 베개, 이불 등 값이 조금이라도 나갈 만한 물건들은 모조리 복도에 꺼내놓았다. 모하메드는 복도에 쌓아둔 짐 가운데 텔레비전이 있는 것을 발견한다. 모하메드가 있던 동네에선 알리 아저씨의 식당에서만 텔레비전을 볼 수 있었다. 모하메드는 근무가 끝나면 인도 드라마를 보러 가자고 검문소에 함께 있던 아저씨들을 조르곤 했던 기억을 떠올린다. 그들이 AK소총을 어깨에 메고 식당에 들어가면 서서 텔레비전을 구경하던 사람들이 죄 비켜 그들에게 자리를 내어주곤 했었다. 모하메드는 쪼그려 앉아 텔레비전의 전원 버튼을 찾는다. 화면 밑에 있어야 할 전원 버튼이 보이지 않는다. 한참 동안 텔레비전을 더듬어도 전원이 켜지지 않자 모하메드는 입맛을 다시며 허리를 펴고 일어선다.

사디요와 압켈이 지나간 선실 안이 엉망진창이다. 책상 서랍이 통째로 꺼내져 방 가운데 엎어져 있고 바닥엔 온갖 잡동사니들이 깨지고 부서진 채 널브러져 있다. 선원들의 물건 중 쓸 만한 걸 꺼내는 것이로군. 모하메드는 금세 눈치를 챈다.

모하메드는 물건들의 언덕을 넘으며 여러 개의 선실을 지나 사디요와 압켈이 뒤지고 있는 곳의 옆 선실로 들어간다. 2층 침대와 책상이 있는 단출한 방이다. 괜히 책장의 책을 하나하나 꺼내본다. 책 사이 달러가 숨겨져 있진 않나, 몇몇 책을 뒤적여보기도 한다. 책장의 책을 모두 바닥에 던진 후 모하메드는 책상 위를 본다. 책상 위엔 작은 탁상 달력이 있다. 10월 중순부터 11월까지 지나간 날에 X표가 되어 있다. 모하메드가 피식 웃는다. 탁상 달력 옆엔 플라스틱 액자가 놓여 있다. 모하메드는 젊은 동양 여자와 어린 아기가 웃고 있는 사진을 본다. 액자를 바닥에 던져버리려는데 모하메드는 문득 누군가 자신을 바라보고 있음을 느낀다. 모하메드가 고개를 들어 뒤를 돌아본다. 압켈 하산이 가만히 모하메드를 응시하고 있다. 압켈은 번들거리는 검은 피부에 콧대가 높이 솟은 사내이다. 중키에 깡마른 체형이지만 짙은 쌍꺼풀이 있는 처진 눈과 담담한 표정이 어쩐지 모하메드를 주눅 들게 한다. 압켈이 천천히 입을 연다.

"야, 애송이."

"예, 저요?"

"누가 여기서 선실 뒤지라고 했냐?"

"아니, 저, 아까 갑판에서……"

"당장 여기서 꺼져, 이 새끼야!"

압켈이 버럭 소리를 지른다. 모하메드는 머뭇거리다 책상 위에 두었던 낫을 가지고 뛰어나간다. 모하메드의 얼굴이 화끈거린다.

"어이, 거기서 뭐하는 거야?"

길쭉하게 키가 큰 라시드 디리가 갑판 위를 헤매고 있는 모하메드에게 소리친다. 광대뼈가 크고 얼굴이 넓적해 어쩐지 순박해 보이는 사내이다. 모하메드는 전사들이 둘러앉아 있는 선미 쪽으로 뛰어간다. 선미에는 끌어올려진 고속보트 두 대가 로프로 단단히 고정되어 있다.

"이 새끼, 신참인 주제에 일 안 하고 어디 숨어 있었어."

웃통을 벗어젖힌 오마르 아덴이 성을 내며 말한다. 부리부리한 눈, 들창코에 얼굴의 반이 수염에 묻혀 있는 사내이다. 그는 위의 앞니와 아래 어금니가 없어 침이 흐르지 않게 하기 위해 연신 쉿 소리를 내며 침을 들이마신다.

"집에 너만한 아들놈이 있는데 말이야. 신참 주제에 일이 다 끝나니까 오고, 응? 참 대단하군."

라시드 디리가 눈을 굴리며 말한다.

"아저씨네 아들 이제 막 걷기 시작했다고 하지 않았어요?"

갑판 바닥에 앉아 땀을 식히던 누르딘 파라가 라시드를 돌아본다.

"내가 돌아갈 땐 이 친구만큼 커 있을 거야. 애들은 빨리 자라니까 말이야. 게다가 아주 똑똑하다고. 태어난 지 일주일도 안 됐는데 지 애비를 알아보더라니까. 그런데 참, 어디 보자, 넌 이름이 뭐냐?"

라시드가 바지춤을 추어올리며 묻는다.

"저는 모하메드 이브라힘이에요. 작년에 가족과 떨어져 바이다보에서 하라드헤레로 왔어요. 참, 그리고 저 게으름 피운 거 아니에요. 아까 갑판에 있던 아저씨가 선실 쪽으로 가보래서 거기로 갔었는데 눈 처진 아저씨가 저를 쫓아냈어요."

"눈이 처졌다고? 아아, 압켈 형님을 말하는 모양이지? 선실을 뒤지는 건 형님들이 주로 하시는 일이야. 그 일에 누가 끼어드는 걸 무척 싫어해."

라시드가 얼굴을 찌푸린다.

"보트에 실었던 짐을 다 옮겼으니 이제 선실 쪽으로 가야지. 빌어먹을, 가면 어떤 줄 알아? 값비싼 것들은 이미 다 형들이 챙겨 간 후야. 우린 나머지 쓸데없이 무겁기만 한 것들을 지하 창고로 옮기지."

오마르가 투덜거린다.

"바이다보에서 왔다면 당연히 하위예 족이겠군?"

라시드가 모하메드를 보며 묻는다.

"당연히 하위예 족이죠. 제 아버진 위대한 전사셨어요."

모하메드는 눈을 빛내며 대답한다.

"흥, 소말리아에 전사 아닌 사람이 어디 있어. 전사 아니면 거지인 게 소말리아지."

털북숭이 오마르가 비웃는다.

"나는 누르딘 파라야. 벌써 몇 번이나 바다에 나왔지."

바닥에 앉아 있던 소년이 모하메드에게 손을 내밀어 악수를 청한다. 모하메드가 그의 손을 잡는다. 누르딘의 목에 걸린 나무로 만든 목걸이가 흔들린다. 검은 노끈에 사자가 조각된 나무 구슬이 달린 것이다.

"모하메드와 누르딘은 나이가 비슷하겠는걸. 누르딘, 네가 몇 살쯤 됐지?"

라시드가 누르딘에게 묻는다.

"그걸 모른다니까요. 어머니가 제 나이를 말해주기도 전에 알라께서 데려가버렸으니까요."

누르딘이 덤덤하게 말한다.

"바이다보면 하라드헤레랑 꽤 먼데 어떻게 여기까지 왔냐?"

라시드가 다시 모하메드를 바라본다.

"바이다보에서 조하르까지는 혼자 사막을 걸었어요. 거기서 카다르 사령관님을 만났지요. 아, 카다르 사령관님은 저희 아버지와 친한 사이세요. 저희 아버지가……"

"잠깐만, 카다르 사령관님을 만났다고?"

오마르가 말을 끊으며 묻는다.

"예, 맞아요. 카다르 사령관님이 제 아버지랑 아주 친한 사이시라니까요. 저희 아버지는 위대한 전사셨어요! 방심하고 계실 때 이사크 놈들의 총을 맞아 돌아가셨지만 만약 살아 계셨다면 엄청 높은 자리에 오르셨을 거예요. 이건 카다르 사령관님이 직접 하신 이야기예요!"

"네가 카다르 사령관님을 만났다고?"

라시드가 놀라 되묻는다.

"그럼요. 그분이랑 같이 식사도 했는걸요. 전 그렇게 맛있는 낙타 요리는 거기서 처음 먹어봤어요. 그분의 집도 엄청 으리으리하게 크더라고요!"

"내 엉덩이를 만난 건 아니고?"

라시드가 말한다. 전사들의 웃음이 터진다.

"이봐, 애송이 녀석아. 내가 카다르 사령관님 별장 경호를 일 년 동안 했던 사람이야. 그런 나도 카다르 사령관님과 말 한마디 해보지 못했어. 아니, 그분의 얼굴을 제대로 바라본 적도 없다고. 그분은 절대로 아무나 만나는 사람이 아니야. 그분은 나랏일을 하시는 분이란 말이야. 어디 너 같은 꼬맹이를 만나주실 시간이 있을 것 같으냐. 허풍을 치더라도 말이 되어야지."

오마르가 혀를 찬다.

"정말이에요! 친구의 아들인데 만나지 않을 리가 없죠. 진짜 만났다니까요. 저에게 훌륭한 전사가 될 거라고 하셨어요. 정말이에요!"

모하메드가 상기된 얼굴로 소리친다. 일동은 조용히 모하메드의 얼굴을 바라본다. 라시드가 긴 팔을 뻗어 모하메드의 머리를 쓰다듬자 모두의 웃음이 터진다. 누르딘이 입으로 방귀 뀌는 소리를 낸다. 그 소리에 모두들 무릎을 두드리며 웃는다.

"진짜라니까요! 정말로 카다르 사령관님이 제 어깨를 잡고 이야기해주셨어요."

모하메드가 정색하며 성을 낸다. 라시드가 누르딘을 따라 입방귀 소리를 낸다. 또다시 모두의 웃음이 터진다.

"정말이에요. 아, 왜 다들 믿지 않는 거예요! 저는 작년 봄에 카다르 사령관님을 조하르에서 직접 만났어요. 어머니께서 조하르로 가면 카다르 사령관님을 만날 수 있다고 말씀해주셨거든요. 작년 우기에 비가 전혀 오지 않았잖아요. 몇 날 며칠을 걸어도 낙타와 염소에게 먹일 풀을 찾을 수가 없었어요. 한 마리, 한 마리 쓰러져가다 결국 낙타 세 마리와 염소 두 마리, 닭 한 마리만 남게 되었어요. 그 녀석들도 뼈밖에 남지 않았지요. 염소에게서 젖이 나오지 않은 지도 한참 되었고요. 저보다 어린 애들이 사촌동생들을 합해서 열한 명이나 돼요. 어머니와 작은아버지, 작은어머니는 결국 우리들을 데리고 난민수용소로 가기로 결심하셨어요.

그래요. 그날 밤은 온 가족이 낙타 한 마리를 잡아 배불리 먹은 밤이었어요. 그날 저녁에 어머니께서 저를 불러 조하르로 가보라고 하셨어요. 거기에 소말리아 해병대의 카다르 사령관님이 계시는데 그분이 저희 아버지와 돈독한 사이라고요. 예전에 아버지께서 그와 함께 싸우고 있다고 편지에 쓰신 적이 있대요. 카다르 사령관님을 만나 소말리아 해병대에 넣어달라고 부탁하라 하셨어요. 저에게 수용소에 있을 가족들의 미래를 맡긴다고 하시면서요. 저는 그날 새벽녘에 조용히 일어났어요. 사실 거의 잠을 자지 못했죠. 어른들은 밤새 저에게 줄 것들을 준비하고 계셨어요. 제가 일어나자 어머니가 다가와 저를 안아주었어요. 어머니의 뺨이 온통 젖어 있더라구요. 어머니는 저에게 한 마리뿐인 수탉과 말린 낙타 고기를 건네셨어요. 작은아버지는 저의 어깨를 두드리셨고 작은어머니는 연신 눈물을 닦으셨지요. 동생들은 아무것도 모른 채 잠들어 있더군요. 천막을 나서는데 그때는 정말이지 눈물이 쏟아질 것 같더라구요. 몇 번이고 돌아서서 '저 정말 혼자 가요?' 하고 묻고 싶었지만, 그럴 수가 없었어요. 어쨌든 저는 남자고 가족들의 목숨을 제 손에 맡긴 거니까요. 그때부터 조하르를 향해 걸어갔어요. 어머니 말씀대로 말린 고기를 하루에 세 점씩만 먹었어요. 배가 고파 당장이라도 쓰러질 것 같았지만 온 힘을 다해 참았지요. 물은 최대한 아껴 마셨지만 금방 동이 났어요. 저와 수탉은 이내 병든 낙타처럼 힘이 다 빠졌어요. 그러나 저도 수탉도 죽지 않았어요. 우리는 의좋은 친구처럼 말린 고기를 나눠 먹으며 서로에게 의지했거든요. 때로 운이 좋으면 길에서 차를 얻어 타기도 했어요. 그렇게 꼬박 며칠을 걸어 마침내 조하르에 도착했고 카다르 사령관님을 만나 그 닭을 바쳤어요. 정말이란 말이에요!"

모하메드가 열성적으로 말하자 웃음소리가 잦아들었다. 그러나 누구도 그 말을 곧이곧대로 믿는 것 같지는 않았다. 라시드는 고개를 절레절레 저었고 누르딘은 입술을 내밀었다. 모두들 어쩔 수 없는 허풍쟁이군, 하고 생각하는 것이었다. 그때 오마르가 눈을 크게 뜨고 모하메드의 어깨를 잡았다.

"너 지금 작년 봄이라고 했냐?"

"맞아요, 작년 봄이요! 조하르로 무작정 가서 사람들을 붙잡고 카다르 사령관님의 집이 어디냐고 물어봐서 찾았어요. 산 아래쪽에 있는 하얀 집이었어요."

"이런 맙소사, 알라시여! 어쩐지 어디서 본 얼굴 같더라니. 너, 나 모르겠냐?"

오마르 아덴이 자신을 보라는 듯 두 팔을 활짝 벌리며 말한다. 모하메드는 그를 바라본다. 낯선 얼굴이다. 그의 눈을 본다. 칙칙하고 불투명한 그의 눈빛을 본다. 콧구멍이 훤히 드러난 들창코와 그 밑으로 수북하게 자란 수염, 크게 벌린 입안 앞니 빠진 구멍을 본다. 모하메드의 눈동자가 커진다.

한 소년이 사막을 걷고 있다. 배와 볼이 움푹 들어간 소년이다. 몸에 맞지 않는 옷이 펄럭거린다. 소년은 모래바람을 맞으며 하염없이 사막을 걸어가고 있다. 소년의 앙상한 팔 아래로 축 늘어진 무언가가 있다. 볼품없는 볏을 가진 수탉이다. 수탉은 깃털이 거의 빠져 누르스름한 맨살이 드러나 보인다. 수탉의 도드라지게 튀어나온 눈은 힘없이 아래만 바라보고 있다. 소년은 수탉을 끌어올려 양팔로 꼭 안는다.

모하메드는 수탉의 심장 소리를 벗 삼아 일주일을 꼬박 걸었다. 모하메드는 비쩍 마른 몸뚱이의 동생들을 생각한다. 그들은 손가락을 입에 물고 홀로 떠나는 모하메드를 바라보았다. 어머니의 앙상한 몸과 입가에 새겨진 마른 주름을 생각한다. 가족들 앞에서 묵묵히 걸어가는 목발을 짚은 작은아버지도 머릿속에 그려진다. 그들은 미래를 위해 모하메드에게 한 마리뿐인 수탉을 주었다. 모하메드는 힘겹게 고개를 들어 눈앞을 바라본다. 모하메드가 안고 있는 수탉은 그들의 유일한 희망이다. 모하메드는 카다르 사령관님에게 수탉을 전하지 못하면 그 자리에서 죽어도 좋다고 생각한다.

카다르 사령관의 거대한 저택 앞에는 어른 두 명을 합친 것보다 더 높은 대문이 있었다. 저택 앞에서 모하메드는 자기도 모르게 눈물을 흘렸다. 깡마른 팔뚝으로 눈가를 문지르고 모하메드는 대문 앞으로 가 문을 흔들었다. 대문 사이로 총기로 무장한 대여섯 명의 사내가 모하메드를 바라보았다. 그들은 그저 모하메드의 얼굴을 멀거니 바라볼 뿐 문을 열어주려 하지 않았다. 모하메드는 조금 더 세게 문을 흔들었다. 무리 중 한 사내가 천천히 다가왔다. 카다르 사령관님을 만나러 왔다는 모하메드의 말에 그는 총구를 가리키는 것으로 응수했다. 얼굴을 가린 천 사이로 보이는 사내의 눈빛은 조금도 호의적이지 않았다. 모하메드는 대문 앞에서 물러났다.

그러나 그는 포기할 수 없었다. 모하메드는 호위병들의 눈을 피해 오른쪽 담장 그늘 아래로 갔다. '저들이 문을 열어주지 않는 건 내 행색이 초라하기 때문이야. 카다르 사령관님이 내가 친한 친구의 아들이라는 사실을 알면 맨발로 뛰어나와 환영해줄 게 분명해.' 모하메드는 담장 아래 쪼그려 앉아 수탉을 끌어안고 시간이 가길 기다렸다.

몇 시간이 지난 후, 서늘한 기운에 모하메드는 잠에서 깼다. 해가 져 사방이 어두워져 있었다. 그는 수탉을 웃옷 속에 넣고 조심스레 담장을 기어올랐다. 모하메드는 무작정 저택 안으로 들어갈 생각이었다. 모하메드는 담장 위에 몸을 납작 엎드리고 저택 주변을 둘러보았다. 저택 안은 환하게 불을 밝히고 있었지만 정원에 나무들이 많아 모하메드가 몸을 숨기기 충분할 것 같았다. 대문 앞을 지키고 서 있는 호위병은 두 명뿐이었다. 모하메드가 나무 그늘에 숨어 조심스럽게 저택 문으로 접근한다면 충분히 그들이 눈치채지 못하게 문 앞까지 갈 수 있을 것 같았다. 문제는 그 후였다. 카다르 사령관님이 문을 열어주지 않는다면 모하메드는 호위병들에게 붙잡히고 말 것이다. 만약 모하메드가 그들에게 붙들린다면 어떻게 될지 아무도 모르는 일이었다.

모하메드는 심호흡을 크게 하고 담장 아래로 뛰어내렸다. 둔탁한 소리가 났다. 모하메드는 위에서 봐뒀던 나무 그늘 아래로 민첩하게 숨어들었다. 모하메드의 귀가 뜨거워졌다. 모하메드는 살짝 고개를 내밀어 호위병들의 기색을 살폈다. 그들은 모하메드를 발견하지 못한 것 같았다. 모하메드는 살금살금 나무 그늘 사이를 기어갔다. 산책로를 밝히는 가로등이 모하메드의 등을 서늘하게 비췄다. 품 안에서 수탉이 날갯짓을 했다. 모하메드의 눈동자가 커졌다. 총을 든 호위병 중 한 명이 모하메드 쪽을 바라보았다. 모하메드는 벌떡 일어나 저택 출입문을 향해 달리기 시작했다. 한 발의 총성이 울렸다. 모하메드는 발을 헛디뎌 넘어졌다. 심장에 구멍이 뚫린 것만 같았다. 온몸에 두려움이 가득 차 아무런 감각도 느껴지지 않았다. 호위병들이 그를 향해 달려오는 것이 보였다. 모하메드는 얼어붙은 발을 움직여 간신히 다시 일어나 뛰었다. 저택의 한 걸음 앞까지 다다랐다. 모하메드는 저택 문을 부술 듯 두들겼다. 카다르 사령관님의 친구가 나의 아버지라고, 사령관님께 수탉을 바치러 왔다고 악을 쓰며 문을 두드렸다. 호위병들의 발소리가 가까워졌다. 모하메드의 얼굴이 하얗게 질렸다.

그는 구원받았다. 모하메드는 저택 입구로 들어가 중앙 로비 근처 작은 방으로 안내되었다. 그에게 카다몬 차와 구운 낙타 고기가 제공되었다. 하룻밤 쉬어가도록 하라고 친절하게 말해주기까지 했다. 모하메드가 만난 건 검은 양복에 안경을 쓴 사령관의 집사였다.

이튿날 아침 집사가 카다르 사령관의 말씀을 전했다. 집사는 사령관님께서 아버지와의 우정을 기억하고 있다고 했다. 모하메드에게 훌륭한 전사가 될 거라며 오늘부로 소말리아 해병대의 일원이 되었다는 말도 전해주었다. 집사는 소말리아 해병대의 일원으로 활동하기 위해 찾아가야 할 곳의 위치를 알려주었다. 모하메드는 퍼뜩 카다르 사령관님께 바칠 수탉을 찾았다. 수탉은 간밤에 죽어 있었다. 죽은 닭을 선물로 드릴 수는 없었다. 모하메드는 수탉을 저택 담장 아래에 묻어주기로 결심했다.

모하메드는 저택 밖으로 나왔다. 저택 대문 앞에 어제의 호위병들이 히죽거리며 모하메드를 바라보고 있었다. 모하메드는 그들이 두려웠지만 나갈 때는 도망치듯 담장을 넘고 싶지 않았다. 모하메드의 여윈 가슴은 아버지에 대한 긍지로 가득 차 있었다. 모하메드는 아버지에 대한 기억이 거의 없었다. 그의 머릿속 아버지의 모습은 전부 어머니의 입을 통해 만들어진 것이었다. 명성이 자자한 카다르 사령관이 아버지를 인정했다는 사실은 여윈 꼬마 모하메드를 무장한 호위병들이 지키고 있는 대문으로 걸어가게 했다.

"문을 열어주세요."

모하메드가 애써 의연한 목소리로 말했다. 호위병들 중 한 명이 코웃음을 쳤다.

"너 때문에 우리가 얼마나 심한 고초를 겪었는지 넌 상상도 못 할걸."

"문 열어주세요. 카다르 사령관님이 저를 소말리아 해병대에 넣어주셨어요. 저희 아버지와 무척 가까운 사이였다고 하셨다고요. 저에게 차와 음식도 대접하셨어요. 전 사령관님의 손님이에요. 이 문으로 나갈 거예요. 문을 열어주세요."

"너 따위 너저분한 꼬마에게 사령관님이 음식을 대접했다고? 너 꿈이라도 꾼 거 아니냐?"

"문 열어주세요. 절 이렇게 대한 걸 알면 사령관님도 용서하지 않으실 거예요."

모하메드가 억지로 배에 힘을 주고 말했지만 그의 목소리는 이미 가늘게 떨리고 있었다. 호위병 중 제일 뒤에 서 있던 사내가 총을 어깨에 걸치고 다가왔다. 덩치가 크고 억센 팔뚝을 가진 사내였다. 사내는 허리를 숙이고 모하메드의 얼굴에 자신의 얼굴을 바싹 들이밀었다.

"내가 이 총으로 저택의 지붕을 쏜다면 난 크게 혼이 날 거다. 저기 정원에 있는 나무를 맞혀도 마찬가지야. 그러나 내가 여기서 네 머리통에 대고 총을 쏜다고 해서 나에게 뭐라고 할 사람은 없다. 알겠냐? 너 따위는 아무것도 아니야. 소말리아 어디에서나 볼 수 있는 거지 꼬맹이일 뿐이지."

사내는 천천히 모하메드에게 다가갔다. 모하메드는 조금씩 뒷걸음질 쳤다.

"네 품에 있는 그건 뭐냐, 꼬맹아."

사내가 음흉한 목소리로 물었다. 모하메드는 뒷걸음질 치며 수탉을 끌어안았다. 사내는 얼굴을 가리고 있던 천을 아래로 내렸다. 입가에 무성한 수염이 드러났다. 사내가 웃었다. 그에겐 앞니가 없었다.

"그 닭을 내놔라. 그러면 나가게 해주지. 카다르 사령관의 저택에는 누구도 함부로 들어올 수 없는 거야. 넌 아직 나이가 어리니 한번 봐주마. 수탉을 이리 내라."

모하메드는 품에 안은 닭을 바라보았다. 이미 죽은 닭이었다.

모하메드는 애초에 그 닭을 먹을 생각이 없었다. 모하메드는 머뭇거리며 양손으로 닭을 잡았다. 앙상한 갈비뼈가 느껴졌다. 호위병이 뻗은 손을 재촉하듯 흔들었다. 어차피 죽은 닭이었다.

모하메드는 닭을 안고 오른쪽 담장을 향해 뛰었다. 담장이 너무나 멀었다. 나무들 사이를 지나 달렸다. 뒤에서 왁자지껄하게 호위병들이 웃는 소리가 들렸다. 담장에 다다라 벽돌 틈을 손으로 움켜잡았을 때 총성이 들렸다. 공기를 찢으며 무언가가 빠르게 날아왔다. 모하메드의 머리 위로 붉은 벽돌 조각이 우수수 떨어졌다. 모하메드는 그 자리에 주저앉았다. 몸의 떨림이 진정되지가 않았다. 뒤에서 아까의 호위병이 천천히 걸어오고 있었다. 모하메드는 다시 담장의 틈에 손바닥을 넣었다. 벽돌 틈을 디뎌 담장 벽을 기어올랐다. 모하메드가 간신히 세 걸음쯤 올랐을 때 또다시 총성이 울렸다. 모하메드는 바닥에 떨어졌다. 더듬더듬 몸을 만져보았다. 피는 나지 않았다. 호위병들은 멀찍이 서서 그에게 총을 겨눈 채 웃고 있었다. 모하메드는 다시 담장을 올랐다. 총성이 울릴 때마다 벽돌 틈을 잡은 손끝, 발끝에 힘을 주어 버텼다. 몇 발의 총탄이 그를 스치고 지나갔다. 모하메드의 바지가 축축이 젖어왔다. 모하메드는 저들이 자신의 목숨을 가지고 장난을 치고 있음을 알았다. 모하메드의 눈에서 눈물이 하염없이 흘러내렸다. 담장은 높았고 오르는 시간은 영원처럼 길었다.

모하메드는 고개를 가로젓는다.

"이 애송이 말은 거짓이 아냐. 내가 알지. 아까 작년 봄이라고 했지? 아, 알라시여. 웬 흙투성이 꼬맹이 한 놈이 말라빠진 수탉을 들고 카다르 저택으로 뛰어들어갔던 일이 있었지. 그게 너였구나! 네놈을 여기서 만나다니, 이 황당한 꼬마 녀석아."

오마르가 그의 머리를 쓰다듬으며 마구 떠들어댄다. 라시드가 휘둥그레진 눈으로 모하메드를 바라본다.

"애송아, 너는 근데 그걸 알아야 해. 그날 밤 네가 멋대로 카다르 사령관님의 저택에 기어들어간 후에 우리는 네가 다음날 나오면 반드시 죽여버리기로 결심했어. 너 때문에 우리 체면이 말이 아니게 되었거든. 거지 꼬맹이 하나도 못 막느냐고 쪼는데, 제기랄. 우리라고 열 받지 않았겠어? 그러나 내가, 이 내가 너를 살려준 거야. 얼마든지 네 머리통에 총알을 박아넣을 수도 있었지만 아직 어려서 봐준 거지. 그러니까 내가 네 생명의 은인인 셈이야, 응? 알아들어?"

오마르가 모하메드의 목덜미를 두드리며 호탕하게 웃는다. 오마르의 이 사이에서 마구 침이 튄다. 모하메드는 남몰래 낫자루를 힘껏 움켜잡는다.

I-Moby dick호 사건 보고서 2

소말리아 해적의 첫번째 교신 내용

— 동일13호의 선주이자 사장인 이상권(54세)이 2011년 12월 4일 13시경 위성전화로 동일수산에 연락. 다급한 말투로 영어가 가능한 김미영 대리를 바꿔달라 요구.

— 김미영 대리가 전화를 받자 자신을 소말리아 해병대 소속 협상 담당 압드라만이라고 밝힌 남성이 동일13호가 소말리아 해역에서 납치된 사실을 알림.

— 그들은 동일13호의 어업이 허가받지 않은 불법 어업이었다고 주장. 인질들과 어선의 몸값으로 3백만 달러의 협상금을 요구.

— 인질들의 안부를 묻는 질문에 동일13호와 인질들은 모두 소말리아 내 항에 안전하게 체류하고 있다고 대답(항구의 이름은 밝히지 않음).

— 3일 후까지 3백만 달러를 마련해두라는 엄포 후 전화를 끊음. 그쪽에서 다시 연락할 것이라고 했음.

3. 누르딘 파라

태양이 한창 뜨거울 즈음 동일13호는 소말리아의 하라드헤레 항에 도착하였다. 소말리아 해병대 본부에서 석 달간의 식량과 카트, 탄약, 휘발유 등을 해안가에 준비해두었다. 부르하안 소위는 보급품들을 일일이 살펴본 후 보급 책임자와 이야기를 나누었다. 그는 더 많은 탄약과 PKM 중기관총 한 정을 요구했지만 보급 담당자는 머리를 흔들었다. 요즘 남쪽 알 샤바브* 세력의 동태가 심상치 않다는 것이다. 나머지 대원들은 어선의 지하 창고로 보급품을 날랐다. 보급에는 오랜 시간이 걸리지 않았다. 해안가에 나와 있던 해적들의 가족들은 손을 흔들며 그들을 배웅했다. 동일13호는 선장을 하라드헤레에 인질로 남겨두고 아라비아반도를 향해 출발했다.

동일13호의 선원들은 감금되지 않았다. 예전과 같이 항해사는

---

* 소말리아 남쪽 지방을 차지한 이슬람 극우 세력.

선교에서 기관장은 기관실에서 근무했다. 어업만 하지 않을 뿐 일반 선원들은 항해에 관련한 예전의 업무를 그대로 맡아서 수행했다. 그러나 그들의 신상에 제약이 없는 것은 아니었다. 그들은 모든 행동에 있어 해적의 허락을 받아야 했다. 화장실을 갈 때마다 허락을 받아야 했고 함부로 선내를 돌아다니는 것이 금지되었다. 선원들 간 대화 역시 엄격히 금지되었다. 그들은 서로를 바라보는 것조차 마음대로 할 수 없었다. 그들의 선실과 그곳에 있던 짐은 전부 소말리아 해병대의 소유가 되었다. 23명의 선원들에게 제공된 것은 가구를 모두 비운 다섯 개의 선실뿐이었다. 3평 남짓한 공간에서 4, 5명의 사내들이 다닥다닥 붙어 생활하게 되었다.

전사들은 돌아가며 보초를 서기로 했다. 주간에는 한 명이 3시간씩 교대로 바다를 살피고 오후 6시 이후부터는 두 명의 대원이 보초를 서는 식이었다. 야간 보초는 선원들의 선실 앞에 서서 그들을 감시하는 대원과 갑판과 선교를 오가며 납치할 선박을 찾는 대원으로 나뉘었다. 보초를 서는 순서는 고참 전사들의 카드 게임으로 결정되었다.

첫번째 날은 몹시 길었다. 전사들은 바쁘게 배 안을 누볐다. 배 안에서의 일들은 카넬레 하사의 지휘하에 결정되었다. 부르하안 소위는 선교에 틀어박혀 모습을 보이지 않았다. 그는 이번 원정의 항로와 기간에 대해서 전사들에게 말해주지 않았다. 모하메드는 아무도 그것에 대해 궁금해하지 않는 것이 신기할 따름이었다.

동일13호에서의 첫번째 저녁식사 시간이 되었다. 요리를 담당하는 사디요가 캄블로를 준비했다. 캄블로는 팥을 푹 익힌 후 냉동해둔 것에 물과 버터와 설탕을 넣어 졸인 음식이다. 모두가 식당에 모였다. 모하메드는 부르하안 소위가 이번 항해에 대해 말해줄까 싶어 그의 기색을 열심히 살폈다. 소위는 자리에 앉더니 아무 말 없이 캄블로를 집어 입에 넣었다. 식사가 시작되었다. 이미 여러 번 함께 바다에 나간 경험 때문인지 전사들은 소위나 하사의 눈치를 보지 않고 시끄럽게 떠들어대며 저녁을 즐겼다. 부르하안 소위는 얼마 먹지 않고 식사를 마쳤다. 그는 좌중을 둘러보더니 소음 속에서 천천히 입을 열었다. 카넬레 하사가 전사들에게 주목하라는 손짓을 했다. 좌중이 금세 조용해졌다.

"이번 여정은 한 달에서 두 달 정도, 그렇게 예상하고 있다. 늘 하는 말이지만 인질들이 죽지 않도록 조심해주길 바란다. 사람이 죽으면 협상이 어려워지고 또 여러 가지로 골치 아파질 수 있으니까. 다들 알다시피 야간 근무 때 카트를 하는 것은 허락하지 않는다. 그럼 오늘 밤 편히 쉬도록."

부르하안 소위는 짧게 말을 마치고 자리에서 일어났다. 카넬레 하사도 식판을 들고 일어났다. 모하메드는 그가 식당을 나서는 것을 물끄러미 바라보았다. 식당은 다시 시끄러워졌다.

"같은 방이네."

모하메드가 배정받은 선실로 들어왔을 때 누르딘 파라가 말을 건다. 그는 침대 2층에서 고개만 내밀고 모하메드를 바라보고 있다.

“바다에 나온 건 처음이랬지?”

“응.”

모하메드가 대답하며 누르딘 파라를 본다. 그는 팔다리가 길고 제법 옹골진 근육을 갖고 있다. 흑표범처럼 매끈한 피부에 눈과 이가 새하얗다. 아직 동글동글한 코와 볼이 그의 나이가 어림을 보여준다. 모하메드는 누르딘의 표정이 어쩐지 자신을 깔보는 것 같다고 느낀다.

“뱃멀미는 안 하냐?”

“응, 뭐 아무렇지도 않아.”

모하메드가 뻣뻣하게 대답한다. 사실 그는 저녁을 조금도 소화시키지 못했다.

“총은 좀 쏴봤어?”

누르딘이 2층 침대 난간에 얼굴을 기대고 묻는다. 모하메드는 오른손에 든 낫을 슬그머니 뒤로 감춘다.

“뭐, 몇 번.”

“몇 번 정도?”

“그냥. 여러 번.”

“흐음, 사람도 쏴봤어?”

누르딘이 모하메드의 눈을 똑바로 바라본다.

“어, 몇 번 쏴봤지.”

모하메드가 어깨를 긁적인다. 누르딘의 머리가 2층 침대 안쪽으로 들어간다.

“너는 1층 써. 나는 2층 쓸 거야. 네 짐은 침대 옆에 있는 사물함에 넣어."

누르딘이 위에서 말한다. 모하메드는 머쓱하게 서 있다가 챙겨 온 옷가지 등을 사물함에 넣는다. 누르딘이 불쑥 2층에서 얼굴을 내민다.

"참, 너 이름이 뭐랬지?"

"모하메드. 모하메드 이브라힘."

모하메드가 대답한다. 알겠다는 듯 고개를 끄덕이더니 누르딘의 얼굴이 또 침대 안쪽으로 들어간다. 2층 침대 위에서 사물함을 뒤적이는 소리가 난다.

"카다르 사령관은 어떤 사람이야?"

누르딘이 침대 위에서 묻는다. 모하메드는 짐을 넣던 손을 멈춘다.

"카다르 사령관님은 아, 일단 덩치가 엄청 크고, 아주 뭔가 보통 사람이랑은 다른 그런 영웅적인 느낌이 드는, 진짜 전사야! 한마디로 진짜 전사였어. 응, 그리고 무척 근엄한 사람이지만 또 한편 다정한 분이시기도 하고, 한 사람에 대한 것만 생각하는 게 아닌 엄청 많은 걸 생각하시지. 그걸 알 수 있어. 그러니까 한번 만나보면 정말 대단한 사람이라는 걸 한눈에 알 수 있거든."

모하메드는 손을 휘저어가며 열심히 카다르 사령관에 대해 설명한다. 그는 지금껏 사령관에 대해 너무나 많이 이야기해서 카다르 사령관을 어쩐지 잘 알고 있는 것만 같다. 그때 누르딘이 2층에서 무언가를 아래로 던진다. 아래에 있던 모하메드가 깜짝 놀라 몸을 피한다.

"뭐하는 거야?"

모하메드가 2층에 대고 묻는다.

"신발. 너 아까 봤는데 맨발이더라. 그거 너 신으라구."

모하메드는 바닥에 떨어진 하얀색 신발을 바라본다. 신발은 장난감처럼 아기자기해 보인다. 모하메드는 나무토막처럼 딱딱한 발을 신발 안에 집어넣는다. 신발은 낙타 가죽처럼 빳빳해 보였지만 막상 발을 집어넣자 부드러운 안감이 그의 발을 꼭 감싼다. 모하메드는 선실을 걸어본다. 딱딱한 마룻바닥이 아니라 푹신한 버터 위를 걷는 느낌이다. 모하메드는 껑충 뛰어본다. 평소보다 확실히 더 높은 곳까지 몸이 떠오르는 것 같다. 내려올 때에는 발바닥이 선실 바닥에 부딪는 느낌조차 들지 않는다. 모하메드는 감격에 차서 누르딘을 올려다본다.

"나 이런 신발 처음 신어봐! 돈 벌면 나중에 꼭 신어보려고 했는데. 어디서 이런 신발이 났어?"

"어디서 났겠냐. 어떤 인질이 신고 있던 걸 빼앗았지. 참, 그거 나이키야."

누르딘은 턱을 괴고 대답한다.

"나이키? 나이키가 뭔데?"

"너 진짜 촌닭이구나. 나이키는 신발 중에서 제일 좋은 거야. 백인들 중에서도 돈 많은 백인만 신고 다닌다고."

오, 하고 입을 벌린 모하메드는 순간 자존심이 조금 상한다. 그러나 신발의 부드러운 감촉을 느끼곤 계속 감동하기로 한다.

"이리 올라와봐. 내가 근사한 거 보여줄게."

모하메드는 사다리를 타고 누르딘의 자리로 올라간다. 누르딘은 침대 옆 사물함을 열어 빨간색 가방을 꺼낸다. 가방은 홀쭉해서 몇 가지 잡동사니밖에 들어 있지 않은 것 같다. 누르딘은 가방에서 길쭉한 막대 모양의 전자 기기를 꺼낸다. 전자 기기엔 두 갈래 전선이 연결돼 있다. 누르딘은 의기양양한 표정을 지으며 전선 끝 동그란 부분을 모하메드의 양쪽 귀에 하나씩 끼운다.

"자, 간다."

누르딘이 전자 기기의 버튼을 누른다. 갑자기 모하메드의 귓속에 시끄러운 소리가 가득 찼다. 모하메드는 별안간 불에 덴 것처럼 몸을 일으켜 전선을 뽑는다.

"뭐하는 거야, 촌닭아. 이어폰을 갑자기 잡아 빼면 어떡해!"

"귀가 찢어지는 줄 알았다고! 이게 뭐야?"

모하메드가 성을 내며 소리친다. 누르딘은 얼굴을 찡그린다.

"너는 MP3도 모르냐?"

"MP3?"

누르딘은 전자 기기를 가리키며 이게 MP3라고 말한다. 버튼을 누르면 노래가 나온다는 것이다. 모하메드가 다시 한번 들어보겠다며 이어폰을 잡으려 하자 누르딘이 낚아챈다.

"너 내일부터 요리 보조라며?"

누르딘이 MP3를 가방에 넣으며 묻는다. 모하메드는 고개를 끄덕인다.

"이제 여자들이 하는 일을 해야겠네. 테프 가루 반죽하고 버터 녹이고 차도 끓이고 말이야. 아주 볼만하겠는데."

"사디요 아저씨가 바다에 나온 이상 전사들 중 누군가는 요리를 해야 한다고 그랬어. 여자를 데리고 배를 탈 순 없잖아."

모하메드가 태연한 척 말한다.

"난 옛날 옛적에 요리 보조 그만뒀지. 사디요 아저씨는 이것저것 시키며 귀찮게 구는 성격이 아니니까 별로 어렵지 않을 거야."

누르딘이 빼기며 말한다. 모하메드는 입을 삐죽거린다.

"너 여기 아저씨들 이름은 다 아냐?"

"어…… 뭐 거의?"

"알긴 뭘 알아. 그럼 다 말해봐."

"우선은 부르하안 소위님이랑, 그리고 카넬레 하사님. 아, 그리고 그 뚱뚱한 사디요 아저씨. 암튼 다 알아! 뭐하러 그런 걸 물어보냐!"

"모르는 것 같으니까 그렇지, 촌닭아."

"다 알아. 그리고 나 촌닭 아니야!"

모하메드가 화를 낸다. 누르딘이 윗니를 드러내고 웃는다.

"야 누르딘, 너는 그거 알아?"

모하메드가 의미심장한 표정을 지으며 목을 가다듬는다.

"뭘?"

"주방에 말이야. 은색 조그만 손잡이 같은 걸 돌리면 물이 나와. 바닷물이 아니라 진짜 물 말이야! 그거 몰랐지? 먹을 수도 있는 물이야. 서양인이 만든 물 만드는 기계래. 난 아까 저녁 먹고 나서 혼자 그거 배 터지게 마셨다."

모하메드가 의기양양하게 말한다. 듣고 있던 누르딘이 잇몸을 드러내고 웃는다.

"당연히 알고 있었지, 촌닭아. 그건 '수도꼭지'라는 거야. 물을 만드는 게 아니라 배 밑에 실어놓은 물을 나오게 하는 거고. 우리도 비 올 때 물통을 밖에 내다놓잖아. 걔들도 바다에 나오기 전에 물을 받아놓은 거야."

"아니야! 그거랑은 달라! 내가 사디요 아저씨한테 물어봤는데 백인들이 개발한 기계로 물을 만드는 거라고 했어. 틀림없이 그렇게 말했다구. 넌 알지도 못하면서."

모하메드가 목소리를 높이며 말한다.

"내 말이 맞아, 인마. 예전에 다른 배에서 항해가 길어져서 보관했던 물이 다 떨어진 적이 있었어. 물을 만들 수 있는데 어떻게 물이 다 떨어질 수가 있냐!"

"물 만드는 기계가 아니라고?"

누르딘이 자신 있게 말하자 모하메드의 목소리가 작아진다.

"그래. 당연하지, 멍청아. 알라가 만드시는 걸 사람이 어떻게 따라하냐. 생각해봐. 그럼 왜 소말리아에 그런 기계가 없겠어. 이렇게 조그만 어선에도 있는 건데. 안 그래? 당연히 빗물을 받아둔 거지. 외국은 우리나라보다 비가 많이 온다고."

누르딘이 의기양양하게 말한다.

"하지만 사디요 아저씨가 물 만드는 기계라고 했어. 네가 사디요 아저씨보다 잘 아냐?"

"어떤 부분에선 그럴 수도 있지."

누르딘이 뻔뻔스레 대꾸한다. 모하메드는 잠시 말문이 막힌다.

“야, 그럼 이 배 어딘가에 물을 가득 실은 창고가 있겠네?”

“그렇지.”

“너 그 창고 본 적 있어?”

“음, 아니.”

“우리가 쓸 물을 다 담아둔 물 창고가 있다면 그걸 왜 못 봤냐? 엄청 큰 창고일 텐데.”

모하메드가 묻는다.

“그건 관심이 없었으니까 그렇지. 그리고 물 창고가 뭐하러 커야 하냐. 난 하루에 물 세 모금밖에 안 마셔. 너나 물소처럼 벌컥벌컥 들이마시지. 다른 사람들은 안 그런다고!”

누르딘이 성을 낸다.

“내가 뭘 물소처럼 마셨다고 그래. 얼마 마시지도 않았어!”

“아까 네 입으로 그랬잖아, 인마. 배가 터지게 마셨다며.”

“그건 저녁 먹고 배가 불러서 그렇지. 물은 얼마 마시지도 않았단 말이야.”

“아, 됐어. 물소는 가서 물이나 마셔. 만든 거든 보관한 거든 대체 무슨 상관이냐. 저딴 수도꼭지가 뭐 대단한 거라고. 저건 어느 배에나 다 있는 거야, 촌닭아. 이제 너 내려가. 난 잘 거야.”

“저게 다른 배에도 있단 말이야?”

돌아누운 누르딘은 모하메드의 질문에 대꾸하지 않는다. 모하메드는 쿵쿵 소리를 내며 사다리를 내려가 보란 듯 신발을 아무렇게나 벗어 던진다. 침대에 머리를 대고 눕자 배의 흔들림이 강하게 전해진다. 모하메드는 누워서 눈살을 찌푸린다.

잠시 눈을 감고 있던 모하메드가 살그머니 일어나 흐트러져 있던 신발을 집어 머리맡에 둔다.

4. 부르하안 아부디 소위

아침 7시 30분이 되면 모하메드의 선실 자명종이 울리기 시작한다. 2층의 누르딘은 베개를 접어 양쪽 귀를 막고 1층 모하메드는 느릿느릿 일어나 시계 위 버튼을 누른다. 이 시계의 사용법은 누르딘이 가르쳐준 것이다. 알람 소리가 멎은 후에도 한참 동안 모하메드는 침대 위에 앉아 있다. 그러다 결국 무거운 몸을 일으키고 탁자 위 낫을 바지춤에 꽂아넣은 후 식당으로 향한다. 식당에는 언제나 사디요 디리가 먼저 나와 요리를 하고 있다. 모하메드는 안녕하세요, 인사를 하지만 사디요는 못 들은 척 대꾸하지 않는다. 늘 그렇기 때문에 모하메드는 기죽지 않는다.

사디요가 요리를 할 때 모하메드는 식당 주위를 청소한다. 전사들은 아무도 청결에 신경 쓰지 않기 때문에 모하메드도 그렇게 열심히 하지 않는다. 식탁 위에 떨어진 음식이나 바닥에 널브러진 쓰레기 정도만 눈에 보이지 않게 치워두는 정도이다. 그 후엔 달리 할 일이 없다. 사디요는 일을 이것저것 시키기보단 스스로

해치우는 편이다. 그가 요리를 하는 도중 가끔 손가락으로 필요한 재료를 가리키거나, 드물지만 "후추"라든지 "설탕" "야자유"라고 혼잣말하듯 중얼거릴 때가 있다. 그러면 옆에서 얼쩡거리고 있던 모하메드는 그걸 재빨리 가져다준다. 사디요는 그걸 받아들고 다시 요리를 하고 모하메드는 배를 벅벅 긁으며 하품이나 하는 것이다.

사디요의 요리가 완성될 때쯤 모하메드는 계단을 올라 선장실로 간다. 선장실에 노크를 두 번 하고 문을 열면 부르하안 소위는 언제나 세면실에 있다. 모하메드는 세면실에 대고 "식사 준비 다 되었습니다" 하고 말한다. 맨 처음 이 일을 맡았을 때 모하메드는 소위를 찾으러 세면실 문을 열었다가 크게 낭패를 본 일이 있었다. 이 배에서 아침에 목욕을 하는 사람은, 더구나 수염까지 칼로 다듬는 사람은 부르하안 소위밖에 없다. 모하메드는 소말리아를 통틀어도 부르하안 소위밖에 없을 것이라 생각한다.

선장실 옆에는 카넬레 자이크 하사의 방이 있다. 카넬레 하사는 선장실보다는 작지만 누르딘과 모하메드가 같이 쓰는 방의 두 배 정도 크기인 고급 선원용 선실을 쓴다. 모하메드는 부르하안 소위보다 카넬레 하사의 방에 들어가는 것이 더 무섭다.

하사의 방을 두 번 노크한다. 당연히 아무 대답이 없다. 카넬레 하사는 모하메드가 직접 깨워야 한다. 심호흡을 한 번 하고 모하메드는 문을 연다. 널찍한 침대 위에 이불을 다 걷어차고 팬티만 입은 모습으로 카넬레 하사가 자고 있다. 카넬레 하사는 단단한 근육 때문에 자고 있을 때조차 위협적으로 보인다. 모하메드는 카넬레 하사의 어깨를 살며시 흔든다. 이때 주의해야 한다. 일전에도 잠결에 하사의 주먹이 모하메드의 배로 날아든 적이 있다. 갓 태어난 젖먹이를 어를 때처럼 세심한 손길로 하사를 흔들어야 한다. "알았다. 가봐." 카넬레 하사가 눈을 감고 말한다. 그러나 가라고 했다고 해서 정말 가면 안 된다. 저번에 완전히 깨우지 않고 그냥 갔다고 카넬레 하사에게 머리를 한 대 얻어맞은 적이 있다. 카넬레 하사가 눈을 뜰 때까지 계속 어깨를 흔들어야 한다. "카넬레 하사님, 아침식사 시간입니다. 카넬레 하사님, 아침식사 시간입니다." 지금이 아침 먹을 시간이라는 걸 앵무새처럼 반복해 말하는 것도 잊어선 안 된다. 마침내 하사가 얼굴을 잔뜩 찌푸린 꼴로 눈을 뜬다. 모하메드는 쏜살같이 카넬레 하사의 선실에서 벗어난다.

카넬레 하사의 선실 옆에 압드라만의 방이 있다. 그 역시 고급 선원용 선실을 쓴다. 모하메드는 다른 아저씨들이 압드라만도 간부 대우를 받는 것에 대해 불평하는 것을 들은 적이 있다. 모하메드에게는 압드라만이 가장 쉽다. 모하메드가 압드라만의 방을 노크만 하면 언제나 "그래" 하는 대답 소리를 들을 수 있다. 압드라만이 모하메드가 아침식사를 알리러 갔을 때 일어나 있지 않은 적은 한 번도 없었다. 압드라만은 매일 새벽 5시에 일어나 알라께 새벽 예배를 드린다. 압드라만은 배 위에서 다섯 번의 의무 예배* 를 모두 수행하는 유일한 사람이다. 모하메드는 압드라만이 깨어

* 이슬람교를 믿는 무슬림들은 매일 메카를 향해 다섯 번의 예배를 드려야 한다.

있는 것을 알고 있기 때문에 그의 선실은 언제나 노크만 하고 지나간다.

간부들에게 아침식사 시간을 알린 후엔 선교로 올라가 마이크에 대고 아침식사를 알리는 방송을 한다. 모든 선실에 울리는 자신의 목소리를 듣는 것은 모하메드가 퍽 좋아하는 일이다. 식당으로 돌아오면 대개 많은 전사들이 벌써 와서 어슬렁거리고 있다. 그들은 저마다 총을 등에 멘 채로 돌아다닌다. 부르하안 소위와 카넬레 하사가 와야 그들은 얌전히 자리에 앉는다.

부르하안 소위와 카넬레 하사가 들어온다. 마침 문가에 라시드 디리가 서서 오마르와 이야기를 나누고 있었다. 부르하안 소위와 눈이 마주치자 라시드는 과장스럽게 서양식 경례를 한다. 그 얼빠진 모습에 모두가 웃음을 터뜨린다. 모두가 웃는 와중에도 소위는 눈썹 하나 까딱하지 않는다. 소위 뒤에 선 카넬레 하사의 눈에서 불똥이 튀자 이내 웃음소리가 멎는다. 전사들이 식판을 들고 다가오면 사디요가 식판에 칸제로*와 버터, 설탕을 덜어놓는다. 부르하안 소위와 카넬레 하사, 압드라만의 식판은 언제나 모하메드가 음식을 담아 식탁 위에 미리 놔둔다. 식판 옆에 차를 따라놓는 것은 물론이다. 부르하안 소위가 칸제로를 입에 넣으려다가 갑자기 기묘한 표정을 짓는다. 코에 가져가 냄새를 맡는다. 더없이 진지한 표정이다. 검지로 칸제로를 꾹꾹 눌러본다.

"이건 종이를 구운 건가?"

---

* Canjeero : 테프 가루 반죽한 것을 얇게 펴서 구운 소말리아 음식.

다들 식탁을 두드리고 발을 굴러대며 웃기 시작한다. 근엄한 표정을 한 카넬레 하사는 이 웃음을 어떻게 해석해야 하는 건지 잠시 고민한다.

동일13호는 속도를 죽이고 아덴 만 입구에서 아라비아반도 인근 바다를 순회하고 있다. 이 부근은 지나는 선박들의 수가 상당하다. 원유를 실은 대형 유조선이나 화물선 등이 줄지어 이 바다를 건넌다. 아덴 만은 수에즈 운하를 통과한 선박들이 지나게 되는 곳으로 아시아 물류를 최단거리로 연결하는 뱃길이다. 중동 원유의 13퍼센트가 아덴 만 해안을 거친다. 조그만 예멘 출신 어부의 고깃배들도 이 부근에 잔뜩 몰려 있다. 요즈음이 황다랑어와 눈다랑어가 나올 철이기 때문이다. 동일13호는 그런 수많은 배들 사이에 섞여 사냥감을 물색하고 있다.

이 부근 바다에 소말리아 해적들의 명성은 이미 자자하게 퍼져 있다. 때문에 대형 선박들은 인근 항에 정박해 있다가 인근 군함의 호위를 받으며 이 바다를 건넌다. 여러 선박이 선단을 이루어 건너기도 한다. 소말리아 해병대가 AK소총과 RPG미사일로 무장하고 있다고 해서 아무 선박에나 무작정 달려드는 건 아니다. 추격받는 배가 구조 요청 신호를 보낼 경우 자동으로 연합 해군에게 자신의 위치와 속력, 항로에 관한 정보가 발송되게 되어 있다. 이 일대 바다에는 세계 각국의 연합 해군이 배치되어 있어 신고가 들어오면 대개 몇 시간 이내에 해당 장소에 도착한다. 연합 해군이 도착하기 전에 배를 잡았다고 해도 배를 잡은 장소에 관한 정보를 해군이 이미 파악하고 있기 때문에 그 추적을 피하기가 쉽지 않다. 따라서 최대한 은밀하게, 신속하게 배를 잡아들여야 한다. 여러 배가 함께 있는 선단은 목표물에서 제외된다. 해가 떠 있을 때 역시 배 사냥에 적합하지 않다.

해적들이 원하는 건 대형 선박이다. 크기가 큰 배일수록 좋고 값나가는 물건을 많이 싣고 있을수록 좋다. 소말리아에서 처리하기 어려운 화물보다는 유통이 용이한 화물이 좋다. 소말리아 인근 바다에 군함을 파견하지 않은 나라의 선박이면 더욱 좋다. 정부가 불안한 나라의 규모 있는 회사가 소유한 선박이면 더할 나위 없이 좋다. 그러나 어느 정도의 규모가 있는 선박이기만 하면 해적들은 그런대로 만족이다. 소말리아 해병대는 까다롭게 조건을 따지지 않는 편이다. 그러나 무엇보다 중요한 건 혼자 운항하고 있는 선박이어야 한다는 사실이다. 소말리아 해적들이 너무 많은 활약을 벌여온 결과 불행하게도 이 바다를 혼자 다니는 대형 선박을 만나기가 쉽지 않다.

부르하안 소위는 들고 있던 쌍안경을 내린다. 그가 서 있는 곳으로 아부카드 애맨 알리가 다가오는 것을 보았기 때문이다. 곁에 있던 카넬레 하사가 고개를 돌려 아부카드를 본다.

"부르하안 소위님. 저, 뭐 하나 좀 여쭈어도 괜찮겠습니까?"

아부카드가 해실거리며 말을 꺼낸다.

"저, 사실 제가 이번이 두번째, 그러니까 2월에 한 번 바다에 나왔었고 이번이 두번짼니다. 헤헤, 알고 계시죠?"

부르하안 소위는 아무 대꾸가 없다.

"예, 저번에는 아무 보수도 없었지만, 그 원래 처음 배에 탄 사람에게는 협상금을 나눠주지 않는다고 하더라고요. 저는 이번이 두번째고 바다 일에 대해서는 알 만큼 아는 만큼, 흐흐."

부르하안 소위가 천천히 고개를 끄덕인다.

"이번엔 한몫 챙겨주신다는 말씀이시죠? 그렇죠?"

아부카드가 애처로운 표정으로 소위를 바라본다. 좀더 확실한 대답을 원하는 눈치다.

"알았으니 가봐."

카넬레 하사가 말한다. 아부카드는 머리를 긁적이며 그 자리에서 물러간다.

"뻔뻔한 녀석이군요."

카넬레 하사가 말한다.

"저런 놈들이 오래 사는 법이지."

부르하안 소위가 담담하게 말한다. 카넬레 하사는 그를 힐끔 쳐다본다.

5. 압켈 하산

바다마저 잠든 깊은 밤. 인질들은 좁은 방에 뒤엉켜 잠들어 있다. 그들의 배는 천천히 오르내리고 코 고는 소리만이 복도를 가득 채운다. 시곗바늘마저 느슨하게 움직이는 시간. 인질들이 잠든 선실들만 대낮처럼 환하게 형광등이 켜져 있다. 인질들의 선실 앞 복도에 의자를 놓고 앉아 있는 것은 이 배의 명사수 압켈 하산이다.

누군가 걸어오는 소리가 들린다. 압켈은 자리에서 일어나 허리를 비틀어 근육을 푼다. 압켈의 눈꺼풀이 평소보다 더 늘어져 있다. 이윽고 잠이 덜 깬 얼굴을 한 모하메드가 나타난다.

"수고하셨습니다."

압켈이 고개를 건성으로 끄덕이며 일어선다. 모하메드는 군내 나는 입을 벌려 하품을 한다. 그런데 압켈이 선실에 가지 않고 모하메드를 바라보고 있다. 영문을 모르는 모하메드는 어수룩한 눈으로 자기 자신을 살핀다. 압켈은 가만히 그를 바라본다.

"너 손에 든 게 뭐냐."

압켈이 차분하게 입을 연다. 모하메드는 퍼뜩 자신의 두 손을 본다. 모하메드의 오른손에 낫이 들려 있다.

"아, 이거 낫인데요."

모하메드는 머쓱하게 웃으며 대답한다.

"너 야간 보초 서는데 낫을 갖고 온 거야?"

"예. 아, 총이 없어서 그래요. 검문소 근무할 때 받은 총을 거기 두고 왔어요. 전 당연히 바다 나갈 때 새 총을 줄 줄 알았죠."

압켈이 웃는다. 모하메드도 머리를 긁적이며 따라 웃는다.

"가진 건 낫밖에 없지만 이걸로도 충분해요. 누구든 수상한 행동을 하는 놈이 있으면 이걸로 머리통을 쪼개버릴 거예요."

모하메드는 낫을 힘차게 휘둘러 보인다. 압켈은 팔짱을 낀 채로 고개를 끄덕인다. 압켈이 모하메드에게 가까이 다가오라는 손짓을 한다. 모하메드는 압켈에게 한 발 앞으로 다가간다. 압켈은 낫을 달라는 듯 손을 내민다. 모하메드는 낫을 내민다. 압켈은 낫을 받아들고 날을 살핀다. 모하메드는 곁에서 압켈이 하는 행동을 바라본다. 압켈과 모하메드가 눈이 마주친다. 압켈이 미소 짓는다. 모하메드도 답례로 미소 지으려는 찰나 압켈이 날쌔게 움직여 모하메드의 오른팔을 잡아 등 뒤로 비튼다. 팔이 꺾인 모하메드가 소리를 지른다. 압켈은 팔을 비튼 채로 모하메드를 벽에 밀어붙인다. 압켈은 모하메드를 벽 쪽으로 강하게 누른다. 모하메드는 팔이 비틀려 움직일 수가 없다. 압켈이 모하메드의 귀에 입을 바짝 대고 말한다.

"애송아, 잘 들어. 난 네가 죽든 말든 전혀 상관이 없어. 그러나 다음에 보초를 설 때 또 저 낫 하나 들고 나오면 내 손에 죽을 줄 알아라. 알았냐? 네 무기가 낫밖에 없다는 건 너도 알고 나도 알고 저들도 안다. 만약 새벽에 저들이 반란을 시도한다면 그건 절대로 네가 보초를 서고 있을 때야. 왜냐면 넌 이 빌어먹을 낫밖에 가진 게 없으니까. 저들은 스무 명이 넘고 넌 혼자다. 두 명만 나와도 그따위 낫쯤 간단히 제압할 수 있어. 멍청한 너는 끽 소리 한번 못 지르고 목 졸려 죽고 말걸? 네가 죽으면 인질들은 이 낡아빠진 낫을 들고 다른 놈의 방에 들어가겠지. 난 네놈 때문에 내 소중한 잠을 방해받고 싶지 않단 말이야. 또 한번 네놈이 낫 하나 들고 내려오는 꼬락서니를 보이면 그땐 내가 네 머리통에 총알을 박아넣어줄 거야. 알겠어?"

모하메드가 간신히 고개를 끄덕인다. 압켈은 모하메드의 팔을 놓으며 바닥으로 세차게 밀친다. 모하메드가 바닥에 주저앉는다. 압켈은 모하메드 옆으로 낫을 던진다. 낫이 요란한 소리를 내며 바닥에 떨어진다. 모하메드는 어깨를 감싸쥐고 압켈을 노려본다. 압켈은 모하메드를 뒤로한 채 자기 선실로 걸어간다. 모하메드는 오른쪽 어깨를 주무르며 낫을 집어든다. 압켈이 발걸음을 멈추고 모하메드를 본다. 모하메드는 부루퉁한 얼굴로 압켈을 보고 있다. 압켈이 슬며시 웃는다.

"참, 네가 총이 없다고 했지?"

모하메드는 압켈을 쏘아본다.

"내 총을 너한테 줄까?"

모하메드의 눈매가 조금 부드러워진다.

"너도 알지? 내가 RPG미사일 들고 보트 타는 거. 그러니까 나로서는 꼭 이 총이 필요한 건 아니란 말이야. 보초를 서거나 할 때만 살짝 빌리면 될 것 같은데. 어때? 갖고 싶어?"

모하메드는 어정쩡하게 고개를 끄덕인다. 기분은 상했지만 구미가 당기는 제안인 걸 부인할 수 없다. 이 배에 탄 이후 모하메드는 무엇보다 자신의 총을 갖고 싶었다. 총도 없는 해병대라니 우습지 않은가. 인질들을 볼 때마다 어쩐지 낫자루 하나 들고 있는 자신을 무시하는 것 같아 늘 속이 상했다. 내색은 하지 않았지만 누르딘이 보초를 서러 갈 때 AK소총을 어깨에 메는 모습이 얼마나 부러웠는지 모른다. 게다가 압켈의 총은 전혀 헌것 같지가 않았다. 모하메드는 압켈이 바다에 나오지 않을 때는 무기 거래를 한다는 것을 들어서 알고 있었다. 아저씨들 말에 따르면 압켈이 쓰는 총은 그 자신이 좋은 부품을 모아 조립해 만든 최상급의 물건이라는 것이다.

"저는 근데 총 살 돈이 없어요."

모하메드가 우물거리며 말한다. 압켈이 히죽 웃는다.

"네놈이 가진 게 아무것도 없을 거라는 건 당연히 알고 있어. 그러나 너는 내 조카뻘 아니냐. 게다가 같은 배를 탄 사이니 내가 특별히 사정을 고려해줄 수 있지. 넌 카트 안 하지?"

모하메드는 경계하는 눈빛으로 고개를 끄덕인다.

"어제 준 건 어떻게 했냐?"

"그냥 받지 않았어요."

"이거 봐라. 사디요 저 욕심쟁이 뚱뚱이놈. 사촌이면 뭐해. 카트를 누가 안 받는지 카트가 얼마나 남았는지 그런 건 말해주는 법이 없다니까. 분명 그놈이 네 몫을 다 가로채왔을 게다. 이렇게 하자. 앞으로 매일 밤 네가 받은 카트를 전부 내게 넘겨라. 알겠냐?"

모하메드가 고개를 끄덕인다.

"그래. 일단 2주간 카트를 주면 그때부터 내 방에서 총을 빌려갈 수 있게 해주마. 그리고 이번 장사 끝날 때까지 계속 카트를 가져오면 배에서 내릴 때 이 총은 네 것이 되는 거야. 어때?"

모하메드는 아무 대답 없이 압켈의 총을 바라본다. 형광등 빛을 받아 매끈한 총부리가 유혹적으로 반짝인다.

"안 내키면 관두고."

압켈이 총을 어깨 쪽으로 추어올린다.

"아, 아니에요. 할게요, 할게요!"

모하메드가 다급하게 손을 내민다. 압켈은 만족스러운 표정으로 악수를 한다.

"내일부터 카트를 가져와. 2주 동안 꼬박꼬박 잘 가져오면 총을 빌려주마. 그전까진 야간 근무 설 때 낫을 가져오든 말든 너 하고 싶은 대로 해. 알았냐?"

모하메드는 열심히 고개를 끄덕인다.

"그래, 그럼 나는 간다. 인질들 잘 감시하고."

압켈은 모하메드의 머리를 두드리더니 자기 선실로 향한다. 그의 뒷모습이 사라져가자 모하메드의 잇몸이 환하게 드러난다.

모하메드는 인질들의 선실 앞에 낫을 들고 섰다. 인질들은 순순히 잠들어 있다. 형광등 불빛이 고통스러운지 몇몇은 얼굴을 찡그리고 잔다. 두고 온 마누라라도 생각하는지 사타구니에 손을 넣고 긁적이는 놈도 있다. 코 고는 소리가 문밖으로 평화롭게 들려온다. 누가 감히 나를 만만히 본단 말이야. 이제 조금만 있으면 총도 가지게 되는 모하메드님인데. 누구든 나오기만 해봐. 배때기를 찢어줄 테니. 모하메드는 눈을 반짝이며 낫을 쥔 손에 힘을 준다.

밤은 사람을 풀어지게 한다. 인질들 앞에 선 모하메드의 고개가 자꾸만 숙여진다. 모하메드는 반쯤 감긴 눈으로 시간을 살핀다. 아직 채 한 시간도 지나지 않았다. 모하메드는 한숨을 쉬며 복도 벽에 기대선다. 선실 앞에 놓인 작은 철제 의자가 보인다. 이때까지 모하메드와 교대했던 전사들은 모두 저 의자에 앉아 교대를 기다리고 있었다. 모하메드는 생각한다. 과연 그들은 교대 시간에만 저 의자에 앉았을까? 그들이 정말 보초를 서는 3시간 내내 서 있었을까? 카넬레 하사는 야간 근무시 반드시 서서 인질들의 동태를 살피라고 했지만, 그런 수고를 꼭 해야 하나. 다리도 아프고 허리도 아프고. 저들은 코나 골고 있는데 말이야. 그리고 의자에 앉는다고 해서 꼭 잠이 드는 건 아니잖아. 앉긴 앉아도 눈을 부릅뜨고 저들을 감시할 텐데 문제가 될 게 뭐가 있겠어. 모하메드는 고개를 연거푸 끄덕인다. 그럼, 난 다리가 아파서 앉는 거야. 앉아서 아주 철저하게 저들을 감시할 거라고. 모하메드는 의자에 앉는다. 모하메드의 눈꺼풀이 아래로 처진다.

어떤 기척이 느껴져 모하메드는 벌떡 일어난다. 의자가 뒤로 넘어져 시끄러운 소리를 낸다. 복도가 고요하다. 모하메드의 신경이 날카로워진다. 모하메드는 선실을 살핀다. 107호 선실 5명 모두 있고, 108호 선실 이상 없다. 109호 선실 4명 다들 자고, 110호 선실. 모하메드는 소스라치게 놀란다. 누군가 일어서서 선실 문의 창 너머로 모하메드를 바라보고 있다. 모하메드는 그와 눈이 마주친다. 헝클어진 머리, 퀭하니 흐려진 눈. 모하메드의 팔뚝에 소름이 돋는다. 모하메드는 그자의 정체를 알기 위해 기억을 더듬는다. 누구더라, 저 정도 덩치에 입 주변의 거친 수염. 짙은 눈썹. 핏기 없는 얼굴. 아, 저자는 기관장 파크(Park)다. 모하메드는 그가 누군지 비로소 기억해낸다. 기관장 파크는 형광등 불빛을 정면으로 받으며 기묘한 표정으로 모하메드를 바라보고 있다. 순간 아까 압켈이 했던 이야기가 모하메드의 머릿속을 스치고 지나간다. 모하메드의 등에 식은땀이 흐른다. 그때 109호 선실의 선원 하나가 살짝 눈을 떠 주변 상황을 살피는 것이 보인다. 선원은 순식간에 눈을 감고 다시 자는 척을 한다. 모하메드는 110호 선실 문을 단단히 틀어잡는다. 파크가 문 쪽으로 서서히 다가온다. 모하메드는 낫을 아래로 흔들어 빨리 누우라는 제스처를 한다. 파크는 그 자리에 서 있다. 그는 소름끼치는 표정으로 알 수 없는 손짓을 한다. 모하메드는 낫을 흔들며 억지로 험상궂은 표정을 지어 보인다. 그때 107호 선실에서 달그락, 하는 소리가 난다. 모하메드는 급히 그쪽으로 고개를 돌린다. 107호 선실의 인질들은 시치미를 떼고 자는 것처럼 누워 있다. 그런데 잠깐. 어쩐지 코 고는 소리가 들리지 않는다. 언제부터인가 복도를 가득 메웠던 그 소리가 사라졌다. 모하메드의 다리가 조금씩 떨려오기 시작한다. 모하메드는 110호 선실의 문고리를 더욱 꽉 틀어잡고 오른손에 낫을 든 채로 몸을 최대한 뒤로 뺀다. 어느 방에서 인질이 튀어나오더라도 반응할 수 있게 시야를 확보하는 것이다. 여전히 파크는 문 앞에 서서 모하메드를 바라보고 있다. 모하메드는 충혈된 눈으로 이리저리 사방을 살핀다. 어느 쪽이든 문이 열리면 제일 먼저 튀어나오는 놈의 대갈빡에 낫을 박아줄 것이다. 파크의 손이 안쪽 문고리 쪽으로 다가온다. 모하메드는 더욱 세게 문고리를 쥔다. 손에 땀이 흥건하다. 파크가 문을 열지 못하도록 계속 문고리를 붙들고 있을 자신이 없다. 적들이 나오면 크게 소리를 질러야지. 모하메드는 생각한다. 소리를 지르면 나를 도우러 전사들이 올 거야. 낫만 빼앗기지 않으면 다른 전사들이 저들을 쉽게 제압할 수 있을 거야. 정적이 무섭게 그를 조여온다. 어쩐지 아까 꺾였던 오른쪽 팔에 힘이 안 들어가는 것 같다. 파크가 다가온다. 그의 손이 자꾸만 아래를 가리킨다. 저 제스처의 뜻을 알 수가 없다. 파크의 표정이 일그러진다. 모하메드의 표정도 절박하게 일그러진다. 모하메드가 파크와 문고리를 잡고 실랑이를 벌이는 동안 다른 곳에서 인질들이 튀어나올 수도 있다. 파크의 손이 문고리로 다가온다. 선수, 선수를 놓치면 모든 것이 끝장이다. 모하메드의 모든 땀구멍에서 땀이 쏟아지기 시작한다. 심장이 터질 듯이 뛴다. 모하메드는 이를 악문다. 더이상 참을 수가 없다. 그는 110호 선실의 문을 벌컥 연다. 파크가 팔을 쳐든다. 모하메드는 파크를 향해 낫을 든다. 오른쪽 팔 근육이 팽팽하게 늘어난다. 낫을 든 오른팔이 내려간다.

빠르게 내려간다. 파크의 머리통을 향해 낫을 내려친다!

파크가 양팔로 머리를 가리고 바닥에 쓰러진다. 선실에 물이 고이기 시작한다. 물은 계속 불어난다. 파크의 바지 사이로 흘러나온다. 시큼한 냄새가 올라온다. 파크가 얼굴을 가리고 울음을 터뜨린다. 거구의 중년 사내가 계집애처럼 소리 내어 울고 있다. 모하메드는 숨을 헐떡인다. 낫은 선실 바닥에 날아가 꽂혀 있다. 낫이 그의 머리통에 박히기 직전에 모하메드는 그의 눈을 보았다. 찰나의 순간 그의 눈이 말하는 것을 들었다. 모하메드는 그가 단지 화장실에 가고 싶었다는 것을 알았다. 모하메드가 그의 눈에서 본 것은 공포였다. 모하메드의 눈에 깃들었던 것 역시 공포였던가. 모하메드는 어떻게 낫을 놓쳤는지 기억할 수 없다. 파크의 머리통이 부서진다고 생각한 순간 그의 손에는 낫이 없었다.

모하메드는 크게 숨을 내쉰다. 파크의 오줌이 끝없이 나온다. 파크는 선실 바닥에 엎드려 흐느끼고 있다. 모하메드는 얼굴에 맺힌 땀을 닦고 선실 안으로 걸어들어가 낫을 집어든다. 낫자루가 축축하다. 모하메드의 검은색 반팔 티셔츠도 땀으로 흠뻑 젖었다. 선실에서 나와 문을 닫는다. 모하메드는 의자에 앉는다. 그는 선실의 불을 꺼주고 싶다는 생각을 한다. 아니, 끄고 싶다. 울고 있는 파크의 어깨를 보는 것이 모하메드를 불편하게 한다. 이윽고 파크는 회색 근무복을 벗어 그의 몸에서 나온 것들을 닦는다. 모하메드는 고개를 돌린다. 형광등이 너무 환하다. 모하메드의 손에 들린 낫이 무겁게 느껴진다.

6. 기관장 박경철

기관실은 어선의 지하 선미 쪽 끄트머리에 있다. 기관실의 문은 두꺼운 강철로 이루어졌으며 문 앞에는 경고를 의미하는 문구가 붙어 있다. 문 중앙에는 둥그런 모양의 강철로 된 문고리가 있는데 문을 열기 위해선 양손으로 문고리를 잡아 돌려야 한다. 이곳에 들어오는 것은 모하메드로선 처음이다.

기관실은 기계로 이루어진 마을처럼 보인다. 2층으로 된 기관실을 가득 메운 회색 기계들이 저마다 다른 음색의 소음을 뱉어낸다. 연기를 뿜어내는 기계가 있는가 하면 여러 가지 색의 빛을 내는 기계도 있다. 모하메드로서는 이 기계들의 용도를 알 길이 없다. 귀를 괴롭게 하는 소음과 기계실에 가득한 열기 탓에 모하메드는 얼굴을 찡그린다. 모하메드는 난간을 잡고 기관실 1층으로 내려간다. 1층에는 세 명의 인질들이 기계를 만지고 있다. 그들은 모두 기계와 같은 회색 옷을 입고 단단한 재질의 흰색 둥근 모자를 쓰고 있다. 인질들은 모하메드가 다가오자 슬금슬금 자리를 피한다. 이곳을 총괄하는 이는 기관장인 박경철이다. 그는 모하메드를 보자마자 턱 근육이 딱딱하게 굳었다. 기관장은 모하메드를 외면한 채 주 기관을 조작한다. 모하메드는 파크 근처에 있는 기계 앞에 서서 그것을 유심히 들여다보는 시늉을 한다.

요사이 모하메드는 근무를 마친 후 쉬이 잠들지 못했다. 모하메드로선 자신이 무엇에 대해 고민하고 있는 것인지조차 알 수 없었다. 그러나 이런저런 생각 끝에 떠오르는 건 무력하게 들썩이던 기관장의 어깨였다. 그날의 사건은 아무리 노력해도 우습거나 통쾌하게 생각되지 않았다. 모하메드가 알라께 기도를 드렸다면 그건 낫을 놓치게 해준 일에 대한 고마움 때문이었다. 간밤에도 그 일을 생각하며 모하메드는 몇 번이고 가슴을 쓸어내렸다.

모하메드는 박경철 기관장을 바라본다. 파크는 기관의 계기판을 뚫어져라 쳐다보고 있다. 그의 굵직한 팔다리가 미세하게 떨린다. 기관장의 큰 덩치가 한없이 왜소하게 보인다. 모하메드는 그가 늙은 코끼리 같다고 생각한다.

"모하메드 이브라힘."

모하메드가 기관장에게 말한다. 기관장이 그를 바라본다.

"모하메드 이브라힘."

모하메드가 자신을 가리키며 말한다. 박경철 기관장은 여전히 경직된 표정으로 모하메드를 바라본다. 모하메드 이브라힘. 그가 한 번 더 자기 이름을 말하자 기관장이 고개를 끄덕인다. 그때 모하메드에게 어떤 생각이 스치고 지나간다. 그는 기관실을 나가 그의 방으로 뛰어간다.

"야, 누르딘, 뭐하냐?"

"왜?"

누르딘은 2층 침대 위에 누워 빼꼼 고개를 내민다.

"너 영어 할 줄 안다고 했지?"

"어. 난민수용소에 있을 때 조금 배웠다니까. 헬로오우. 오우케이."

누르딘이 혀를 굴리며 으쓱하는 표정으로 말한다.

"야, 잘됐다. 같이 기관장한테 좀 가자. 네가 통역해줘."

"무슨 통역을 해, 인마. 뭐 할 말이 있다고."

누르딘의 얼굴이 쏙 들어간다. 모하메드가 사다리를 타고 2층으로 올라간다.

"그, 네가 저번에 백인들이 물을 못 만든다고 했잖아. 나는 만들 수 있다고 했고. 그거 확인해봐야지."

"갑자기 그게 무슨 소리야, 인마."

누르딘이 퉁명스럽게 말한다.

"저번에 네가 배에 있는 물이 빗물을 받아놓은 거라고 그랬잖아!"

"그거야 그렇지. 신께서 다 주시는데 뭐하러 고생해서 만들겠냐."

"그러니까 같이 가서 물어보자. 물을 만드는 건지 빗물을 모아놓은 건지 확실히 해야지. 물을 진짜로 만들 수 있다면 어떻게 만드는지 알려달라고 할 거야. 아, 빨리 일어나."

모하메드가 계속 보채자 누르딘은 할 수 없다는 듯 사물함 위 AK소총을 어깨에 건다.

"헤이."

두 해적 소년이 기관장 앞에 섰다. 누르딘이 비장한 눈초리로 파크를 쏘아본다. 박경철 기관장의 얼굴에 긴장한 빛이 역력하다.

"물을 만들 수 있는지 물어봐."

모하메드가 옆에서 누르딘의 팔을 흔든다.

"캔 쥬, 캔 쥬, 와탈(Can you, can you, water)?"

박경철 기관장은 알 수 없다는 듯 고개를 흔든다. 누르딘이 얼굴을 찡그린다.

"마슌, 마슌, 와탈 마슌(Machine, machine, water machine)."

누르딘이 집게손가락으로 아래를 가리키고 병을 쥐고 마시는 흉내를 낸다.

"와탈, 와탈!"

기관장이 혼란스러운 표정으로 누르딘을 본다. 누르딘이 돌연 기관장의 뺨을 때린다. 모하메드가 놀라 누르딘을 쳐다본다.

"와탈!"

누르딘이 계속 무언가를 마시는 제스처를 한다.

"마슌!"

옆에 있는 기계를 가리킨다.

"와탈 마슌!"

"워터?"

기관장이 자신 없는 목소리로 되묻는다. 누르딘은 반가워 손뼉을 친다.

"워터, 워터, 마슌!"

누르딘이 옆에 있는 기계를 손바닥으로 통통 친다. 기관장이 고개를 끄덕이더니 그들을 데리고 어딘가로 간다. 그는 어떤 커다란 기계 앞에 서서 그걸 가리킨다.

"워터 머신."

"야, 무슨 이야기 하고 있는 거야? 나한테 말을 해줘야지!"

모하메드가 누르딘의 어깨를 흔든다.

"할 수 있대나봐. 이게 물 만드는 기계래."

누르딘이 모하메드를 돌아보며 말한다.

"진짜 할 수 있대?"

"그래, 할 수 있대."

"물을 만들 수 있다고?"

"아, 그렇다니까!"

모하메드는 기계를 바라본다. 둥그렇게 생긴 기계는 여러 개의 파이프가 달렸고 조그만 시계처럼 생긴 것들이 파이프 옆에 붙어 있다. 그는 아무 밸브나 잡고 움직여본다. 옆에 붙은 시곗바늘이 확 돌아간다. 기관장이 깜짝 놀라 밸브를 원 위치로 놓는다. 모하메드는 엉겁결에 손을 뗀다. 누르딘이 입맛을 다신다. 모하메드가 눈을 껌벅인다.

"이거야?"

"응."

모하메드는 기계를 물끄러미 바라본다.

"야, 이거 말고 물 만드는 모습을 보여달라고 해봐."

"물 만들 수 있다고 재가 그랬잖아. 그거면 됐지. 뭘 자꾸 해달래."

누르딘이 짜증을 낸다.

"저것만 봐서 내가 어떻게 알아. 어떻게 물을 만드는지 직접 보여달라고 해봐. 쉽게."

"아, 이 새끼. 사람 피곤하게 하네."

누르딘이 고개를 절레절레 흔든다.

"쑈 미, 쑈 미, 와탈, 메이끄(Show me, show me, water, make). 와탈 메이끄(Water make)."

기관장은 잠시 머리를 긁적이더니 기계 앞에 서서 무언가를 조작하려 한다. 누르딘이 그의 팔을 잡는다.

"노 마슌, 노, 노, 노(No machine, no, no, no)."

누르딘은 손으로 기계를 가리킨 후 두 팔을 교차해 엑스 표시를 한다.

"유 쑈 미."

누르딘이 그를 가리킨 후 자신의 두 눈으로 무언가를 본다는 제스처를 한다.

"유 쑈. 메이끄 워털."

"메이크 워터?"

"예쓰! 메이크 워털. 쑈 미."

기관장은 난처한 표정으로 얼굴을 쓰다듬는다. 이윽고 그는 어디론가 향한다. 모하메드와 누르딘은 키득거리며 그의 뒤를 따라간다. 그는 주방으로 간다. 주방용품을 만져도 되겠느냐는 손짓을 한다. 두 흑인 소년은 고개를 끄덕이며 빨리 하라고 손짓한다.

기관장은 양은 냄비를 하나 고르고는 그보다 큰 다른 냄비의 뚜껑을 찾아 든다. 그는 양은 냄비와 큰 냄비 뚜껑을 들고 어선 지하에 있는 냉동 창고로 간다. 그는 냄비 뚜껑을 냉동 창고에 집어넣고 문을 닫는다.

"지금 저 새끼 뭐하려는 거지?"

"기다려봐. 물 만드는 거 보여준다잖아."

모하메드가 들뜬 목소리로 말한다. 기관장은 냄비를 들고 갑판으로 나간다. 배 후미 끝으로 가서 냄비를 들고 엎드린다. 그는 냄비로 바닷물을 가득 뜬다. 바닷물이 든 냄비를 그들에게 내민다.

"솔트 워터(Salt water)."

모하메드와 누르딘은 고개를 갸우뚱하며 손을 냄비에 넣어 바닷물을 맛본다. 그냥 짠맛이다. 그들은 영문을 몰라한다. 기관장은 냄비를 들고 다시 주방으로 간다. 가스레인지를 켜고 바닷물이 든 냄비를 올려둔다. 얼마 지나자 물이 끓기 시작한다. 기관장은 냉동 창고로 가서 급속 냉동된 냄비 뚜껑을 웃옷으로 감싸쥐고 주방으로 뛰어간다. 소년들도 그를 따라 뛴다. 냄비 뚜껑을 들고 그는 소년들을 한번 바라본다. 주방에서 집게를 찾아 냉각된 냄비 뚜껑을 잡고 바닷물이 끓고 있는 냄비 위에 올려놓는다. 쉬이익, 하는 소리와 함께 냄비 뚜껑에서 세차게 비가 내린다. 모하메드의 눈이 휘둥그레 커진다. 누르딘 역시 깜짝 놀란다. 기관장은 냄비 뚜껑을 뒤집어 냄비에 고인 물을 그들에게 내민다. 모하메드가 조심스레 냄비 뚜껑을 손가락으로 건드려본다. 아직 따뜻한 기운이 남아 있다. 모하메드는 손가락으로 냄비 뚜껑에 고인

물을 찍어 혀에 대본다. 고개를 갸우뚱한다. 그는 냄비 뚜껑을 혀로 핥아본다.

"야, 진짜야! 이거 물이야! 진짜 물을 만들었어!"

누르딘이 냄비 뚜껑을 뺏어들고 혀로 핥는다. 분명 물맛이다. 모하메드는 완전히 흥분한다. 그는 주방과 냉동 창고를 뛰어다니며 다른 여러 냄비 뚜껑으로 같은 실험을 해본다. 냄비 뚜껑이 클수록 더 많은 비가 만들어진다. 냄비 뚜껑의 차가운 기운이 식으면 비는 더이상 내리지 않는다. 모하메드는 신이 났다. 뚜껑에서 비가 내릴 때마다 모하메드는 환호성을 지른다.

"야, 이거면 돼! 이거면 소말리아에서도 종일토록 물을 마실 수 있어! 엄청나게 커다란 냄비 뚜껑을 만드는 거야. 바로 옆에 냉동 창고를 만들어서 계속 반복하면 물이 생기는 거잖아!"

"이제 그만해. 한번 봤으면 됐지 몇 번을 하냐."

"이거 봐! 야, 이거 봐! 냄비에 있던 바닷물이 사라지고 하얀 알갱이들만 남았어. 이거 소금이야, 소금! 너도 이거 먹어봐. 바닷물로 물과 소금 둘 다 만들 수 있는 거야!"

누르딘은 모하메드가 입가로 소금 덩어리를 내밀자 못마땅한 표정으로 고개를 돌린다. 뛸 듯이 기뻐하는 모하메드를 보며 기관장의 표정이 점차 편안해진다.

"야야, 이것 좀 물어봐줘. 차갑던 뚜껑이 따뜻해지면 비를 못 만들잖아. 근데 냄비 밑에 불을 피우면 뚜껑이 금방 따뜻해질 수밖에 없잖아. 뚜껑을 계속 차갑게 하려면 어떻게 해야 하는지 물어봐봐."

누르딘이 기관장을 본다. 기관장이 웃음을 머금은 표정으로 누르딘을 바라본다. 별안간 누르딘의 표정이 일그러진다. 누르딘은 파크의 옆구리를 냅다 걷어찬다. 기관장이 옆구리를 감싸쥔다.

"게털웨이, 게털웨이(Get away)!"

누르딘이 손으로 주방 문을 가리킨다. 기관장이 옆구리를 움켜쥐고 신음 소리를 내뱉는다. 그는 엉거주춤한 걸음으로 주방을 나간다. 모하메드는 얼빠진 얼굴로 바라보고 있다.

"뭐하는 거야, 너!"

모하메드가 누르딘에게 소리친다.

"내가 꼭 해야 했던 일을 한 거야."

누르딘이 침착하게 말한다.

"무슨 헛소리야, 멍청아! 왜 저 아저씨를 갑자기 때리는 거야!"

모하메드가 성을 낸다.

"너야말로 대체 뭐하는 거야?"

"뭐?"

"저놈은 인질이야. 무슨 바보 같은 짓이야? 인질 앞에서 이빨을 죄 드러내고선 펄쩍펄쩍 뛰고. 저 녀석이 널 얕잡아보고 있는 걸 모르는 거야?"

"뭐야!"

모하메드가 달려가 누르딘의 멱살을 잡는다. 누르딘은 모하메드의 손을 꽉 잡아 옷깃에서 떼어낸다.

"이 멍청한 새끼야. 넌 아무것도 모르고 있어! 왜 우리가 저 자식들을 가둬놓지 않는 줄 알아? 그건 우리들이 이 배를 제대로 조종할 줄 모르기 때문이야, 멍청아. 키나 대충 돌릴 줄 알았지, 엔진이라든지 보일러라든지 전사들 중에서 그런 걸 다룰 줄 아는 사람이 한 명이라도 있는 줄 알아? 저놈들이 마음만 먹으면 우린 소말리아로 돌아가지도 못해. 저놈들은 우리보다 훨씬 많은 걸 알아. 훨씬 교활하고 훨씬 더 잔인해. 우린 절대로 놈들에게 우리가 모른다는 사실을 들켜선 안 돼. 우린 놈들에게 얕보여선 안 된다는 말이야. 무슨 말인지 알아들어?"

"물을 만들었다고! 넌 그게 놀랍지 않았어?"

"저딴 건 대단한 것도 아니야. 몇 번을 말해야 되냐! 이 고물 어선에 있는 건 세상 어디에나 있는 거야. 저따위 바보 같은 기계, 돈만 있으면 얼마든지 살 수 있어. 너희 가족들이 난민수용소에 갔다고 했지? 내가 말해주지. 난 난민수용소에서 자랐어. 백인들이라면 얼마든지 알고 있지. 백인들은 우리에게 매일 쥐꼬리만큼 먹을 것을 줘. 우린 그걸 먹으려고 반나절 줄을 서지. 먹지 않으면 살 수 없으니까 말이야. 그들에게 우리는 경쟁하듯 불쌍한 척, 배고픈 척을 해야 한다구. 피부가 하얀 자식들은 지들이 우리들의 신인 줄 알아. 우리들 앞에 서서 우리를 자기들 마음대로 움직이려 하지. 그러면서 한편 우리가 지나가면 코를 잡아. 우리가 그들을 만지면 질겁하고 놀라. 왜 줄 알아? 그들에게 우리는 장난감에 지나지 않기 때문이야. 특히 역겨운 게 뭔지 알아? 사진을 찍는 거야. 저들은 말라비틀어진 우리들의 모습을 사진기에 담길 좋아해. 자신은 그 옆에 서서 자애로운 표정을 짓고 있는 거야. 헐벗고 굶주린 우리를 구제하는 신처럼 말이야. 저 자식들은 우리를 철저하게 무시하고 있는 거야. 저놈들을 믿어선 안 돼. 절대 얕보여선 안 돼. 지금 우리에게 잡힌 놈들이 동양인이라 해서 다를 줄 알아? 저들은 우리 바다에서 고기를 잡던 놈들이야. 이딴 고물 배를 끌고 인도양을 건너 우리나라 바다까지 온 거라고. 왜 여기까지 온 줄 알아? 우린 힘이 없는 나라라서 우리 바다를 지키지 못하기 때문이야. 저들은 우리 바다의 물고기들을 제 것처럼 다 쓸어가는 도둑놈들이야. 썩을 대로 썩은 과도정부놈들한테 헐값으로 종이 딱지 하나를 사고 그거면 된다고 생각하는 거지. 절대 놈들 앞에서 웃음을 보이지 마. 제기랄, 저놈들에게 우리가 얼마나 무서운 사람들인지를 제대로 보여줘야 한단 말이야!"

누르딘은 목에 핏대를 세우고 소리를 지른다. 모하메드는 그의 의견에 반박하려 했지만 말이 나오지 않는다. 기관장이 웃을 때 모하메드는 기뻤다. 사실 그를 위해 얼마간은 원숭이 흉내를 내주고 싶었는지 모른다. 파크는 덩치가 크고 머리는 반백에다 얼굴이 노랗지만, 물을 만드는 건 정말 신기했는데.

모하메드는 누르딘에게 저번의 일을 설명하고 싶다고 생각한다. 그때의 들썩이던 어깨에 대해 말해주고 싶다. 땀에 젖은 낫이 얼마나 무거웠는지, 그때의 형광등 빛이 얼마나 따가웠는지. 그때의 일은 분명 알라의 인도였다. 모하메드가 낫을 놓친 것이 아니라 알라께서 낫을 빼어든 것이었다. 모하메드는 그걸 확신하고 있다. 그러나 모하메드는 아무런 말도 하지 못한다. 그는 속에서 부글거리며 끓어오르는 일들을 도무지 정리할 수가 없다. 모하메드는 돌아서 주방 밖으로 나간다.

7. 압켈 하산

소말리아 전사들은 저녁 9시에 식사를 한다. 9시 반이면 그들의 식사가 거의 끝날 시간이다. 식사가 끝나면 그릇을 씻는 모하메드를 제외한 나머지 전사들은 식탁을 떠나 자기 선실로 간다. 그러나 얼마 전부터 압켈과 오마르, 라시드 등은 식당에 남아 어슬렁거리곤 한다. 그들이 기다리는 건 즐거운 후식이다.

9시 50분이 되면 요리를 하는 선원 2명이 주방으로 와서 그들의 저녁을 준비하기 시작한다. 해적들은 AK소총을 어깨에 멘 채로 웃음을 머금고 주방을 어정거린다. 그들이 찾는 건 시비를 걸 만한 건수이다. 해적들은 요리사 뒤를 따라다니며 그들의 식재료를 손으로 집어 먹거나 사용중인 도마를 뺏는다. 요리를 하는 선원은 그러한 대우에 이미 익숙해져 있다. 그들은 해적들이 눈에 보이지 않는 것처럼 행동한다. 감자에 묻은 해적의 손자국을 차분히 도려내고 국 위에 뜬 침을 국자로 건져낸다. 이 요리사들의 침착함은 해적들도 익히 감탄하고 있다. 해적들이 옆에서 어떤 훼방을 놓아도 선원들의 요리는 10시 반 전에 완성이 되고야 마는 것이다. 라시드는 팔짱을 낀 채로 고개를 주억거리며 항상 이야기한다.

"사디요 형님보다 이 녀석들이 훨씬 나아."

요리가 완성되면 간부급 선원 4명이 식당으로 온다. 그들이 오면 라시드가 친절히 식탁 중앙에 있는 의자 네 개를 뒤로 빼놓는다. 전사의 매너를 보여주겠다는 것이다. 그네들은 천천히 식탁으로 걸어와 라시드가 마련해준 자리에 앉는다. 라시드는 그들의 무릎에 하얀 냅킨까지 친절히 깔아준다. 인질들은 군말 없이 이를 받아들인다. 이들이 해적들의 호의를 기꺼이 받아들이는 것에는 사연이 있다. 며칠 전 라시드의 배려를 그들이 거부하자 성이 난 라시드가 그들의 식판을 엎어버린 일이 있었다. 키가 산처럼 크다고 해서 감수성이 풍부하지 않은 것은 아니다. 훌륭한 인질이 되기 위해선 해적의 여린 마음을 헤아릴 줄 알아야 한다. 선원들이 식사를 시작하면 그들 주위에 전사들이 모여든다. 꺽다리 라시드가 1등 항해사의 어깨에 한쪽 팔을 걸치고 입을 연다.

"왜 이 자식들은 밥을 다 같이 먹지 않을까?"

"이놈들은 꼬레아? 꼬루아? 어쨌든 그 나라 사람이야. 이 배가 그 나라 것이거든. 그래서 이놈들이 음식을 먼저 먹는 거야. 이들이 나머지 다른 나라 선원들에게 일을 시키지."

압켈이 기관장의 음식을 손으로 집어 먹으며 대답한다.

"얘네 나라는 부잔가? 이 배 협상이 어떻게 되고 있는지 모르겠군. 형님, 압드라만한테 혹시 뭐 들은 거 없수?"

라시드가 압켈에게 묻는다. 압켈은 얼굴을 찡그리고 고개를 젓는다.

"압드라만 그 계집애 같은 놈이 협상이라고 제대로 하겠어? 제기랄, 난 그 자식을 왜 계속 배에 태우는지 모르겠어. 영어 할 줄 아는 전사가 그렇게 없나. 형님, 압드라만이 총 쏘는 거 보셨소? 총을 쏠 때마다 몸 전체가 파도를 타는데 아주 난리도 아니야. 압드라만이 총을 쏘는 게 아니라 총이 압드라만을 쏘고 있더라고."

오마르가 AK소총을 들고 압드라만이 총 쏘는 모습을 우스꽝스럽게 따라 한다. 라시드가 식탁을 두드리며 웃는다. 오마르 맞은편에 앉은 제2항해사가 오마르의 총구가 자신을 향하자 깜짝 놀라 수저를 떨어뜨린다.

"뭐야, 이 멍청한 자식은. 이 자식 압드라만이랑 친한가본데?"

오마르가 웃으며 제2항해사에게 더욱 가까이 총을 들이민다. 항해사가 엉겁결에 팔로 자신을 겨누고 있는 총부리를 밀친다.

"어, 이 새끼 반항하는데?"

오마르가 총을 어깨에 걸치고는 양손으로 항해사의 숱 적은 머리채를 잡는다. 항해사가 눈을 동그랗게 뜨고 오마르를 바라본다. 오마르는 잔인하게 웃으며 숫제 어린아이를 다루듯 중년을 넘긴 항해사의 머리를 앞뒤로 마구 흔들어댄다. 항해사는 머리까지 붉게 달아오른다.

"오마르 형님, 적당히 봐줘. 재 그래도 지금 이 배에서 꽤 높은 사람인데 그러면 응? 카넬레 하사님도 간부급은 되도록 건드리지 말라고 하셨잖아."

라시드가 팔을 저으며 오마르를 말린다. 압켈이 비웃는다.

"거 참. 없는 자리에서도 카넬레 하사님, 카넬레 하사님, 충성심 참 대단하네."

"형님 거 모르쇼? 꺽다리 저거 저번에 카넬레 하사가 한 번 '라시드 상병'이라고 불러줬다고 좋아서는 하루 종일 입도 다물지 못했잖아."

"상병은 무슨 지랄맞을. 옛날이 좋았지. 지금보다 바다에 잡을 배도 많았고 협상금도 그 자리에서 모두 똑같이 나눠 가졌으니까. 라시드 꺽다리 새끼야, 넌 그때를 다 잊어버린 거냐?"

압켈이 소리를 빽 지른다.

"형님, 에이, 무슨 말을 그렇게 하쇼."

라시드가 서운한 표정을 짓는다.

"빌어먹을. 얘, 오마르야. 그만 놔줘라. 라시드 상병님이 하지 말라신다."

오마르가 웃으며 항해사의 머리를 놓는다. 항해사의 머리가 다 헝클어졌다. 항해사는 바로 식탁에서 일어난다. 표정이 말이 아니다. 나머지 한국인 선원들도 일어나 식당 밖으로 나간다.

"저 새끼들 저거, 지금 반항하는 거야?"

오마르가 자리에서 벌떡 일어난다. 압켈이 그의 팔을 잡는다.

이윽고 쭈뼛쭈뼛 하급 선원 20여 명이 들어온다. 그들은 고개를 들지 않는다. 누가 시킨 것도 아닌데 질서 정연하게 일렬로 서서 식판에 음식을 조금씩 퍼 담는다. 해적들은 히죽거리며 그들을 바라보고 있다. 식판에 음식을 담은 선원들은 자기들끼리 눈짓으로 상의를 한 후 해적과 최대한 멀리 떨어진 자리에 빠르게 모여 앉는다. 그들이 워낙 다닥다닥 붙어 앉아서 젓가락 하나 그들 사이를 비집고 들어갈 수가 없다. 오마르가 사뿐사뿐 걸어 그들 무리 곁으로 간다. 오마르와 가까이 있는 선원들은 고개를 식판 쪽으로 수그리고 빠르게 수저질을 한다. 오마르가 한 중국 선원의 젓가락을 낚아챈다.

"나는 통 모르겠어. 왜 신이 만들어주신 손가락을 사용하지 않고 쇠로 만든 가짜 손가락으로 음식을 집는 거지?"

오마르가 젓가락을 들고 이리저리 만져보다 식당 바닥에 던진다. 중국 선원은 잠시 머뭇거리다 그냥 숟가락만으로 음식을 먹으려 한다. 오마르는 그의 숟가락도 뺏어서 바닥에 버린다. 오마르는 그를 보며 손으로 음식을 먹으라는 제스처를 한다. 중국 선원은 어색하게 손으로 음식을 집는다. 갑자기 해적들이 왁자지껄하게 웃음을 터뜨린다.

"저 더러운 자식, 저거 왼손으로 집은 거야, 지금?"

라시드가 그 선원을 손가락질하며 웃는다. 영문을 모르는 선원이 음식을 입에 넣자 더 큰 웃음이 터진다. 오마르가 큼지막한 손바닥으로 중국 선원의 머리를 두드린다.

라시드는 긴 팔을 휘저으며 선원들 주위를 돌아다닌다. 선원들은 자기 뒤에서 들려오는 발소리를 신경 쓰지 않을 수 없다. 라시드는 춤추듯 걷다 별안간 한 선원의 의자를 걷어찬다. 선원은 식당 바닥에 꼬꾸라진다. 식판이 떨어져 그의 온몸에 음식이 묻는다. 전사들은 배를 잡고 웃느라 정신이 없다. 압켈도 일어나 선원

곁으로 간다. 그는 유독 한 명의 선원만을 좋아한다. 곱슬머리에 뚱뚱한 베트남 선원이다. 압켈은 그의 식판에 대고 걸쭉한 침을 뱉는다. 침은 음식 위에 보기 좋게 떨어진다. 선원의 손이 멈춘다. 수저를 쥔 그의 팔이 떨린다. 그는 침이 붙은 부분의 음식을 덜어낸다. 압켈은 다른 부분에 또 침을 뱉는다. 그는 힘없이 수저를 놓는다. 그는 식판을 들고 일어나 남은 음식들을 버린다.

"형님, 오늘 아침에도 저놈 음식에 침 뱉지 않았수?"

한 선원의 코를 잡아당기며 웃음기 어린 목소리로 오마르가 묻는다.

"그래. 지금 3일째 이 짓을 하고 있지. 얼마나 굶으면 침 묻은 음식을 먹을지 시험해보는 거야."

압켈이 미소 지으며 대꾸한다.

그런데 식당 밖으로 나갈 줄 알았던 뚱뚱한 선원이 새 식판을 들고 음식을 담기 시작한다. 순간 압켈의 얼굴에서 미소가 사라진다. 베트남 선원은 식탁 반대편 모서리에 혼자 앉아 음식을 입안에 퍼넣기 시작한다. 압켈이 그 선원 곁으로 천천히 걸어간다. 선원은 필사적으로 음식을 입에 쑤셔넣고 있다. 압켈이 그의 곁으로 걸어가며 총을 장전한다. 식당의 분위기가 일순 싸늘해진다. 선원의 턱 움직임이 점점 느려진다. 압켈은 그의 정수리에 총부리를 댄다. 선원의 턱이 씹기를 멈춘다.

"뱉어."

압켈이 나직이 말한다. 선원이 소말리어를 알아들을 리가 없다. 뚱뚱한 선원은 눈치를 살피며 숨죽이고 앉아 있을 뿐이다. 그는 차마 뒤도 돌아보지 못한다.

"뱉어."

압켈이 다시 한번 말한다. 선원을 바라보는 눈초리가 더할 나위 없이 싸늘하다. 선원의 눈에 눈물이 고인다. 라시드가 급하게 다가온다. 뚱뚱한 선원의 몸이 떨린다. 선원이 자기도 모르게 입 안에 있던 것을 꿀꺽 삼킨다. 압켈의 눈이 커진다. 죽이지 마! 라시드가 소리친다. 방아쇠를 잡은 압켈의 둘째손가락이 움직인다. 선원이 압켈을 향해 고개를 돌린다.

픽—

공이가 뇌관을 때리는 소리가 공허하게 울린다. 선원이 의자에서 미끄러진다. 압켈을 향해 뻗은 라시드의 팔이 내려간다. 오마르는 멍청히 입을 벌리고 있다. 애초에 총알을 넣지 않은 총이다. 압켈은 웃으며 식당 밖으로 나간다. 인질들은 가만히 수저를 쥐고 있다. 이윽고 식사가 다시 시작된다.

8. 압드라만 셰이크 압디

하루 한 번 바닷물이 황금빛으로 물드는 시간이 있다. 하늘이 붉은 미소 아래 천천히 사위어가는 시간. 검은 피부의 해적이 고개를 들어 바다를 바라본다. 누런 얼굴의 선원도 허리를 펴고 바다를 본다. AK소총의 총열 위에도 갑판 위 내팽개쳐진 그물 위에도 신의 손길이 일렁인다.

모하메드는 압켈의 총을 양손으로 들고 있다. AK-47의 묵직한 무게감이 모하메드의 가슴속에 뿌듯함으로 차오른다. 압켈과의 거래가 성사되기까지 실로 오랜 시간이 필요했다.

모하메드는 여느 때처럼 근무를 가기 전에 압켈의 선실에 들렀다. 압켈은 근무가 끝나 침대 위에 누워 있었다. 그는 모하메드가 가져온 카트 줄기를 무신경한 표정으로 바라보았다.

"꼬맹아. 거래는 취소다. 이 카트는 도로 가져가라."

"왜요?"

"아무래도 수지타산이 안 맞아. 이 거래는 하지 않는 게 낫겠어."

모하메드는 넋이 나간 표정으로 압켈을 쳐다보았다. 압켈은 이미 일주일이 넘게 자신의 카트 줄기를 챙겨온 터였다. 모하메드가 이런 법이 어디 있냐고 따졌지만 압켈은 마냥 뻔뻔할 따름이었다. 근무를 마치고 내려온 모하메드는 다시 압켈의 선실에 들렀다. 분한 일이지만 모하메드의 눈앞에 아른거리는 AK-47이 너무나 탐스럽게 빛났기 때문이다. 거래를 다시 하자고 간청하는 모하메드에게 압켈은 거드름을 피우며 2주간 누르딘 몫의 카트도 가져오면 총을 내주겠다고 했다. 모하메드는 이번엔 절대 두말하지 않겠다는 압켈의 다짐을 몇 번이고 받아낸 후 돌아갔다.

계약 이후 일주일 동안은 누르딘 몫의 카트 줄기를 어려움 없이 얻을 수 있었다. 누르딘도 카트를 하지 않아 그것을 넘기는 것에 별다른 거부감이 없었다. 그러나 기관장 파크를 사이에 두고 다툰 이후로 그들의 사이가 서먹해지자 모하메드는 더이상 누르딘에게 카트를 달라고 부탁할 수 없었다.

기관장이 냄비 뚜껑에서 물을 만드는 것을 보여주던 날 모하메드는 누르딘에게 몹시 마음이 상했다. 그러나 모하메드는 기분이 나쁜 이유를 명쾌하게 집어내기 힘들었다. 모하메드는 종일토록 그 이유에 대해 고민했다. 그를 결정적으로 화나게 한 것은 자신을 대하는 누르딘의 태도였다. 누르딘이 모하메드보다 바다 경험이 많은 건 사실이지만 모하메드에겐 나름의 생각이 있었다. 누르딘은 그걸 전혀 고려하지 않았다. 그것이 무엇보다 불쾌했다.

그렇다면 모하메드가 가진 생각이란 무엇인가. 그건 모하메드도 정확히 알 수 없었다. 인질에게 너무 잘해주면 안 된다고 하는 누르딘의 말은 분명히 일리가 있다. 그들은 소말리아의 물고기를 훔친 도둑이었다. 도둑은 마땅히 도둑의 대우를 받아야 한다. 또한 인질들 앞에서 전사들의 위엄을 떨어뜨릴 만한 일을 하지 않아야 한다는 말도 틀린 말이 아니었다. 그러나 어쩐지 모하메드는 개운하지 않았다. 선원들은 전사들에 비해 너무 약했다. 그들은 자신에게 쏟아지는 어떤 모욕에도 대응하지 못했다. 그들의 무력한 눈길과 처진 어깨가 모하메드를 괴롭게 했다. 모하메드로선 우리가 옳은 일을 하고 있는 것이라고 확신할 수가 없었다. 어쩌면 선원들을 때리거나 모욕하지 않고도 이 일을 해나갈 수 있지 않을까? 그러나 모하메드는 이러한 점에 대해 누르딘에게 말할 수 없었다. 모하메드가 느끼는 괴로움은 여자들이나 가질 나약한 마음에서 나오는 것이기 때문이다. 모하메드는 자신의 괴로움을 인정할 수 없었다. 모하메드는 자신의 분노에 대해 스스로 납득할 만한 이유를 찾아야 했다.

밤새 생각에 생각을 거듭한 끝에 모하메드는 결론을 내렸다. 그날 기관장에게 볼일이 있던 건 모하메드였다. 그를 어떻게 다룰지에 대한 건 모하메드가 결정할 사항이다. 그런데 자신이 상대하고 있던 인질을 제삼자인 누르딘이 내보낸 것은 명백하게 모하메드의 판단력을 무시하는 행동이었다. 기관장 파크의 눈에 얼마나 모하메드가 한심해 보였을 것인가. 바로 이 부분이 모하메드가 누르딘의 주장—인질 앞에서 웃으면 그들이 너를 우습게 본다—을 꺾을 수 있는 중요한 대목이었다. '네가 인질 앞에서 내 권리를 무시함으로써 내가 인질들에게 더 우스운 꼴이 되었어!' 라고 누르딘에게 똑똑히 일러주리라, 모하메드는 다짐했다.

반면 누르딘은 그 일에 대해 크게 신경 쓰지 않고 있었다. 요사이 모하메드가 뭔가 꽁해 있다는 걸 알았지만 그걸 달래줄 생각은 없었다. 모하메드가 그런 사소한 일 가지고 계집애처럼 구는 게 도리어 짜증스러웠다. 누르딘과 모하메드는 며칠간 한마디도 나누지 않았다. 보초 때문에 상대를 깨워야 할 땐 침대나 베개를 거칠게 흔들었다. 그러나 한편 모하메드로선 압켈의 AK-47이 아쉽지 않을 수 없었다. 압켈은 매일 밤 모하메드의 카트를 받았다. 그러나 모하메드가 '이제 총을 주세요'라고 하면 '누르딘의 남은 일주일치 카트를 가져오지 않으면 안 돼'라고 딱 잘라 말하는 것이었다. 모하메드는 자신의 카트를 죄 갖다 바치면서 정작 총은 멀리서 바라볼 수밖에 없는 신세가 되고 말았다.

그러던 것이 오늘, 마침내 압켈의 AK소총이 모하메드의 손에 들어오게 된 것이다. 갈등의 해결은 간단했다. 누르딘이 3일 전, 아무 말 없이 자기 몫의 카트를 모하메드에게 건넴으로써 모든 일이 끝났다. 그날부터 모하메드와 누르딘은 다시 막역한 친구 사이로 돌아갔다. 사실 같은 방을 쓰면서 대화하지 않는 것은 피차 괴로운 일이었다. 압켈도 며칠 동안 누르딘의 카트를 다시 가져다주자 계약 조건이 달성된 건 아니지만 오늘부터 총을 빌려가도 좋다고 허락해주었다. 누르딘과의 지난 일은 해결되지 않은 채 어물쩍 넘어가게 되었지만 모하메드의 손에 쥔 AK-47은 그 모든 일들을 용서하기에 충분한 것이었다.

"진짜 멋있네."

손에 들린 총을 보며 모하메드가 말한다.

"오늘 하늘은 정말 알라의 작품이야."

옆에 선 누르딘이 이야기한다. 모하메드는 고개를 든다.

두 소년은 난간에 기대어 하늘을 바라보고 있다. 붉은 노을이 그들의 얼굴을 따뜻하게 감싼다. 하늘 위로 주황빛 구름이 새털처럼 흩날리고 바다는 금빛 비단을 걸치고 부드럽게 출렁인다. 그때 압드라만 셰이크 압디가 갑판실에서 나오는 것이 소년들의 시야에 들어온다. 압드라만은 포갠 양손을 배꼽 위에 두고 경건하게 서서 예배 자세를 잡고 있다. 누르딘은 그를 못마땅하다는 듯 쳐다본다.

"저 알라쟁이 아저씨 또 예배하러 나오셨군."

누르딘이 눈을 흘기며 말한다.

예배를 마치고 압드라만은 자리에서 일어난다. 해는 다 져서 이제 사방이 어둡다. 그는 곧 소년들의 시선을 눈치챈다. 압드라만이 소년들을 향해 걸어온다. 압드라만은 훌쭉한 몸에 어깨가 좁은 왜소한 체형이다. 튀어나온 이마 아래로 테가 큰 안경이 있고 이목구비는 죄 작고 시시하게 생겼다. 그나마 턱 밑에 있는 닭 벼슬만한 수염이 간신히 그의 품위를 유지시켜준다. 압드라만은 작은 눈을 가늘게 늘어뜨리며 소년들을 향해 미소 짓는다.

"알라의 축복을 너희도 누리고 있었구나. 참 아름다웠지 않니?"

압드라만이 말을 건넨다. 모하메드는 그의 억양이 어딘가 이상하다고 생각한다.

"늘 똑같죠, 뭐."

누르딘이 시큰둥한 목소리로 대답한다.

"그래. 여기 나와서 뭘 하고 있었니?"

"그냥 이것저것 이야기하고 있었어요."

모하메드가 대답한다.

"협상은 어때요?"

누르딘이 묻는다.

"글쎄다. 그쪽 이야기를 들어보니 요즘 상황이 어렵다고 하는구나. 워낙 작은 배이기도 하고 말이야. 소말리아에 남겨뒀던 이 배의 선장 있잖니. 그 사람이 배의 선주이기도 한 모양이야. 선주가 직접 원양어선을 타고 항해에 나섰다는 건데, 그만큼 작은 회사라는 거지."

압드라만이 고개를 저으며 대답한다.

"그래도 3백만 달러를 못 내면 풀어줄 수 없죠! 애초에 저희 바다에서 물고기를 훔친 게 잘못이잖아요."

모하메드가 당돌하게 말한다. 압드라만이 안경테를 올리며 미소 짓는다.

"우리가 처음에 3백만 달러를 이야기한 건 유리한 위치에서 협상을 하기 위한 것일 뿐이란다. 이 정도 어선으로는 1백만 달러도 받기 힘들어. 아직 시간이 많이 남아 있기 때문에 협상금이 얼마로 합의될지 말할 수 없지만 그리 큰돈이 되긴 힘들 것 같구나. 저

쪽에서는 좀체 40만 달러 위로 줄 여력이 없는 모양이야. 뭐, 우리에게 시간은 많으니까 계속 협상을 해봐야지."

"40만 달러? 겨우 그것밖에 안 돼요?"

모하메드가 소리친다.

"너무 저쪽의 이야기를 곧이곧대로 믿으시는 거 아니에요? 저 자식들은 짜내면 짜낼수록 많은 돈을 낸다고요. 숨도 못 쉴 정도로 겁을 줘야 돼요."

누르딘이 눈살을 찌푸리며 말한다.

"마구잡이로 요구한다고 해서 협상이 되는 게 아니란다. 그쪽 상황을 어느 정도는 고려해야지. 그리고 너희도 알다시피 이 배는 먼바다로 나가서 더 큰 배를 찾기 위해 잡은 것이지 꼭 협상금을 노리고 잡은 게 아니잖니. 이렇게 작은 어선으로는 받을 수 있는 돈이 한계가 있는 거야."

"그런 자세가 나쁜 거예요! 아저씨는 정말. 한 푼이라도 더 받아낼 자세로 협상을 해야죠. 아, 내가 영어를 더 많이 배웠어야 하는 건데."

누르딘이 답답하다는 듯 말한다.

"최선을 다하고 있단다. 걱정하지 않아도 돼."

"글쎄 걱정이 되니까 그렇죠. 40만 달러를 받는다 해도 어차피 소말리아 해병대 본부에서 절반이나 떼어갈 거잖아요. 그럼 결국 우리 몫은 20만 달러밖에 안 되는 건데, 그걸 알면 다른 아저씨들도 가만히 있지 않을걸요?"

"걱정하지 않아도 된단다, 누르딘. 오른쪽 길에도 알라가 있고 왼쪽 길에도 알라가 있는 법이니까 말이야. 그런데 누르딘, 너는 영어도 할 줄 아니?"

"난민수용소에 있을 때 어깨너머로 꽤 배웠다고요. 저도 하려고만 하면 그쪽 사람들이랑 협상을 할 수 있어요."

누르딘이 뻐기면서 말하자 압드라만은 놀란 표정을 짓는다.

"대단한걸. 읽는 것도 배웠니?"

"그건 아니에요. 누가 절 앉혀놓고 한가롭게 가르쳐준 줄 아세요? 그냥 대충 필요한 몇 마디 말만 익힌 거예요."

"뭐야. 그럼 제대로 할 줄 아는 것도 아니네."

"저번에 못 봤어? 파크랑 내가 대화한 거? 내가 다 통역해줬잖아, 인마."

누르딘이 모하메드에게 성질을 낸다.

"어쨌든 훌륭하구나. 영어까지 할 줄 안다니. 그래, 그럼 이건 어떨까. 가끔 네가 내 방에 와서 영어를 더 배우는 거야. 어때? 영어를 할 줄 알면 너도 언젠가 저들과 직접 협상을 할 수 있을 거 아니니? 모하메드야, 너도 오렴. 너희 글은 읽을 줄 아니?"

소년들은 고개를 절레절레 흔든다.

"그래, 그럼 이제 배워보자꾸나. 어떠니? 코란을 한번 읽어보는 것이 너희들에게 큰 도움이 될 거야."

압드라만이 열띤 목소리로 말한다. 모하메드는 누르딘을 바라본다. 누르딘은 목덜미를 긁적인다.

"그딴 거 배워서 뭐해요. 차라리 총이나 한 번 더 쏴보는 게 낫지. 뭐가 들어가면 머리만 더 무거워지는 거예요. 머리가 무거워지면 몸을 재빠르게 움직일 수 없다고요."

"일단 배워본 다음에 생각해보렴. 세상은 네가 아는 것보다 훨씬 넓고 복잡한 거야. 글은 네가 아는 세상을 훨씬 넓혀줄 수 있어."

"아, 됐어요. 세상을 넓게 보면 뭐해요. 언제 총 맞아 죽을지 모르는 판인데. 아저씨는 협상이나 잘하세요. 걔들 하자는 대로 끌려다니지만 말고."

누르딘은 갑판실로 향해 걸어간다. 모하메드는 압드라만 곁에 머물러 있다.

"너 빨리 안 오면 내일부터 카트 안 준다!"

누르딘이 소리친다. 모하메드는 압드라만을 바라보다 총을 어깨에 걸고 누르딘에게 뛰어간다.

9. 압켈 하산, 오마르 아덴, 사디요 디리, 라시드 디리

어둑어둑한 식당. 어둠에 묻힌 주방이 을씨년스럽게 보인다. 식탁 위 형광등 하나만 켜놓고 전사들은 테이블에 둘러앉아 포커를 치고 있다. 머리 위에 있는 형광등 불빛이 그들의 얼굴에 그림자를 짙게 드리워 선명한 명암이 드러난다. 카드를 섞는 건 압켈이다. 그의 오른쪽에는 자기 앞에 놓인 카트 줄기의 수를 세고 있는 오마르가 있다. 압켈의 맞은편에 있는 건 라시드 디리. 그는 힘없이 식탁에 엎드려 있다. 그의 앞에 있는 카트는 다른 이들 것보다 적다. 라시드 옆에는 그의 형 사디요 디리가 있다. 그는 고개를 숙이고 제 손톱에 낀 때를 빼고 있다. 사디요의 옆에 모하메드와 누르딘이 앉았다. 그들은 전사들의 포커 게임을 구경한다.

"평생을 바다에서 살았는데 이번엔 정말 지겹군. 배에서 나가고 싶어 못 견디겠어."

라시드가 엎드린 자세로 말한다.

"힘들 게 뭐 있어. 여기서 포커나 하면 되는데."

압켈이 카드를 돌리며 라시드에게 말한다. 라시드는 끙, 하고 얼굴을 든다.

"온종일 같은 곳만 빙빙 돌고 있잖아. 빌어먹을. 요즘엔 낙타 콧구멍만한 배도 다 군함을 끼고 다닌다니까."

라시드가 양 관자놀이 언저리를 손으로 누른다.

"안색이 안 좋은 것 같은데."

사디요가 라시드에게 말한다.

"악마라도 들어갔나보지."

압켈이 무심하게 말하며 패를 돌린다.

"요즘 뱃멀미를 다시 하는지 몸이 무겁고 당최 입맛이 없네."

라시드가 힘없이 말한다.

"사디요 형님이 만든 음식을 매일 먹는데 입맛이 있을 턱이 있나. 흐흐흐."

오마르가 사디요 쪽을 힐끗 보며 웃는다. 그들은 받은 카드를 내려놓고 한 장을 뒤집는다. 압켈이 내놓은 패가 제일 높다. 압켈은 카드를 돌린다. 네 명 모두 카트 두 줄기를 가운데에 던진다.

"포커는 어떻게 치는 거예요?"

모하메드가 고개를 내밀고 묻는다.

"왜? 풋내기 너도 끼게? 넌 카트 안 하잖아."

오마르가 히죽 웃으며 묻는다.

"받아가긴 매일 받아가던데."

사디요가 지나가듯 말한다.

"저 새끼 그거 팔려고 사물함에 모아두고 있는 거 아니야? 애송아, 그런 멍청한 짓일랑 하지 마라. 그거 냉장고에서 꺼낸 지 3일만 지나도 못 먹는 거야. 네가 안 씹으면 그냥 아저씨들한테 넘겨. 알았어?"

오마르가 위협적인 목소리로 말한다.

"저놈도 다 우리 몰래 하고 있겠지."

압켈과 모하메드가 눈이 마주친다. 압켈의 입매가 빙글빙글 웃고 있다.

"땅딸보, 패 좀 들어왔나. 요번에 돈 벌어서 결혼해야지."

압켈이 사디요에게 말한다. 사디요는 고개를 가로젓는다.

"형님, 왜 아직도 결혼 안 했어? 형님 모아둔 돈도 꽤 되잖수. 요번에 식당도 하나 냈다면서. 이번에 돌아가면 젊은 여자 하나 골라잡아."

오마르가 히죽거리며 말한다.

"네가 자식이 몇이랬지?"

사디요가 오마르에게 묻는다.

"두 놈 있시다. 사내놈 하나랑 딸년 하나."

"형네 아들이 우리 아들놈이랑 나이가 비슷하지?"

라시드가 고개를 쳐들고 벌쭉 웃는다.

"네놈 새끼는 이제 막 젖 뗀 놈이 아니냐. 우리 큰애는 말 배운 지 한참 됐어, 인마. 요즘은 뛰어다니기 바쁘다고."

"나 돌아갈 때면 내 새끼도 막 뛰어다니겠지, 뭐. 응? 흐흐. 요즘은 그저 우리 아들놈이 보고 싶어 죽겠어. 쪼그만 놈이 꼬물거리는 게 어찌나 눈에 밟히는지."

얼굴이 누렇게 뜬 라시드가 입을 헤벌린다.

"자자, 자식 이야기는 그만하고. 레이스 들어가자고. 둘 받고 하나 더 가."

압켈이 카트 세 줄기를 던진다.

"아이고 형님, 그거 가지고 성에 차? 셋 받고 다섯 더."

오마르가 카트 여덟 줄기를 던진다.

"나는 죽어."

사디요가 카드를 덮는다. 그는 다시 손톱에 낀 때를 빼기 시작한다. 라시드도 패를 놓는다. 그는 양팔에 얼굴을 묻고 엎드린다.

"노랑이놈이 웬일로 이렇게 크게 질러. 다섯 받고 둘 더 가."

압켈이 카트 줄기를 던진다.

"뭐, 끝까지 한번 가보자고. 까짓, 카트 며칠 안 하면 그만이니까. 둘 받고 다섯 더."

오마르는 생각도 않고 바로 카트를 던진다. 식당 위에 카트 줄기가 수북이 쌓였다. 압켈은 한참 동안 오마르를 노려본다.

"먹어라, 새끼야."

압켈이 패를 던진다. 오마르가 웃으며 테이블에 쌓인 카트를 죄 쓸어간다.

"그나저나 왜 자꾸 압드라만은 보초를 서겠다고 나오는 걸까?"

라시드가 얼굴을 쓸며 묻는다.

"하고 싶으면 하라지."

압켈이 퉁명스럽게 말한다.

"형님, 그 자식 그거 아무래도 이상해. 저번에 한창 새벽인데 근무 서고 싶다고 하기에 '그래, 좋다' 했거든. 근데 그놈 그거 내가 사라지니까는 인질들 선실 불을 다 꺼놓고 있는 거야. 잠깐 화장실 갔다왔더니 복도가 새카맣더라고."

"그래서 어떻게 했어?"

압켈이 흥미롭다는 듯 묻는다.

"내가 그냥 박살을 내줬지. 딱 걸어가서는 아무 말 없이 선실 불을 다 켰어. 그 자식이 나를 빤히 보데. 그래서 나는 목청을 돋워서 '지금 뭐하는 짓거리냐! 인질들이랑 붙어서 우리들 다 죽이려는 거냐?' 시원하게 호통을 쳐줬어. 인질들도 죄 깨고 난리도 아니었지. 응? 흐흐흐. 압드라만 그 자식 바짝 쫄아서 한마디 대꾸도 못 하데."

오마르가 걸걸한 소리로 식탁을 두드리며 웃는다.

"그래도 될까? 그래도 소말리아 해병대 간부인데."

라시드가 걱정스럽게 말한다.

"넌 그만 좀 해라, 새끼야. 이 자식 이거 뼛속까지 소말리아 해병대 사람 다 됐네, 이거. 너 진짜 계속 그 자식들이랑 붙어먹을 거야?"

압켈이 라시드를 노려보며 말한다. 사디요도 라시드의 얼굴을 본다.

"근데 진짜 이상하긴 해요. 보면 항상 인질들이랑 이야기를 나누고 있어요. 저번에는 저를 보더니 '앙용'이라고 하더라고요. 앙용? 앙영? 그래서 그게 뭐냐고 물었더니 그게 인질 나라의 말이라는 거예요, 글쎄."

"그런 걸 한마디로 뭐라고 하는지 아냐? 정신 나간 새끼라고 하면 되는 거야."

오마르가 벌쭉하게 웃으며 말한다.

"그 자식은 자기가 알라나 되는 줄 아는 모양이군. 그런 놈들이 꼭 인질들한테 맞아 죽기 좋지."

압켈이 비웃으며 말한다.

침묵이 흐른다. 압켈은 카트 잎을 입에 넣고 질겅질겅 씹는다. 카드를 던지고 카트가 오고 간다.

"참 형들, 그거 아쇼? 아부카드 새끼, 마누라가 셋이나 된다던데."

"셋이나 있대요?"

누르딘과 이야기를 하던 모하메드가 무심코 끼어든다.

"새끼. 부러운 모양이네."

압켈이 빈정거린다.

"그놈이 지금은 병든 염소 꼴이지만 옛날엔 잘나갔었나봐. 키스마요 근처에선 꽤 이름 있는 집안이었다던데."

오마르가 새끼손가락으로 코를 후비며 말한다.

"뭐하다 망했대?"

압켈이 시큰둥한 목소리로 묻는다.

"키스마요 남쪽의 하위에 혁명동맹이던가. 그 있었잖아, 꽤 세력 있었던. 걔네들이 아부카드네 집안 뒤를 잘 봐줬던 모양이야. 근데 거기가 재작년에 알 샤바브 놈들한테 쓸린 거 아뇨. 그래서 덩달아 아부카드 놈도 똥 됐지 뭐. 처음에는 알 샤바브 놈들이랑 어느 정도 말이 됐대. 그래서 다른 데로 안 가고, 하던 택시 사업을 계속한 거지. 근데 알 샤바브 놈들이 하루가 멀다 하고 찾아와선 통행세다, 자동차 세금이다, 전쟁 기금이다 뭐다 하면서 싹 다 뜯어먹었다고 하더라고. 결국 가족들 다 난민수용소로 보내고 저만 이리로 왔대."

"있던 택시들은 다 어쩌고?"

"하나하나 팔아치우다 마지막 남은 택시 팔고 30만 실링*인가 받았다던데. 그거 다 가족들 나눠줬다고 하더만."

"흥. 그 돈을 난민수용소로 가는 가족들에게 다 줬다고? 지랄하는 소리하네. 마누라 하나당 100실링씩 챙겨줬으면 많이 준 거지. 그 돈 분명히 그 자식이 고스란히 갖고 있을걸. 내가 딱 보면 알아."

압켈이 코웃음을 치며 말한다.

"이번 장사 끝나면 나도 건강한 년 하나 새로 구해야겠어. 우리 아들을 엄마 없는 애로 키울 순 없지."

내내 엎드려 있던 라시드가 뜬금없이 말을 꺼낸다.

"아, 라시드 저놈은 정말. 입만 열면 새끼 이야기네."

압켈이 라시드를 보고 짜증을 낸다.

"지금은 누가 애를 보냐?

오마르가 묻는다.

"우리 큰 형수님이 기르고 계시지. 참, 저번에 봤을 때 형수님

* 소말리아 실링(Somali Shilling, SoSh): 100실링은 72원. 30만 실링은 약 22만원(2012년 기준).

몸이 안 좋으신 것 같던데 괜찮으신 거요?"

라시드가 몸을 일으키고 코를 들이마시며 압켈에게 묻는다.

"그년은 나랑 같이 있을 땐 항상 아파. 나만 안 보이면 낫는 병이야. 지금쯤 날아다니고 있을걸."

"형수님한테 잘 좀 해. 어떻게 하기에 형 앞에만 있으면 형수님이 감기 걸린 쥐처럼 벌벌 떨어."

라시드가 눈살을 찌푸리며 압켈에게 말한다.

"여자는 원래 그렇게 다뤄야 하는 거야. 여자라는 족속들은 정도라는 걸 몰라서 조금만 봐주면 금세 남자 머리 꼭대기까지 올라오려고 든다니까. 그보다 너 이 자식들, 빨리 여자 좀 얻어. 특히 사디요. 너 인마 결혼 안 할 거야?"

"사디요 형은 내버려둬요. 그냥 혼자 살다 죽겠대. 요즘 같은 세상에 애 낳는 건 애한테 죄 짓는 거라나."

"하이고, 참 지랄한다."

압켈이 눈살을 찌푸리며 혀를 찬다. 사디요는 말없이 손톱의 때만 들여다보고 있다.

"그러고 보니 이제 니들도 결혼할 때 됐잖아. 모하메드야 뭐 가진 건 불알 두 쪽밖에 없겠지만 누르딘, 넌 좀 모아둔 게 있을 거 아니냐?"

오마르가 소년들 쪽을 보며 묻는다.

"뭐, 없어요. 이번에 벌어야죠."

누르딘이 시큰둥한 표정으로 대답한다. 모하메드가 오마르를 노려본다.

"그러고 보면 참, 너희는 마음이 편하겠다. 사디요 형 말이 맞아. 목숨 걸고 돈 벌어서 오면 소말리아 해병대 새끼들이 다 뜯어가고, 반 토막 남은 돈은 여편네랑 자식새끼 배때기로 싹 다 들어가고. 빌어먹을. 돈이 모일 새가 없다니까. 니들은 그냥 혼자 즐기면서 살아. 그게 제일 맘 편한 거야."

오마르가 얼굴을 찡그리며 말한다. 라시드가 소년들 쪽으로 고개를 돌린다.

"너희들, 잘 들어. 요즘 여자 고를 땐 다른 것보다 잘 확인해야 돼. 세상이 흉악해져서 할례 안 받은 년들이 엄청 많다고. 첫날밤에 자세히 보고 거기가 안 묶여 있으면 다음날 바로 신부 지참금 돌려달라고 해야지, 안 그러면 돌려주지도 않아."

어두컴컴한 주방에서 해적들은 포커를 친다. 사디요는 무표정한 얼굴로 패를 들여다보고 오마르는 벌써 카트 잎에 취했다. 라시드 앞에 놓인 카트는 점점 줄어든다. 졸음이 온 소년들은 선실로 들어간다. 턱을 괴고 있던 압켈이 입을 연다.

"알 샤바브 놈들이 가만히 있으려나?"

"뭐 별일이야 있겠어? 형님. 하라드헤레에선 그래도 소말리아 해병대가 먹어준다고."

오마르가 몽롱한 표정으로 대꾸한다.

"제기랄, 그 자식들이 자꾸 치고 올라오니까 맘 놓고 배 장사도 못 해먹겠어."

압켈이 침울한 목소리로 말한다.

"형님, 걱정하지 마쇼. 알 샤바브라고 해봤자 다로드 족이랑 라한빈 족, 디길 족, 이런 놈 저런 놈 잡탕으로 뒤섞인 패거리 아뇨? 옛말에 다른 종족 놈과의 우정은 3일을 가지 못한다고 했어. 걔들이 뭐 오합지졸이지 별수 있겠어?"

오마르가 태평하게 이야기한다.

"알 샤바브놈들, 딴에는 국제적인 조직이야. 아랍 자식들이 무기를 대줘서 화력이 아주 막강하다고. 게다가 소말리아 해병대 윗대가리들은 죄 도둑놈에 카트 중독자들뿐 아니냐. 우리가 번 돈 떼어먹을 생각이나 하고, 빌어먹을 새끼들. 하여튼 이놈이고 저놈이고 전부 보기 싫어. 돈 벌어서 이 지긋지긋한 나라 빨리 떠버려야지, 제기랄."

압켈이 바닥에 침을 탁 뱉는다.

"어휴, 도저히 못 버티겠군. 형님들, 난 먼저 들어가야겠어."

라시드가 천천히 일어난다. 압켈이 그를 바라본다.

"네 밤 근무는 내가 서주마."

사디요가 말한다. 라시드의 표정이 다소 밝아진다.

라시드가 식당 밖으로 나간다. 오마르가 다시 카드를 섞는다. 압켈이 등을 의자에 기댄다. 갑자기 비상 사이렌이 울린다. 카트를 재빨리 챙기고 모두들 식당 밖으로 뛰어나간다. 모하메드와 누르딘도 선실 밖으로 뛰어나온다. 모하메드는 AK소총을 가지러 압켈의 방으로 달려간다. 모하메드는 죽을상을 하고 달려나오는 라시드를 발견한다.

10. 카넬레 자이크 하사

전사들이 다급히 갑판 위로 모인다. 아부카드가 쌍안경을 들고 바다 어딘가를 바라보고 있다. 멀리 화물선 한 대가 조그맣게 보인다. 부르하안 소위와 카넬레 하사가 갑판실에서 나온다.

"호위하던 군함과 떨어진 지 얼마나 됐나?"

부르하안 소위가 묻는다.

"바로 방금 전에 군함은 저기, 저기 오만 해역 쪽으로 들어갔습니다."

"화물선이 어느 나라 것인지는 파악되었나?"

"아…… 저, 그건."

"일단 속도 유지하면서 따라가자. 아라비아반도 쪽으로 꺾은 걸 보면 이란 아니면 이라크로 가는 화물선이겠지. 이란이 목적지면 세 시간 안에 이란 연안에 도착할 거야. 그전에 잡아야 한다. 군함이 아직 근처에 있으니 우린 30분 후에 보트 내린다. 다들 준비해."

전사들은 지하 창고와 갑판 위를 뛰어다니며 휴대용 탐조등과 대형 사다리, 탄약상자와 무전기 등을 챙긴다. 부르하안은 압드라만과 모하메드에게 어선에 남아 있도록 지시한다. 전사들은 고속보트가 있는 선미에 모여 초조히 시간이 가길 기다린다. 모하메드는 압켈의 AK-47을 들고 있다. 모하메드는 슬쩍 압켈의 눈치를 본다. 압켈은 총에 대해 아무 말도 하지 않는다.

전사들의 어선과 화물선 간의 거리는 약 11해리. 눈으로는 화물선의 모습이 바다 위 검은 점으로만 보인다. 그러나 레이더상에 비치는 크기로 볼 때 제법 대형 선박인 것은 분명하다.

"10만 톤급은 될걸."

"아니야, 인마. 50만 톤급이 훨씬 넘어."

전사들은 레이더 스캔 화면을 보며 멋대로 떠들어댄다. 어선의 인질들은 그런 해적의 모습을 조심스럽게 지켜보고 있다.

30분이 지났다. 바다가 보트의 엉덩이를 두들기는 시원한 소리와 함께 고속보트 두 대가 물 위에 뜬다. 해적들은 함성을 지르며 보트 위에 날듯이 오른다. 압켈, 누르딘, 사디요는 견제조가 된다. 그들은 선박 주위를 돌며 총을 쏴 시선을 분산시키는 역할이다. 압켈의 RPG-7이면 그들의 정신을 빼놓는 데에 부족함이 없다. 카넬레 하사, 라시드, 오마르, 아부카드는 진입조이다. 그들은 견제조의 총탄으로 선원들이 동요했을 때 사다리를 화물선에 걸고 배 안으로 진입한다. 보트에 탄 라시드의 얼굴빛이 좋지 않다. 그는 긴 팔을 벌려 보트를 꽉 붙잡는다.

아부카드와 사디요가 고속보트의 엔진에 시동을 건다. 드르륵.

엔진에서 둔탁한 소리가 난다. 몇 번 더 시동 거는 줄을 당기자 엔진이 돌아가기 시작한다. 고속보트가 바다 위에서 춤을 춘다. 고속보트 두 대에서 탐조등을 켠다. 화물선의 모습이 멀리서 드러난다. 보트에 탄 전사들의 몸에 바다의 감촉이 느껴진다. 근육은 수축하고 털들은 빳빳이 선다. 고속보트 두 대가 화물선을 향해 빠르게 돌진한다.

모하메드와 압드라만은 갑판 위에서 그 모습을 바라보고 있다. 부르하안 소위는 1등 항해사와 함께 선교로 올라가 무전으로 지시를 내린다. 고속보트의 탐조등 불빛이 바다 위를 이리저리 비춘다. 모하메드는 총으로 바닥을 두드리며 울상을 짓는다.

“아, 저도 진짜 잘할 수 있는데. 제가 누르딘보다 더 잘 싸울 수 있어요.”

모하메드가 안타까운 목소리로 압드라만에게 말한다. 압드라만은 쌍안경을 들고 바다만 바라보고 있다. 고속보트에서 나온 탐조등 불빛이 자신들을 겨누고 있는 걸 알자 화물선도 속도를 높인다.

“화물선이 빨라봤자죠. 그죠? 무거운 걸 잔뜩 싣고 있잖아요.”

“아무래도 고속보트보다 빠를 순 없겠지.”

압드라만이 모하메드의 말에 수긍해준다. 인질들도 궁금한지 갑판 위로 슬금슬금 모여든다. 압드라만은 들고 있던 쌍안경을 그들 중 한 명에게 건넨다. 그들은 고개를 저으며 뒤로 물러난다.

“왜 이렇게 거리가 안 좁혀지죠? 아, 답답해.”

“조급해 말고 기다려보렴. 바다는 워낙 넓어서 실제 거리보다

가깝게 보인다고 하잖니."

압켈이 차분한 목소리로 말한다.

"아, 내가 갔어야 하는데."

모하메드는 답답한 듯 AK소총을 흔든다.

고속보트 두 대가 나란히 달린다. 물살이 전사들의 몸에 닿아 부서진다. 화물선이 겁에 질린 물소처럼 달아나는 게 보인다. 제법 규모가 있는 대형 화물선이다. 거리가 조금씩 좁혀진다.

"하사님, 저 정도면 크기가 얼마나 되는 겁니까? 생각보다 더 큰 배 같은데요."

오마르가 털투성이 입을 벌려 소리 높여 묻는다.

"25만 톤급 정도는 되는 것 같다. 다들 총을 장전해둬라!"

카넬레 하사가 호령한다. 라시드는 양 무릎에 얼굴을 묻은 자세로 웅크리고 있다. 옆 견제조 보트의 압켈은 이미 RPG-7에 미사일을 장착해두었다. 그는 배 우현에 미사일을 맞히는 걸 좋아한다. 압켈은 항상 선박의 우현 중앙에 미사일이 맞도록 조준한다. 그는 우현 중앙에 미사일을 맞아 움푹 들어간 자국을 '압켈의 서명'이라 부르곤 한다.

"모터에서 이상한 소리가 나는데."

사디요가 말한다. 물살 가르는 소리와 모터 돌아가는 굉음 때문에 사디요의 말이 들리지 않는다.

"뭐라고요?"

누르딘이 뒤를 돌아보며 소리친다.

"엔진 소리가 좀 이상해!"

사디요가 목소리를 높여 말한다.

"벌써 꽤 멀어져서 보트가 잘 안 보여요."

모하메드가 말한다. 그는 난간 끝에 서서 바다 쪽으로 몸을 내밀고 있다.

"탐조등 불빛도 엄청 멀어졌어요. 근데 아직 화물선이 더 멀어요."

모하메드가 말한다.

"나도 좀 보자. 너만 쌍안경을 독차지하고 있잖니."

압드라만이 말한다. 모하메드는 쌍안경을 압드라만에게 넘긴다.

"그렇구나. 아직도 화물선 가까이에 가지 못했네. 이상하게 보트도 좀 느린 것 같고."

"그죠? 맞죠? 아, 그래서 내가 갔어야 하는데."

압드라만이 웃는다.

"네가 가면 보트가 더 빨라진다는 말이냐?"

"그렇진 않지만 보트 위에 있으면 지금보다 덜 답답할 거 아니에요."

모하메드가 웃으며 대답한다. 그때 지직, 하고 압드라만의 무전기에서 무어라 하는 말이 들린다. 압드라만은 쌍안경을 놓고 무전기를 귀에 댄다.

"고속보트의 엔진이 멈췄다. 반복한다. 고속보트의 엔진이 멈췄다."

쇠 파이프가 압드라만의 뒤통수로 날아든다. 압드라만은 반사적으로 뒤를 돌아보려다 파이프에 관자놀이 부근을 정통으로 맞는다. 압드라만의 머리에서 피가 터져나온다. 모하메드가 놀란 눈으로 압드라만을 바라본다. 무전기가 바닥에 떨어진다. 압드라만을 향해 또다시 파이프가 날아든다. 압드라만은 팔로 머리를 가린 채 쓰러진다. 중국 선원이 압드라만의 어깨에 걸려 있는 AK소총을 잡는다. 갈피를 잡지 못하던 모하메드가 노리쇠를 뒤로 젖혀 AK를 장전한다. 사방에서 인질들이 몰려온다. 모하메드의 총부리가 흔들린다. 모하메드의 안면에 주먹이 꽂힌다. 모하메드의 코에서 뜨거운 피가 쏟아져나온다. 누군가 그의 AK소총에 손을 댄다.

타다당—

유리창 깨지는 소리와 함께 뒤쪽에 서 있던 선원들이 쓰러진다. 선원들은 일제히 선교 쪽을 올려다본다. 압드라만의 총을 뺏은 중국 선원이 선교 쪽을 겨눈다. 두 발의 총성과 함께 그의 가슴에서 피가 뿜어져나온다. 모하메드의 총을 누군가 세차게 잡아당긴다. 모하메드는 있는 힘을 다해 총을 끌어안는다. 모하메드의 얼굴에 또 한 방 주먹이 날아든다. 모하메드의 얼굴이 찌부러진다. 또 한 번의 총소리가 들린다. 총을 잡아당기는 힘이 약해진 것이 느껴진다. 모하메드는 있는 힘을 다해 총을 잡아 빼서 눈앞에 있는 이의 머리를 개머리판으로 후려친다. 그는 그 자리에 쓰러진다. 모하메드는 퉁퉁 부운 눈으로 주위를 둘러본다. 인질들이 갑판실로 도망치고 있다. 아까 총을 뺏으려하던 선원도 어느새 일어나 갑판실로 뛰어간다. 모하메드는 총을 바로 잡고 그의 등을 겨눈다. 모하메드의 눈에 핏발이 섰다. 방아쇠를 당긴다. 소총의 반동이 퉁퉁 부운 얼굴을 지나 어금니까지 시큰하게 전해온다. 인질이 넘어진다. 빗맞았다. 모하메드는 다시 총을 조준한다.

"멈춰!"

부르하안 소위가 외친다. 모하메드가 선교 쪽을 올려다본다. 부르하안 소위가 냉정한 표정으로 그를 바라보고 있다. 모하메드는 총을 내린다.

도망친 인질들은 지하 기관실로 들어가 문을 잠갔다. 총에 맞은 인질 4명이 신음 소리를 내며 바닥을 뒹굴고 있다. 압드라만은 정신을 잃었다. 부르하안 소위는 모하메드에게 부상자들의 붕대를 감으라고 지시한다. 소위는 조종석에 앉아 있는 항해사에게 간다. 항해사가 벌벌 떨며 그를 올려다본다. 소위는 계기판을 손가락으로 두드린다. 동일13호의 속력이 시속 9해리로 떨어져 있다. 부르하안 소위는 인질들이 압드라만을 가격하기 전 원양어선의 속도가 조금씩 느려지고 있는 것을 알아채고 바로 항해사의 정수리에 총구를 댔다. 항해사의 의자 밑에는 망치가 숨겨져 있었지만 그는 끝내 그 망치를 잡지 못했다. 소위는 손으로 고속보트가 있는 곳을 가리킨다. 어선의 속도가 다시 높아진다.

고속보트에서 잔뜩 분노한 전사들이 올라왔다. 화물선은 이미 레이더상에서 사라졌다. 압드라만이 핏기 없는 얼굴로 깨어난다.

조종석에 앉은 항해사는 온몸을 부들부들 떤다. 전사들은 소리를 지르며 기관실 문에 대고 총을 난사한다. 부르하안 소위는 카넬레 하사에게 두 가지를 지시한 후 선장실로 간다. 총상을 입은 자를 선실로 옮기라는 것과 주모자를 찾아 벌하라는 것이다.

기관실로 도망친 인질들은 일주일이 넘게 그곳에서 나오지 않았다. 전사들이 그 문을 열기 위해 모든 수를 다 동원했지만 기관실의 철문은 꿈쩍도 하지 않았다. 인질들은 주 엔진의 운행마저 정지시켰다. 어선은 바다 한가운데에 가만히 떠 있었다.

총에 맞은 인질 4명 중 3명이 죽었다. 한 명은 총격이 있던 당시 죽었고 남은 둘은 이틀 밤을 넘기지 못했다. 시체는 바다에 던져졌다. 총상을 입은 남은 한 명의 선원은 그 소식을 듣고 하염없이 눈물을 흘렸다. 그는 오른쪽 어깨에 총을 맞았다. 붕대 사이로 계속 피가 새어나왔다. 며칠 새 그의 얼굴이 놀랄 만큼 수척해졌다. 그가 곧 죽을 것이란 사실을 모두가 알고 있었다.

시간은 더디게 흘렀다. 전사들의 분노는 초조함으로 바뀌어갔다. 점거 사흘째 되는 날부터 수도꼭지를 돌려도 물이 나오지 않았다. 기관실에서 무언가를 조작한 것이다. 해적들은 채소를 씹으며 갈증을 달랬다. 인질들의 기관실 점거는 우발적인 것이었다. 그들에겐 목마름을 없앨 물도 허기를 달랠 식량도 없었다. 미수로 끝나긴 했지만 지금 동일13호가 서 있는 곳은 화물선을 쫓던 장소에서 얼마 떨어지지 않은 곳이었다. 만약 화물선이 구조요청 신호를 보냈다면 군함이 나타날지도 모르는 일이었다. 선원들은 선원들대로, 전사들은 전사들대로 불안에 떨며 시간을 보내야 했다.

기관실 점거 7일째 되는 날, 어깨에 총을 맞은 선원이 죽었다. 통증이 컸던지 숨이 멎는 순간까지 일그러진 얼굴이었다. 붕대를 끌러보니 상처는 가슴 깊숙이 썩어 있었고 그 안에 구더기들이 꿈틀대고 있었다. 아직 젊은 선원이었다. 그 역시 바다의 품으로 돌아갔다.

카넬레 하사는 항해사와 압드라만을 데리고 기관실 문 앞으로 갔다. 거기서 그는 항복하면 음식을 제공하고 누구도 사살하지 않겠다는 메시지를 인질들에게 전하도록 했다. 항해사는 영어가 서툴러 기관실 문 앞에서 자신의 모국어로 소리쳤다. 그가 무슨 말을 하는지 확인할 수 없었지만 카넬레 하사는 이를 제지하지 않았다.

기관실 점거 9일째 되는 날, 벽 너머로 가느다랗게 인질의 목소리가 들렸다. 카넬레 하사는 항해사에게 통역을 명령했다. 그는 인질들이 다음날 아침 기관실 문을 열 것이라고 말했다. 하사는 다시금 이전과 같은 내용의 약속을 전달했다. 덧붙여 주 엔진을 지금 당장 운행시키고 물 역시 나오게 하라고 요구했다. 어선은 다시 움직이기 시작했다. 부르하안 소위는 항해사에게 아라비아반도를 벗어나 인도 쪽으로 항로를 돌리도록 지시했다. 그날 새벽, 예정보다 일찍 인질들은 기관실 문을 열었다.

가장 먼저 기관실을 빠져나온 것은 코를 움켜쥐게 하는 악취였다. 기관실은 2층으로 이루어진 넓은 공간이다. 20여 명의 오물만으로는 그런 냄새가 날 수 없었다. 그들 중 사망자가 또 있었다.

시체는 부패가 상당히 진행되어 있었다. 검게 변한 피부에서 썩은 물이 흘러나왔다. 인질들이 시체를 들고 나왔다. 인질들 중 탈진해 쓰러진 이도 한둘이 아니었다. 그런 이들은 동료에게 업혀서 기관실 밖으로 나왔다.

모두의 모습이 열흘 전과 너무나 달라져 있었다. 그들의 처참한 모습에 전사들의 눈빛이 흔들렸다. 카넬레 하사는 그들 모두를 갑판에 꿇어앉혔다. 카넬레 하사의 눈빛은 침착했다. 그는 인질들에게 곧바로 음식을 먹일 생각이 없었다.

"이 일에 책임을 질 주모자 두 명 일어서라. 여기 있는 압드라만을 파이프로 내려친 이도 일어서라. 모하메드의 얼굴을 때린 이도 일어서라. 네 명이 모두 나오지 않으면 음식을 줄 수 없다."

인질 중 한 명이 일어선다. 기관장 파크다. 그의 머리가 푸석하다. 파크는 며칠 사이 체중이 눈에 띄게 줄었다. 그는 입술을 굳게 다물고 정면을 바라보고 있다. 모하메드는 놀란 눈으로 그를 바라본다. 문득 누르딘이 했던 말이 떠오른다. 이윽고 또 한 명이 일어선다. 전사들은 놀란다. 지난 열흘간 전사들의 곁에 있었던 1등 항해사이다. 그는 눈을 감고 있다. 그 후 한참 동안 아무도 일어나지 않는다. 카넬레 하사는 아무 말 없이 그들을 지켜보고 있다. 이윽고 또 한 명이 일어선다. 모하메드는 자신과 싸운 그의 얼굴을 기억하고 있었다. 그는 바지를 찢어 머리를 감싸 맸다. 얼굴이 창백하다. 그는 선원들의 요리를 담당하는 사람 중 한 명이다. 모하메드는 깊은 한숨을 내쉰다.

일어난 사람은 3명뿐이다. 인질들의 고개가 하나둘 아래로 떨어진다. 1등 항해사는 몸을 부들부들 떨며 울고 있다. 카넬레 하사는 허리를 곧게 펴고 그들을 바라본다. 아무도 입을 열지 않는다. 압켈만이 태연한 표정으로 오마르와 농담을 나눈다. 누르딘은 허리께를 긁적인다. 시간이 흐른다. 압드라만은 슬픈 표정으로 그들을 바라본다.

박경철 기관장이 천천히 손을 든다. 모두의 시선이 그에게로 쏠린다. 그는 압드라만과 눈을 맞춘 후 영어로 무어라 말한다. 압드라만이 고개를 끄덕인다.

"주모자는 기관장과 1등 항해사라고 합니다. 모하메드를 때린 자는 저기 머리를 동여맨 사람입니다. 저를 때린 자는 기관실에 들어오지 못했다고 합니다. 그는 며칠 전 죽은 사람 중 한 명일 것 같습니다."

카넬레 하사는 선원들에게 식당으로 가라고 말한다. 압드라만이 빠른 말투로 그의 말을 통역한다. 인질들이 자리에서 일어선다. 쓰러진 자도 몸을 일으킨다. 그들은 휘청거리는 다리로 서둘러 식당으로 걷는다. 전사들이 그들을 보고 있는 것도 개의치 않는다. 몸이 성한 자는 두 발로, 성하지 않은 자는 네발로 기어 식당으로 향한다. 그들의 표정에 환희마저 비친다. 일어선 세 인질은 그대로 서 있다. 1등 항해사의 다리가 격렬하게 떨려온다. 머리에 붕대를 감은 청년은 주저앉고 만다. 기관장 파크만 이를 악물고 버티고 있다.

"옷을 벗어라."

그들은 주섬주섬 옷을 벗는다. 빈약한 몸이 드러난다. 압켈은

1등 항해사의 성기를 가리키며 오마르와 함께 소리 죽여 웃는다. 그의 성기는 놀랄 만큼 작아져 있다. 카넬레 하사는 총을 압드라만에게 건네고 기관장 파크 앞에 선다. 파크는 여전히 정면을 바라보고 있다. 카넬레 하사는 발로 그를 사정없이 걷어찬다. 파크가 나뒹군다. 파크는 갑판 위를 굴러다니며 매를 맞는다. 그의 입에서 피와 함께 이빨 서너 개가 뽑어져나온다.

카넬레 하사는 1등 항해사 앞으로 간다. 항해사는 이미 제정신이 아니다. 그는 카넬레 하사의 다리를 끌어안고 운다. 눈물 범벅이 된 얼굴로 무어라고 말하며 손을 비벼댄다. 그 역시 곧 피를 뿜으며 나뒹군다. 발길질을 하는 카넬레 하사의 표정엔 아무 변화가 없다. 압켈마저 웃음을 멈추고 그 모습을 바라본다. 머리를 묶은 선원이 바닥에 앉아 있다. 그는 카넬레 하사를 노려본다. 그의 얼굴에 발길이 날아든다. 다시 눈을 흘기려 하자 군화 밑창으로 그의 머리를 밟는다. 계속 짓밟는다. 그의 손이 힘없이 늘어진다.

카넬레 하사는 그들을 하루 동안 뱃머리에 묶어놓으라고 지시한다. 그들은 전사들에 의해 질질 끌려 뱃머리로 간다. 모하메드도 거든다. 항해사를 묶는다. 그는 이미 정신을 잃었다. 얼굴이 피범벅이 된 청년을 묶는다. 그의 눈에서 쉼 없이 눈물이 흐르고 있다. 파크를 일으켜세운 후 밧줄로 손목을 난간에 고정시킨다. 파크의 초점 없는 눈과 모하메드의 눈이 마주친다. 모하메드는 고개를 돌린다.

I-Moby Dick호 사건 보고서 3

동일수산 측 해적 협상 담당 김광일 변호사의 증언

—저는 12월 6일부터 동일수산 측의 의뢰에 따라 동일13호의 협상을 담당하였습니다. 협상 상대자는 자신을 소말리아 해병대 소속 압드라만이라고 밝혔습니다. 그는 발음의 악센트가 강했지만 영어로 무리 없이 의사소통을 할 수 있었고 어투는 침착하고 합리적이었습니다. 협상은 2012년 1월 24일 마지막으로 통화하기 전까지 43회 동안 이루어졌습니다.

처음 그들이 협상 가격으로 제시한 금액은 3백만 달러입니다. 우리 측에서는 맨 처음 제시한 30만 달러에서 2주 후 34만 달러로 협상금을 올렸고 3주차 월요일에는 36만 달러를 제시하였습니다. 초반에는 그들이 협상에 여유가 있었던 것으로 보입니다. 그들은 소형 원양어선인 동일13호와 동일수산의 경제 규모로 볼 때 불가능한 금액인 3백만 달러에서 협상금을 낮추려 하지 않았습니다. 한동안 협상이 적극적으로 이루어지지 않았습니다. 소말리아 해적은 우리 측 협상금을 묻고 그 돈으로는 안 된다고 하며 금방 전화를 끊기 일쑤였습니다. 저는 그에게 동일수산의 경제 사정을 설명하고 많은 돈을 협상금으로 낼 수 없음을 알리기 위해 노력했습니다.

그러나 1월 중순 즈음 그들의 태도가 달라졌습니다. 그들 말에 따르면 선원들 사이에 전염병이 돌았던 것이 그 원인인 것으로 보입니다. 그들은 5명의 선원이 전염병에 감염되었다고 했으며 몹시 위급한 상황이라고 말했습니다. 시간이 지날수록 일주일에 두세 번 하던 연락이 대여섯 번으로 늘었으며 말투도 성급해지고 협상 태도도 적극적으로 바뀌었습니다. 전염병에 대한 그들의 설명은 명확하지 않은 부분이 많았습니다. 초반에는 발열과 구토, 오한을 전염병의 증상이라고 이야기하다 저희 쪽에서 의료 전문가의 소견을 제시하자 다른 증상이 더 있다는 식으로 이야기를 바꾸어댔습니다. 또한 전염병이라고 이야기했으면서 다른 선원들의 전염 여부에 대해선 걱정할 필요가 없다고 한 것이나 감염자의 명단을 마지막까지 제시하지 않은 것으로 보아 그들이 말한 전염병에 대한 이야기는 협상금을 올리기 위한 거짓일 것으로 추정했습니다.

우리는 그들이 어떠한 사정으로 협상을 서두르지 않을 수 없게 되었다고 판단하고 36만 달러를 고수하는 것으로 협상 전략을 세웠습니다. 우리는 전염병을 무기로 더욱 뻣뻣하게 나갔습니다. 그들은 1월 중순에 협상금을 3백만 달러에서 1백만 달러로 내렸고 그후 80만 달러, 50만 달러, 45만 달러로 일주일 사이에 파격적으로 협상금을 깎았습니다. 마지막으로 통화했던 1월 24일에는 42만 달러로 협상이 마무리되고 돈을 전달하는 방법 등에 대해 협의하는 단계에까지 이르렀습니다. 그러나 24일 이후 돌연 연락이 끊겨 저희로선 막연하게 그들의 연락을 기다리는 방법밖에는 없었습니다.

11. 누르딘 파라

동일13호는 인도 쪽을 향해 천천히 나아간다. 이 바다에서는 배가 쉽게 눈에 띄지 않는다. 소규모 어선이나 여러 선박이 한데 뭉쳐다니는 대형 선단마저도 만나기 힘들다. 어선에 저장된 연료가 반 넘게 줄었다. 이제 인도 인근 해협에 도착할 때까지 다른 배를 잡지 못하면 뱃머리를 소말리아로 돌리지 않을 수 없게 된다.

고속보트 고장의 원인은 연료에 있었다. 주모자들의 진술에 따르면 전사들이 고속보트를 타고 나갈 때를 거사의 시점으로 계획하고 있었다고 했다. 고속보트의 고장은 기관장 파크가 몰래 연료통에 넣은 바닷물 때문인 것으로 밝혀졌다. 바닷물의 양이 소량이었기 때문에 시동이 걸리는 것까지는 문제가 없었으나 이후 바다 위를 달릴 때 연료의 점화가 충분히 일어나지 못해 고속보트에 속도가 붙지 않았고 결국 엔진마저 꺼진 것이었다. 전사들의 감시하에 어선의 기관사들은 고속보트의 불순물이 포함된 휘발유를 모두 빼고 소말리아 해적들이 준비해온 예비 연료를 넣었다.

그날의 사건 이후 인질들은 빈번하게 얻어맞았다. 이제 그들을 때리는 데엔 이유가 필요하지 않았다. 인질들로선 그저 해적들과 마주치지 않는 것이 최선이었다. 모든 인질들의 얼굴에 푸르스름하게 멍든 자국이 있었다. 그들은 상한 감자 꼴을 하고 선실 안에 틀어박혔다. 그들은 서로 이야기는 나누지 않았지만 의미심장한 눈빛을 주고받았다. 피범벅이 되어 쓰러진 동료의 얼굴 위에 그들의 눈길이 머물렀다. 해적들의 폭력이 심해질수록 인질들의 표정 한구석에 공포가 아닌 다른 것이 드러났다. 그것은 때로 AK소총을 든 전사들마저 두렵게 했다. 전사들은 두려움을 다스리기 위해 더욱 거칠게 선원들을 대했다. 동일13호에는 비명 소리가 그칠 날이 없었다.

선원들을 향한 폭행은 부르하안 소위나 카넬레 하사의 눈을 피해서 일어났지만 전사들의 변화를 그들은 이미 알고 있었다. 이는 선원들의 통제를 위해 필요한 것이기도 했다. 선원 다섯이 죽은 상황에서 서로 간 신뢰를 기대할 수가 없었다. 신뢰가 없는 상황에서 선원들을 복종시키기 위해선 공포 외에 다른 대안이 없었다. 이 사실을 부르하안 소위도 잘 알고 있었다.

그러나 전사들의 이런 난폭한 행동이 간접적인 불만 표출이라는 사실 역시 부르하안 소위는 알고 있었다. 소말리아 해병대는 8명에서 10명으로 구성된 해적단이 2백여 개에 달하는데, 한 해에 납치하는 선박의 수를 80대 정도로 제한하고 있다. 1년에 한 번 나가기도 힘든 것이 해적 일이다. 전사들은 매번 1, 2년 버틸 수 있을 만큼의 돈을 벌기를 기대하고 배에 오른다. 이 기대가 좌절될 경우 그들이 어떻게 나올지는 아무도 알 수 없다. 바다에 나간 해적들 셋 중 하나는 소말리아로 돌아오지 못한다. 간부급 전사가 병사들에게 배를 뺏겨 돌아오지 못하는 경우도 적지 않다. 이번처럼 작은 어선밖에 잡지 못했을 때 언제나처럼 협상금의 절반 이상을 소말리아 해병대에 넘기는 것을 병사들이 순순히 응할 것인가. 부르하안 소위는 선글라스를 벗고 바다를 바라본다. 거짓말처럼 바다 위엔 아무것도 없다. 소위는 손가락으로 난간을 두드린다.

모하메드는 사다리를 타고 2층 누르딘의 침대로 올라간다. 누르딘은 몸을 비켜 모하메드의 자리를 만들어준다. 모하메드가 벌렁 드러눕는다. 모하메드는 누르딘의 왼쪽 귀에 꽂은 이어폰을 빼서 자기 귀에 낀다. 아는 노래다. 모하메드는 누르딘의 MP3에 들어 있는 노래들을 전부 알고 있다.

"장사 끝나고 소말리아에 돌아가면 나는 어떻게 되나."

천장을 바라보며 모하메드가 입을 연다.

"뭘 어떻게 돼. 그냥 돌아가는 거지."

누르딘이 눈을 감고 대답한다.

"아니, 그게 아니라 이 배 협상금에서 나는 얼마나 받게 되냐고."

"너? 네 몫은 없지, 당연히."

"뭐?"

모하메드가 눈을 동그랗게 뜨고 누르딘을 바라본다.

"너 몰랐냐? 원래 처음 배에 탄 놈한테는 돈 안 줘. 일부러 바다 나갈 때마다 애송이 한 놈을 데리고 가거든. 잡일이나 하면서 어떻게 하는지 배우라고 말이야. 그래서 너한텐 총도 안 준 거 아냐."

누르딘이 태연하게 말한다.

"뭐야. 그런 게 어딨어! 야, 너도 그랬어?"

"당연하지. 나도 처음 나갈 땐 한 푼도 못 챙겼다고."

"아 씨. 짜증나."

모하메드가 오른쪽 귀에 꽂았던 이어폰을 뽑는다.

"야. 넌 그럼 얼마나 받냐, 협상금?"

"나도 얼마 못 받아. 그게 돈을 똑같이 나누는 게 아니라 대원들마다 다 다르게 줘. 제일 많이 챙겨주는 건 간부들이고 그다음은 경력 많은 아저씨들이야. 나같이 어린놈한텐 얼마 주지도 않는다고."

"그거 진짜 짜증나네."

"진짜 짜증나지."

모하메드와 누르딘은 잠시 아무 말 없이 누워 있다.

"이거 끝나면 나는 어디로 가게 되냐?"

모하메드가 누르딘 쪽을 보며 묻는다.

"너 예전에 검문소에 있었다며. 거기로 돌아가겠지."

모하메드는 가만히 고개를 끄덕인다.

"차로 데려다주나?"

"엉?"

"차로 데려다주냐고. 거기 항구에서 꽤 멀어."

"다 데려다줘. 카넬레 하사님이 직접 데려다준다. 걱정하지 마, 인마."

누르딘이 별일 아니라는 듯 대꾸한다.

"너는 어디로 가냐?"

모하메드가 묻는다.

"나는 거기, 아프구예 난민수용소에서 동쪽 산길로 올라가면 조그만 기지가 하나 있어. 나는 그리로 가."

"거기서 뭐하는데?"

모하메드가 코를 긁적인다.

"그 뭐야, 우리가 있는 곳이 산 중턱쯤 돼. 동쪽에서 난민수용소로 들어가는 길이 거기 하나뿐인데 거기를 우리가 바리케이드를 치고 가로막고 있단 말이야. 기지에서 위로 조금 더 올라가면 망루가 하나 있어. 거기에는 여기처럼 쌍안경이 구비되어 있어서 산 아래 바다에서 배 들어오고 나가는 거랑 차 움직이는 게 전부 다 보여. 거기서 놓쳐선 안 되는 게 백인들이 보내주는 하얗고 긴 차야. 보통 십자가 모양이 그려져 있지. 그런 차들은 삼 주에 한 번씩 서너 대가 한꺼번에 들어와. 그 차가 오면 무전으로 기지에 연락하는 거야. 지프 두 대랑 바리케이드로 길을 완전히 막아놨거든. 백차 오면 통행료 받고 뭐 그러는 거지. 보통 백차 한 대분은 전부 우리 쪽으로 넘어온다고 보면 돼."

"그럼 평소에 별로 할 일 없겠네."

"아니지. 망루에서 종일 쳐다보고 있어야 하는데."

"그래도 뭐 가만히 하얀 차 오기만 기다리고 있으면 되는 거 아니야. 바리케이드도 쳐놨다며."

"아니야, 인마. 내가 말을 그렇게 해서 그렇지 평소에도 바짝 긴장하고 있어야 돼. 가끔 아프구예 수용소로 AK소총 몇 개 들고 차로 들어가려고 하는 또라이들이 있어. 그런 새끼들을 우리가 막는 거지. 그런 놈들 말고도 여기저기서 우리 기지를 노리고 있다고. 워낙 목이 좋은 곳이니까. 그런 놈들 들어오는 걸 내가 만약 놓쳤다고 생각해봐. 우리 기지에 있는 아저씨들 죄다 죽는 거야."

"흐음."

모하메드는 눈을 껌벅인다.

"압켈 아저씨는 무기 밀매 한다며."

모하메드가 다시 말을 꺼낸다.

"엉, 그 아저씨 집에는 뭐 없는 무기가 없대. 죄 빼돌린다고 하던데. 혼자 전쟁해도 될 정도래."

"그 아저씨는 그러고도 남을 사람이지."

모하메드와 누르딘은 킬킬거리고 웃는다.

"카넬레 하사님도 압켈 아저씨한테는 뭐라 안 하는 것 같더라."

"그치. 비쩍 말랐어도 엄청 사납거든. 인마, 너도 알잖아. 그 아저씨 성질 더러운 거. 게다가 저번에 나한테 사격하는 거 보여줬는데 총 진짜 잘 쏘더라. 힘은 카넬레 하사님보다 딸려도 총은 압켈 아저씨가 훨씬 잘 쏠걸."

모하메드는 총을 잡은 것처럼 손 모양을 하고 누르딘의 머리를 겨눈다. 누르딘도 총 모양을 한 손을 모하메드의 머리에 댄다. 그들은 입으로 총소리를 내며 침대 위에서 장난을 친다.

"야 참, 압켈 아저씨랑 라시드 아저씨, 사디요 아저씨는 진짜 가족인 거 맞지?"

모하메드가 불쑥 말을 꺼낸다.

"사디요 아저씨랑 라시드 아저씨는 친형제고 압켈 아저씨는 사촌이지."

"근데 생긴 게 너무 다 달라. 그렇지 않냐?"

"응. 특히 사디요 아저씨가 너무 다르게 생겼어. 약간 살찐 두더지같이 생겼어, 그치?"

모하메드와 누르딘이 배를 잡고 웃는다.

"라시드 아저씨 요즘 많이 아픈 것 같던데."

모하메드가 말한다.

"그러게. 원래 식탐이 엄청 많은 아저씨였는데 요즘은 밥도 안 먹고. 에이, 모르겠다, 나는."

누르딘이 눈을 가늘게 뜨고 입맛을 다신다.

"그 아저씨들은 소말리아 해병대 들어오기 전에는 뭐했을까?"

모하메드가 천장을 보며 묻는다.

"원래 어부였는데 해적 일로 바꿨대. 소말리아 해병대 오기 전부터 하라드헤레에서 해적 일 했었다던데."

누르딘이 대답한다.

"그럼 원래부터 소말리아 해병대였던 건 아니네?"

모하메드가 묻는다.

"그렇지. 소말리아 해병대가 군인들 끌고 오니까 원래 거기 살던 사람들이 소말리아 해병대에 포섭된 거지, 뭐. 조직된 군대에는 저항할 수 없으니까."

"음."

모하메드는 고개를 끄덕거린다.

"원래 이렇게 배 잡기가 어렵냐?"

"몰라. 그때마다 다르니까. 재수가 없으면 못 잡기도 하고 그렇지."

누르딘이 눈살을 찌푸리며 대답한다.

"너 그 목걸이 만날 하고 있더라."

모하메드가 손을 뻗어 누르딘의 사자 목걸이를 만지려 한다. 누르딘은 모하메드의 손을 막는다.

"부모님이 주신 유일한 물건이야. 저주를 물리치는 주문이 담겨 있는 거야. 이것만 있으면 총알도 다 피해서 가."

누르딘이 말한다. 모하메드는 입을 삐죽거린다. 그들은 한참 동안 아무 말도 하지 않는다.

"야."

모하메드가 말을 다시 건다.

"왜."

"너 사람 죽여본 적 있냐?"

"어."

누르딘이 대답한다.

"몇 명?"

"몰라."

"어쩌다 죽였냐."

"아, 몰라."

"맨 처음 사람 죽였던 거 이야기해봐."

"뭐 있냐. 어떤 미친 새끼들이 차 끌고 난민수용소로 들어가려 하기에 쐈지."

"걔넨 몇 명이었는데?"

"네 명이던가."

"너네는?"

"여덟."

"걔들 난민수용소 털러 들어가는 애들이었어?"

"모르지. 차 세우라고 했을 때 안 세우면 어쩔 수 없어. 살려면 선빵 갈겨야 돼. 차 세우라는데 안 세우니까 그냥 쏴댔지, 뭐."

누르딘이 머리를 긁적인다.

"죽인 다음 어떻게 했냐?"

"총이랑 차 뺏고, 시체 버리고. 뭐 별거 있냐."

"야, 혹시 막 꿈에 나오고 그러지는 않냐?"

모하메드가 묻는다.

"몰라. 산 놈은 살고 죽을 놈은 죽는 거지."

둘은 아무 말도 하지 않는다.

"야."

"아 왜!"

누르딘이 성을 낸다.

"난 좀 무서워."

"뭐가? 너 누구 죽였냐?"

"아니."

"근데 뭐가 무서워."

"나 요즘 선원들 보기가 무섭다."

모하메드가 말한다.

"뭐가 무섭냐, 등신아. 그 새끼들 총도 없는데."

누르딘이 짜증을 낸다.

"모르겠어. 그들의 눈빛이 무서워. 그들끼리 모여 앉아서 밥 먹는 모습만 봐도 왠지 섬뜩해. 그들이 맞을 때 내는 비명 소리가 무섭고 매 맞은 다음에 선원들이 선실로 데리고 가는 것도 무서워. 그들이 웅크리고 앉아 있거나 갑판 위를 걷거나 배를 조종하는 모습 하나하나가 예전과는 다르게 느껴져. 그들의 몸짓 하나하나에서 우리에 대한 지독한 증오가 느껴지는 거야. 그들은 분명 우리를 죽이고 싶겠지? 그치?"

모하메드가 더듬더듬 말한다. 누르딘은 잠자코 누워 있다.

"야."

"왜?"

모하메드가 누르딘을 본다.

"내 생각에는 우리 조상들은 진짜 다 병신들인 것 같아."

"뭐라고?"

"진짜 멍청하지 않냐. 노예로 팔려가고 식민지로 지배당하고. 어떻게 그렇게 무력할 수가 있지? 나는 진짜 이해가 안 돼."

누르딘이 진지한 얼굴로 모하메드를 바라본다.

"나는 아주 어릴 때 난민수용소에 갔어. 우리 가족들은 사막 어딘가에서 다 굶어 죽었어. 나도 가만히 놔뒀으면 그대로 죽을 목숨이었는데 백인놈들이 죽어가는 나를 발견하고 난민수용소로 데리고 간 거야. 그리고 난 거기서 삶의 진리를 깨달았지. 그게 뭔지 아냐?"

"뭔데?"

모하메드가 누르딘 쪽으로 돌아눕는다.

"뭐냐 하면 약한 새끼는 죽고 강한 놈은 살아남는다는 거야. 난 난민수용소에서 그렇게 살아남았어. 백인들은 날 살려만 놓고 수용소에 혼자 살도록 버려두었어. 그리고 난 그곳에서 살아남았지. 수용소에서는 아침저녁으로 먹을 것을 나눠줘. 그걸 먹으려면 길게 줄을 서야 해. 음식은 언제나 사람 수보다 적어서 많은 이들이 음식을 받지 못했어. 나는 그래서 누구보다 먼저 음식 받는 곳에 서 있곤 했지. 근데 아무리 일찍 줄을 서도 음식을 계속 못 받는 거야. 왜냐면 나는 꼬마고 혼자였기 때문이야. 나보다 크고 강한 놈들은 전부 내 앞에 와서 새치기를 했어. 가족이 있는 사람들은 말할 필요도 없지. 덩치 큰 아저씨를 어린 내가 힘으로 이길 턱이 없으니까 말이야. 그래서 줄 끝 쪽에는 늘 나 같은 고아 새끼들만 남았어. 아무리 일찍 줄을 서도 번번이 음식을 받지 못하고 빈 배를 움켜잡아야 했지.

처음에는 내 자리를 뺏는 그들이 미웠어. 그들의 욕심을 저주했다고. 근데 생각해보니 그들이 나쁜 게 아니더라. 그들도 배가 고파서 당장 죽게 생겼으니 어쩔 수가 없는 거야. 게다가 죽어가는 자기 마누라, 자식을 눈앞에 두고 있는데 나 같은 고아 새끼가 눈에나 들어오겠어. 나는 내 식대로 살아남기 위한 방법을 찾기로 했어. 나는 그때부터 음식을 훔쳤어. 그들이 받은 음식을 훔쳐서 날쌔게 도망갔지. 잡아서 죽을 만큼 맞은 적도 있었지만 성공한 적이 더 많았어. 여자들은 어른도 나보다 느려. 부모님 곁에서 얻어온 음식이나 받아먹는 어린애들은 나를 따라잡을 수가 없어. 나는 그렇게 살았어. 누군가 쫓아오면 목숨을 걸고 도망쳤어. 그건 달리기 실력의 문제가 아니라 누가 더 절박하냐의 문제야. 백인놈들이 나쁜 게 아니야. 약한 게 나쁜 거야. 인질들도 마찬가지야. 약해빠진 놈들이니까 이런 꼴이 되는 거야. 우리들 대부분이 고장 난 고속보트 위에서 옴짝달싹도 하지 못할 때 이 배를 되찾았어야지. 몇 놈 죽더라도 총을 뺏어서 싸웠어야지. 병신 같은 자식들, 지들이 훨씬 수적으로 많으면서 기관실로 죄 도망쳤잖아. 그게 걔들은 삶이 얼마나 치열한지 모르고 있어서 그런 거야. 이런 꼴을 당하면서도 목숨 걸고 대항하지 못하는 이유는 마음 한 구석에 고국에 있는 사람들이 돈을 보내서 살아남을 거라는 생각이 있기 때문이야. 나약한 거야. 어리석은 거야. 지켜야 할 게 무엇인지를 모르고 있는 거라고. 난 저들보다 어리지만 강해. 그래서 나는 살아남을 거야. 너도 그런 나약한 생각은 버려. 뭐가 무섭다는 거야. 정말 무서우면 저들의 머리통을 후려갈겨. 너를 원망하는 눈길로 노려보면 그들의 턱을 부숴버려. 그러면 알게 될 거야. 저들도 알고 너도 알게 될 거야. 네가 그들보다 강하다는 걸 말이야. 약자들을 겁낼 필요 따위는 없어. 겁에 질려 있으면 네가 약자가 되고 마는 거야."

누르딘이 몸을 일으키고 앉아 열띤 어조로 말한다.

"강자는 약자의 모든 걸 빼앗아도 되는 거야?"

모하메드가 묻는다.

"당연하지! 빼앗아도 되는 게 아니라 그냥 빼앗는 거야. 약자들은 빼앗기고 강자는 빼앗는 거야."

"그럼 내가 너보다 강하다면 네 MP3를 뺏어가도 넌 가만히 있겠네."

"그건 아니지. 나는 너보다 약하지 않으니까."

누르딘이 강경하게 대답한다.

"만약에, 만약에 말이야. 내가 너보다 덩치가 훨씬 크고 강하다면 말이야. 그럼 넌 뺏길 수밖에 없을 거 아니야."

"난 절대 아무것도 안 뺏겨. 왜냐면 난 강하니까. 네가 카넬레하사님만큼 덩치가 크고 힘이 세더라도 난 반드시 내 MP3를 지키고 말 거야. 난 강하니까 말이야!"

누르딘이 팔을 휘두르며 말한다.

"만약 너보다 천 배는 몸집이 큰 사람이 와서 네 MP3를 뺏어가려 하면 어떡할래? 싸우면 네가 무조건 질 수밖에 없는 상황이야. MP3를 내주면 목숨은 건질 수 있지. 그럴 땐 어떡할 거야? 그래도 싸울 거야?"

"당연하지! 거인에게 MP3를 주면 살아남을 수 있을 거라고 생각하는 게 바로 약자들이 하는 바보 같은 생각이야. 거인은 MP3를 가져간 다음에는 AK소총을 가져가려 할 거고 총을 뺏고 나면 이제 내 고기가 먹고 싶어질 거야. 죽더라도 싸워야 해. 그래야 살 수 있는 거야."

누르딘이 소리친다.

"만약 너에게 네 아들과 부인이 있다면 어떡할래? 네가 죽으면 곧 그들도 거인에게 죽고 말 거야. 그래도 싸울 거야? 싸우지 않고 조금만 참으면 가족들 모두 살 수 있을지도 모르는 거잖아. MP3만 넘겨주고 당장 목숨을 구한 후 다 같이 도망할 수도 있는 거잖아. 그래도 넌 꼭 싸우는 길을 택할 거야?"

"몰라, 그래도 싸우지 않으면 안 돼. 내가 거인을 죽이지 않으면 내 아들은 평생 거인을 피해 도망다니게 될 거야. 도망간다고 해서 거기에는 다른 거인이 없을 줄 알아? 무조건 싸워야 해. 죽더라도 싸우는 수밖에 없는 거야. 싸우면 이길 수도 있지만 도망가면 평생 도망만 쳐야 해."

누르딘이 목청을 높여 소리친다. 모하메드는 불만스런 표정으로 무언가를 또 말하려 한다. 그때 아부카드가 선실 문을 벌컥 열고 들어온다. 그는 어깨에 총을 메고 있다. 이가 돌출된 그는 흥분으로 얼굴이 새빨갛게 물들었다.

"여기 있었군. 이 도둑놈 새끼들. 어디다 숨겼냐. 당장 내놔. 당장 내놔!"

아부카드가 눈이 노랗게 변해선 고함을 친다. 누르딘이 침대 밖으로 고개를 내밀고 묻는다.

"무슨 소리예요, 아저씨?"

아부카드는 다짜고짜 모하메드의 사물함을 헤집기 시작한다. 소년들이 항의하러 급히 사다리를 내려간다.

12. 아부카드 애맨 알리

아부카드는 모하메드와 누르딘의 선실을 쑥대밭으로 만든 후에 인질들의 선실로 간다. 소년들은 그의 뒤를 쫓는다. 인질들은 참담할 정도로 가진 것이 없다. 그들은 겁에 질린 눈동자로 광포하게 날뛰는 아부카드를 바라본다. 아부카드는 분을 못 이겨 인질 중 한 명의 어깨를 개머리판으로 마구 찍는다.

"돈에 발이 달리지 않았으니 반드시 누가 훔쳐간 거야. 반드시 찾을 거야. 반드시 찾고 말겠어."

아부카드는 이를 갈며 식당으로 간다.

"내 돈이 없어졌어!"

아부카드가 식당 입구에 서서 소리친다. 식당에는 압켈과 사디요, 오마르가 카드를 하고 있다.

"저 늙은 염소가 뭐라고 지껄이는 거지?"

오마르가 히죽 웃으며 말한다.

"혼자 놀게 내버려둬."

압켈이 시큰둥하게 말한다. 아부카드는 기가 죽는다. 그는 차마 그들 곁으로 다가가지 못한다.

"내 돈을 누가 훔쳐갔단 말이야!"

아부카드가 문가에 서서 악을 쓴다.

"네놈한테 무슨 돈이 있다는 거야. 저번 장사 때 네 몫은 하나도 없었던 걸로 아는데."

오마르가 이죽거리며 말한다.

"택시를 팔았다고! 내가 이전에 말하지 않았나. 여기 오기 직전에 마지막 택시를 팔았단 말이야. 낙타 서른 마리를 주고 산 택시를 다섯 마리 가격으로 팔았어. 내가 부양해야 할 가족이 열세 명이야. 알아? 난민수용소에서 나만 기다리고 있단 말이야. 택시 팔고 남은 돈 중에서 26만 실링을 내가 갖고 있었어. 하라드헤레에서 1년 동안 아끼고 아껴서 남긴 돈이란 말이야. 적은 돈이 아니야. 달러로 쳐도 160달러 정도는 되는 돈이라고! 근데 그 돈이 없어졌어. 빌어먹을, 어떤 개자식이 가지고 간 거야!"

압켈이 껄껄 웃는다.

"택시 팔아먹은 돈을 가족들에게 나눠주기는 한 거냐. 열세 명이나 부양해야 한다는 놈이 그 돈을 저 혼자 꽁꽁 싸매고 있었군. 지독한 놈이야. 모르긴 몰라도 이미 네놈 가족들의 반은 사막에 묻혀 있을걸."

"네놈이 가져갔구나!"

아부카드가 소리를 지른다. 압켈은 패를 돌리라는 손짓을 한다.

"이 빌어먹을 도둑놈 새끼야! 이 개돼지하고 붙어먹을 자식!"

아부카드가 머리끝까지 열이 받아 악을 쓴다. 압켈은 신경도 쓰지 않는다. 아부카드는 뿌드득, 이를 갈더니 식당 안으로 성큼 성큼 들어오기 시작한다. 압켈은 손에 든 패만 바라보고 있다. 아부카드가 압켈 가까이 다가온다. 압켈은 돌아보지 않는다. 아부카드가 심호흡을 한다.

"내 돈 도로 내놔."

압켈은 순식간에 식탁 위에 있던 오마르의 총을 들어 장전하고 아부카드의 가슴을 겨눈다. 아부카드가 그대로 굳는다. 얼굴에 당황한 기색이 역력하다. 압켈이 아부카드를 느긋한 표정으로 바라본다.

"난 네놈이 택시 팔아먹은 돈을 고스란히 가지고 있을 줄 알고 있었어. 암, 넌 가족이고 뭐고 지 배때기밖에 모르는 놈이니 그럴 수밖에. 너 같은 새끼가 마누라를 셋이나 달고 있다니 그 여편네들도 참 안됐군. 그래도 뭐 괜찮지. 네 마누라들은 아직 살아 있을 거야. 여자들은 아무리 힘든 상황에도 돈 벌어다주는 구멍이 있지 않나. 흐흐, 안 그래?"

"내, 내 돈 돌려줘."

"당장 꺼져! 주둥이만 튀어나온 놈아. 지금 쏘아 죽이지 않은 걸 고맙게 생각해라. 어서 꺼져!"

압켈이 살기등등한 목소리로 소리친다. 아부카드는 조금씩 문 쪽으로 뒷걸음질 치더니 이내 문밖으로 뛰어간다. 그는 분을 못 이겨 이를 바득바득 간다.

카넬레 하사가 군화 소리를 내며 식당 안쪽으로 걸어온다. 그의 뒤에 바싹 붙어 따라오는 건 아부카드 애맨 알리이다. 카드놀이는 일순 중단되었다. 식당 안에 서늘한 공기가 맴돈다.

"아부카드가 돈을 분실했다고 한다. 그 돈의 행방을 아는 자가 있나?"

사디요는 카넬레 하사를 올려다본다. 오마르는 카드 끝으로 손톱을 긁는다. 압켈은 가만히 카드를 쥐고 있다.

"압켈 하산. 자네가 아부카드의 돈을 가져갔나?"

카넬레 하사가 딱딱한 어조로 묻는다.

"난 저 염소 같은 놈의 돈을 가져가지 않았어."

깔깔한 목소리로 압켈이 대답한다.

"아부카드가 잃어버린 돈은 배에 들고 오기엔 많은 액수이다. 나 역시 그만한 돈은 가지고 있지 않아. 자네의 선실을 뒤져봐도 되겠나?"

"어이, 쥐새끼. 하사 뒤에 숨지 말고 당당히 앞으로 나와라. 네놈 돈에 특별한 표시라도 해놨냐. 만약 내 선실에서 돈이 나온다 해도 그게 네놈 돈인 걸 어떻게 알지?"

"나는 하라드헤레에서 1년째 혼자 살고 있어! 그곳에는 아무도 믿을 사람이 없지. 그래서 돈을 가져올 수밖에 없었던 거야. 하지만 너는 달라. 넌 거기서 평생 동안 살았고 네 마누라도 거기 있잖아. 당장 네 가족이 먹을 것도 변변치 않을 텐데 그 큰돈을 가지고 배에 탈 이유가 없지 않겠어? 20만 실링 이상의 돈이 발견된다면 그건 분명 내 돈이야!"

아부카드가 으르렁대듯 소리쳤다. 카넬레 하사는 냉정한 눈빛으로 압켈을 쳐다본다. 모두의 이목이 압켈에게 쏠린다. 압켈은 바닥에 침을 뱉고 카넬레 하사를 노려본다. 카넬레 하사는 시선을 피하지 않는다. 오마르는 그 둘의 얼굴을 번갈아 바라본다. 사디요의 이마에서 땀방울이 흘러내린다. 압켈이 식당 테이블을 발로 찬다. 테이블에 있던 돈과 카트 뭉치, 카드가 휘날린다. 테이블이 넘어지면서 시끄러운 소리가 날 때 압켈은 재빨리 총을 잡아 들고 하사를 겨눈다. 그 총은 이미 장전된 상태였다.

"내 선실 문고리만 잡았단 봐라. 머리통에 바람구멍을 내줄 테니."

압켈이 표독스러운 눈으로 카넬레 하사를 바라본다. 카넬레 하사는 아직 총을 잡지 못했다. 아부카드는 총을 들고 있었지만 장전이 되지 않았다. 그는 사람을 쏘아본 적이 없다. 카넬레 하사가 소리친다.

"총 내려놔. 압켈 상병."

"상병은 무슨 빌어먹을! 나와 라시드, 사디요는 바다에서 나고 자랐다. 해적질도 우리가 먼저 했어! 대체 내가 언제부터 상병이 된 거냐. 언제부터 네놈이 내 상관이야!"

"총 내려놔!"

카넬레 하사가 목청껏 소리친다. 그의 눈에 실핏줄이 선다. 압켈이 카넬레 하사를 죽일 듯이 노려본다. 순간 압켈 뒤에 있던 사디요가 압켈의 양팔을 붙잡는다. 압켈이 방아쇠를 당긴다. 총알 두 발이 카넬레 하사의 머리를 스치고 천장으로 발사된다. 카넬레 하사의 콧방울이 커진다. 카넬레 하사는 압켈의 얼굴에 주먹을 날린다. 압켈의 코에서 피가 터져나온다. 카넬레 하사는 바위 같은 주먹으로 그의 뺨과 턱, 머리통을 연거푸 내리친다. 압켈의 몸이 축 늘어진다.

"네가 야간 보초를 서는 중에 카트 하는 것을 나는 세 차례나 목격했다. 네가 모하메드의 카트를 가로채 새벽 근무자들에게 팔아넘기고 있는 것도 알고 있어. 네가 번번이 선원들을 때리고 협박하고 있다는 사실 역시 알고 있다. 그런데 나는 지금껏 못 본 척 가만히 있었다. 왜 그런 줄 아는가. 나는 너를 동료라고 생각했기 때문이다."

"입 닥쳐. 머저리놈."

피투성이가 된 얼굴로 압켈이 대꾸한다. 피맺힌 그의 눈은 여전히 카넬레 하사를 노려보고 있다.

"우리는 군인이다. 제기랄, 다들 잘 들어. 우리는 소말리아를 지키는 군인이야! 해적이나 강도가 아니란 말이다! 우리는 군인으로서 지켜야 할 것들이 있다. 그것들을 지키지 않으면 군인이 될 수 없어. 그런데 압켈, 너는 천성이 사기꾼에 도둑놈이다. 동료의 돈을 훔치고 나에게 총까지 겨누다니. 넌 용서받을 수 없어."

"도둑은 너다! 이 바다는 원래 우리의 것이었어. 사디요, 이 배신자 새끼야. 예전에 우리들이 얼마나 자유로웠는지 기억하지 못하는 거냐! 소말리아 해병대의 개가 되어도 좋다는 거야? 왜 내가 목숨 걸고 번 돈을 너희들에게 바쳐야 하는 거냐?"

"저 자식을 갑판으로 끌고 가라! 즉결 처형이다!"

카넬레가 벼락같이 소리를 지른다. 전사들은 눈치만 볼 뿐 누구도 움직이지 않는다. 무시무시한 정적이 그들 사이를 흐른다. 그때 식당 구석에 앉아 있던 압드라만이 조용히 일어난다.

"미안하네. 미안하네, 모두들."

모두의 시선이 압드라만을 향했다. 압드라만은 창백한 표정으로 그들을 바라본다.

"내가 훔쳤어."

압드라만이 조용히 말한다. 압켈을 잡은 사디요의 팔에 힘이 풀린다. 카넬레 하사가 고개를 돌려 그를 바라본다.

"내가 훔쳤어. 내 가방 안에 돈이 들어 있지. 지금 가져와 아부카드에게 돌려주겠네."

압드라만이 낮은 목소리로 말한다. 정적이 흐른다. 압켈이 사디요의 팔에 몸을 기댄 채 호호호, 웃기 시작한다. 카넬레 하사의 얼굴이 굳는다. 그는 걸음을 돌려 압드라만의 앞에 선다. 압드라만은 눈을 내리깐다.

"비천한 이사크놈. 결국 본색을 드러내는군."

카넬레 하사가 압드라만의 얼굴에 대고 씹어뱉듯 말한다. 압드라만이 시선을 피한다. 주위가 술렁인다. 이사크 족이라고? 모하메드가 믿기지 않는다는 듯 속삭인다. 카넬레 하사는 압드라만의 머리통을 강하게 내려친다. 압드라만이 머리를 감싸쥐고 쓰러진다. 카넬레 하사는 식당 문으로 향한다.

"이봐."

카넬레 하사가 걸음을 멈춘다. 압켈이 사디요의 양팔에 기대고 터진 입술을 벌려 웃고 있다.

"내게 사과를 해라."

압켈이 말한다. 그의 눈에서 불길이 일렁인다. 카넬레 하사는 문밖으로 나간다.

"내게 사과를 하라고!"

압켈이 소리친다. 카넬레 하사는 이미 보이지 않는다. 아부카드가 뒤로 물러서서 눈치를 본다. 사디요가 압켈을 부축하고 선실로 데려가려 한다. 압켈이 사디요를 죽일 듯 노려본다. 압켈은 사디요의 몸을 밀치고 비틀비틀 혼자 문밖으로 걸어간다. 그가 나가자 아부카드가 압드라만의 멱살을 잡고 대든다.

"이 뱀 같은 이사크놈. 당장 내 돈 내놔!"

13. 압드라만 셰이크 압디

다음날 아침, 식탁 위에는 두 자리가 비어 있었다. 압켈은 자리에 앉아 있었다. 그는 퉁퉁 부은 얼굴을 하고선 게걸스럽게 음식을 집어먹었다. 눈빛은 이를 데 없이 싸늘했으나 식사하는 모습은 평소와 다르지 않았다. 카넬레 하사 역시 침착하게 식판을 비웠다. 압드라만은 식당에 나타나지 않았다. 부르하안 소위와 카넬레 하사는 늘 그랬듯 먼저 자리에서 일어났다. 그들이 식당을 떠나고 나서도 분위기는 여전히 차가웠다.

"괜찮나?"

사디요가 어렵게 침묵을 깬다. 흥. 압켈은 콧방귀를 뀐다. 압켈 곁에 누군가 쭈뼛쭈뼛 다가온다. 아부카드다. 그는 얼굴 가득 비굴한 웃음을 띠고 압켈에게 말을 건다.

"저번엔 미안했네. 너무 큰돈을 잃어버려서, 내가 잠시 미쳤었나봐. 같이 오래 배를 탈 사이 아닌가. 지난번 일은 너그러이 용서해주게. 응?"

"설마 어제 일을 몇 마디 말로 끝내려는 건 아니겠지?"

압켈이 이죽거린다. 아부카드는 실실거리며 준비해둔 돈을 조심스레 건넨다. 압켈은 그 돈을 받아들고 그 자리에서 세어본다.

"흥, 압켈님의 용서를 너무 싸게 생각했군."

압켈은 돈을 주머니에 넣으며 비아냥거린다.

"라시드 이 자식은 왜 안 내려와."

압켈이 사디요에게 묻는다.

"라시드 아저씨는 아프다고 하셔서 제가 음식을 선실로 가져다 드렸어요."

건너편에 앉은 모하메드가 대신 대답한다. 압켈은 아무 말도 하지 않는다.

"형님, 어제는 참 대단했수."

오마르가 웃으며 압켈에게 다가온다. 압켈은 차가운 눈빛으로 오마르를 바라본다.

"그래, 네놈도 있었지."

"형님, 나는 형님 편이잖어. 내가 이따 어제 빚은 갚을게."

오마르가 웃음 가득한 얼굴로 의자를 빼어 압켈 곁에 앉으며 말한다. 아부카드가 오마르의 얼굴을 물끄러미 바라본다.

"참, 근데 형님도 어제 들었지? 압드라만 그 자식 그거 이사크족이라며?"

오마르가 식탁을 치며 말한다.

"그거 진짜예요?"

모하메드가 끼어든다.

"카넬레 하사가 말했으니 진짜겠지. 내 안 그래도 그 자식은 뭔가 느낌이 다르다고 생각했어. 응? 그렇잖아. 꼴 같지 않게 매일 기도나 드리고 말이야. 안 그래?"

"이상하게 다른 간부들이 압드라만 자식만 따돌리는 것 같았는데 다 이유가 있는 거였구먼."

아부카드가 조심스럽게 맞장구를 친다.

"좀 이상하긴 해도 도둑질을 할 사람으론 안 봤는데."

사디요가 중얼거린다.

"그러니까 말이요! 그 자식 아주 비열한 자식이 틀림없다니깐! 이사크 족이 원래 그래요. 내가 예전에 장사를 해봐서 잘 알거든. 압드라만 그 자식을 언제 한번 요절을 내줘야지. 어제는 경황이 없어서 내가……"

아부카드가 주둥이를 내밀고 지껄여댄다.

"하여튼 그 말은 맞아. 이사크 족이 비겁한 건 전 소말리아인들이 다 아는 사실이지. 걔들 조상이 뱀이잖아, 뱀. 하위예 족인 척하고 은근슬쩍 소말리아 해병대에 들어온 것도 아주 수상하다고. 그 새끼 그거 푼틀랜드*에서 보낸 첩자 아냐? 엉?"

오마르가 침을 튀기며 말한다.

압드라만은 그 후 점심식사 시간에 모습을 드러냈다. 그는 혼자 떨어진 곳에 앉아 음식을 먹었다. 모하메드가 멀리서 압드라만을

---

* 공식적으로 소말리아의 푼틀랜드 주로 소말리아 북동부에 있는 지역이나 1998년 푼틀랜드 지도자들은 그곳을 자치구역으로 선언하였다. 자치정부가 들어서서 소말리아보다 국가를 안정적으로 운용하고 있다.

바라보았다. 그의 아버지를 죽인 것이 이사크 족이다. 어쩌면 압드라만의 직계 가족 중 누군가가 아버지를 쏘았을지도 모른다. 하위예 족이 모두 같은 핏줄에서 나온 것처럼 이사크 족도 한 피에서 나왔을 테니까. 모하메드는 고개를 돌리고 음식을 집어 먹는다.

압드라만은 원래 혼자 다니는 편이었지만 이제 완전히 혼자가 되었다. 통역이 필요한 때를 제외하면 누구도 그를 찾지 않았다. 부르하안 소위나 카넬레 하사도 그를 냉담하게 대했다. 그는 인질들처럼 하루 종일 선실에 틀어박혀 지냈다. 이따금 말을 나눈다면 그건 전사들이 아닌 선원들이었다. 그는 종종 선원들과 오랫동안 대화를 나누었고 그건 전사들로 하여금 그를 더욱 불신하게 했다. 그는 매일 하루 다섯 번 알라께 예배를 드리고 평소엔 책을 읽으며 조용하게 시간을 보냈다.

어느 날 식당으로 아부카드가 헐레벌떡 달려왔다. 전사들은 호들갑을 떨며 들어오는 그를 일제히 바라보았다.

"우리가 소말리아로 돌아가고 있다네!"

"뭐?"

일동이 놀라 되묻는다.

"아까 보초를 설 때 부르하안 소위가 압드라만에게 하는 말을 들었다고. 우린 벌써 인도 연안에 도착했고 이제 소말리아로 돌아간다는 거야. 게다가 본부에서 지금 급히 돈이 필요하다고 협상을 빨리 마무리하라고 했대. 근데 압드라만놈이 지금 협상금을 얼마로 만들어놨는지 알아? 부르하안 소위가 물었더니 그 이사크

놈이 42만 달러 정도가 한계일 것 같다고 하는 거야. 믿어져? 겨우 42만 달러라고!"

모두가 식탁을 두드리며 격분한다. 42만 달러는 그간의 협상금 중 가장 적은 돈이다. 오마르는 AK소총을 들고 압드라만의 선실로 뛰어간다.

"야, 이 쥐새끼 같은 놈아!"

오마르가 우레처럼 소리를 지르며 압드라만의 선실 문을 박차고 들어간다. 책상에 앉아 책을 읽던 압드라만이 깜짝 놀란다. 오마르가 달려들어 그의 멱살을 움켜잡는다.

"이 빌어먹을 이사크놈아. 빨리 말해봐라. 우리가 지금 소말리아로 돌아가는 게 사실이냐!"

머리에 피가 몰린 압드라만이 힘겹게 고개를 끄덕인다. 오마르가 압드라만의 멱살을 쥐고 그를 벽에 밀어붙인다.

"협상금이 얼마냐! 얼마나 받아낼 건지 말해!"

"42만, 42만 달러, 거기까지가 한계야."

압드라만이 숨을 몰아쉬며 대답한다. 오마르의 수염이 파르르 떨린다. 분노로 얼굴이 터질 듯 붉게 물들고 빠진 이 사이로 비 오듯 침이 새어나온다.

"이 거지 같은 이사크놈! 어째서 그간 42만 달러밖에 못 만들어낸 거냐. 니가 중간에서 떼어먹는 거 아니냐!"

오마르가 그를 바닥으로 내던진다. 압드라만이 켁켁거리며 숨을 들이마신다. 오마르는 분을 참지 못해 발광을 한다. 압드라만의 책을 책상에서 집어던지고 의자를 걷어찬다. 압드라만은 상체를 일으켜 벽에 기댄다. 그는 가엾을 정도로 몸을 떨고 있다.

"사, 사람이 다섯이나 죽었어. 본부에서는 다음주까지 협상을 마무리하라고 하고. 그 돈까지 끌어올리는 것도 쉽지 않았어. 나는 최선을 다했다."

"백만 달러가 협상금이라고 해도 내 수중에 들어오는 건 천 달러도 안 돼! 근데 42만 달러라고? 내 가족을 다 굶겨죽일 셈이냐!"

"난 최선을 다했네. 동일수산 쪽에선 이제 우리를 믿지 않아. 사람이 죽었을지도 모른다고 의심하고 있는 것 같아. 선원이 죽은 걸 알면 아무리 작은 배라도 한국 정부가 움직이기 시작할 거야. 어쩔 수 없어. 큰돈을 요구할 때가 아니야."

오마르는 의자를 집어들고 압드라만을 죽일 듯 노려본다.

"넌 우리보다 훨씬 많이 받아 처먹으니 협상금이 얼마든 상관하지 않겠지만 나는 달라. 나는 돈이 필요해. 그것도 아주 많이! 소말리아로 돌아가기 전까지 80만 달러로 올려라. 본부의 요구 따윈 무시해버려! 80만 달러다. 알겠냐? 빨리 알았다고 말해."

압드라만은 힘겹게 고개를 젓는다. 오마르는 의자를 더욱 높이 든다. 그의 눈알이 튀어나올 것 같다.

"나는 장난하고 있는 게 아니야. 이제 막바지다. 알겠냐? 그럼 네놈이 받는 몫이라도 내게 넘겨라. 그러면 봐주지. 자, 네 몫을 넘긴다고 말해."

"네가 얼, 얼마를 받을지는 모르겠지만 나도 그리 많이 받지 않아. 네가 돈이 필요한 것처럼 나 역시 그렇다. 그럴 순 없어."

오마르의 턱이 실룩거린다. 의자를 들어올린 오마르의 양팔 근육에 힘이 전해진다. 그때 누군가 의자의 한쪽 다리를 잡는다. 의자는 공중에서 내려가지 않는다. 오마르가 고개를 돌려 옆을 본다.

"그만해."

압켈이다. 그의 표정이 단단하다. 오마르는 숨을 고른다.

"형님이 왜 이사크놈의 편을 드는 거지?"

"저 자식은 소말리아 해병대의 간부다. 뒷일을 생각해."

"형님, 42만 달러라니 말이나 되는 거야, 이게? 이거 놔. 나 이 새끼 죽여버릴 거야."

"그만하라고, 인마."

압켈이 어금니를 깨물고 문 쪽으로 눈짓을 한다. 문밖에는 벌써 부르하안 소위와 카넬레 하사가 서서 그들을 바라보고 있다. 오마르는 의자를 바닥에 내던진다. 압드라만은 바닥에 초라하게 웅크린 채 그를 바라보고 있다. 오마르는 간부들을 뚫고 문밖으로 나간다. 부르하안 소위와 카넬레 하사도 아무 말 없이 선교로 돌아간다. 압드라만은 벽에 머리를 기댄 채 멍하니 문밖을 바라본다.

"알라 후 아크바르(알라는 위대하시다)."

달이 저물어가는 새벽. 압드라만은 몸을 깨끗이 씻고 갑판 위에 서서 예배를 드린다. 그는 이사크 에이데갈레 족의 명문 가문에서 태어났다. 그의 아버지는 이맘*이었다. 그의 아버지는 압드

* 이슬람교 교단 조직의 지도자를 가리키는 하나의 직명.

라만이 네 살일 때 가족들을 데리고 케냐로 이주했다.

"시랏 딸라다나 인암타 알라이힘 가이릴 마그두비 알라이하 와랏 다잘린(당신의 노여움을 산 자들의 길이 아닌, 방황하는 자들의 길이 아닌, 당신께서 은총을 내려주셨던 자들의 길로 인도하여주소서)."

20년이 지나 스물네 살의 압드라만이 멘 가방에는 한 학기 대학교 등록금이 있었다. 젊은 그는 자신이 가진 지식의 힘으로 소말리아를 바꿀 수 있으리라 믿었다. 압드라만은 자신의 고향인 에리가보의 마을로 가려고 했다. 그는 소말리아 국경을 넘은 후 얼마 가지 못했다. 모가디슈의 검문소에서 가지고 있던 모든 것을 군인들에게 빼앗겼다.

"알라 후 아크바르(알라는 위대하시다)."

압드라만은 두 손을 대지에 대고 알라 앞에 머리를 조아린다. 이마가 알라의 몸에 닿는다. 그는 알라를 원망했었다. 머리를 땅에 찧으며 알라께 간청하기도 했다. 그는 소말리아에서 아무것도 할 수 없었다. 소말리아엔 먹을 것도 물도 일자리도 희망도 없었다. 하루하루 힘들게 연명하던 그는 자신도 모르는 사이 총을 쥐고 있었다. 그는 이제 알라께 아무것도 여쭈지 않는다.

"랍바나 아티나 핏둔아 하시나탄 와 필 아키라티 하시나탄 와게나 아지브 안 나즈(저희의 주여, 저희에게 이 세상 좋은 것을 베풀어주시옵고 저 세상의 좋은 것도 베풀어주시오며 저희를 화염의 고통으로부터 보호하여주시옵소서)."

압드라만은 감았던 눈을 뜬다. 눈자위가 촉촉이 젖었다. 압드라만은 몸을 일으키고 선실로 향한다. 보초를 서는 모하메드는 갑판 바닥에 쪼그려 앉아 잠들어 있다. 그런데 바다 너머 어둠을 뚫고 무언가 반짝이는 것이 보인다. 압드라만은 뱃머리 쪽으로 걸어간다. 바다를 보던 중국 선원이 비켜선다. 압드라만은 쌍안경을 들고 바다를 바라본다.

2부

·
·
·

I- Moby Dick호

I-Moby Dick호 사건 보고서 4

I-Moby Dick호 납치 관련 내용

ㅇ 사건 개요

— 2012년 1월 24일 05시 43분경 이라크에서 말레이시아로 가는 미국 IOB사 I-Moby Dick호가 소말리아 해병대 소속 해적들에게 피랍.

— 2011년 12월 4일 하라드헤레 연안에서 납치된 한국 원양어선 동일 13호를 소말리아 해적의 모선으로 활용, 먼바다까지 나올 수 있었음.

— 생존자의 진술에 따르면 납치 과정에서 소말리아 해적 1명이 바다에 빠졌다고 함.

ㅇ 피랍 위치: 인도 트리반드룸 항에서 남서쪽으로 약 210km 떨어진 지점.

ㅇ 인질: 선장 리처드 필립스 및 미국인 선원 3명, 이라크 선원 20명, 인도 선원 7명.

14. 소말리아 해병대

합창: 미국 고래를 잡았네. 미국 고래를 잡았네.

부르하안 소위: 우리는 소말리아 해병대. 다들 여기 내 말을 들어.
협상금을 내놓을 때까지 너희 목숨은 우리의 것이다.
신에게 빌고 또 빌어라. 태양을 계속 만나고 싶거든.

모하메드: 배 이름이 뭔 줄 알아?

합창: I-Moby Dick, I-Moby Dick.

누르딘: 코끼리 3천만 마리보다 크고
고래 3천 마리보다 거대해.
뱃머리에서 노래하면 선미에서 들리지 않을걸.

선미에서 춤을 추면 뱃머리에서 보이지 않을걸.

모하메드: 선실이 엄청 많아. 배 안이 미로 같아.
비린내가 전혀 안 나. 기름 냄새가 나긴 하지만.

오마르: 어딜 그리 뛰어다니냐. 인질을 감시해, 멍청한 녀석들.
지하 창고를 조심해라. 아무 밸브나 돌리는 게 아니야.
검은 물이 가득 담긴 엄청난 창고가 여기 있다고.
세상에서 가장 값비싼 물, 석유 창고가 거기 있다고.

사디요: 냉장고가 엄청 크군. 온갖 것들을 넣을 수 있겠어.
화장실에서 레몬 향기가 나. 여기서도 식사를 하나.

압켈: 오른쪽 중앙에 검게 탄 자국. 압켈님의 서명이지.
미사일이 없었다면 고래를 잡지 못했을걸.
조금만 아래에 맞았다면 지옥에서 노래하고 있었을걸.

카넬레 하사: 선장실을 샅샅이 뒤져라.
그곳에 금고가 있을 거야.
통신실을 살펴봐라. 수상한 짓을 하지 못하게.
인질들을 잘 감시해. 백인들은 교활하니까.

오마르: 이봐, 거기 하얀 친구. 무얼 그리 떨고 있나.

손가락을 쭉 한번 펴봐. 그 손 말고 다른 쪽 손.
이 반지는 내가 가질게. 호의로 내게 줄 수 있겠지.
불만이 있다면 언제든 말해. 반짝이는 거라면 내게도 있으니.
금빛 작고 길쭉한 보석. 한 번 보면 일어서지 못하지.
금빛 작고 길쭉한 보석. 한 번 보면 두 번은 못 보지.

압켈: 이빨 빠진 도둑놈 같으니. 어찌 그럴 수가 있나.
내게 기대. 진정하라고. 사악한 도둑은 저기 갔으니.
그런데 자네 옷이 멋진걸. 잠깐 벗어볼 수 있겠나.
잠깐 자네 입을 벌려봐. 뭔가 반짝이는 것이 있네.
이따 망치를 가져올게. 조금만 기다려주게, 친구.

압드라만: 알라의 뜻은 넓고도 깊은 것.
그분의 인도를 알 수가 없구나.
이 배의 여정 그 끝에
알라께서 무엇을 준비해두셨을까.

15. 부르하안 아부디 소위

해가 떠올랐다. I-Moby Dick호와 동일13호는 바다를 가르며 전속력으로 달린다. 동일13호에는 아부카드만 남았다. 그의 눈앞에서 꼬리를 흔드는 백색 거대한 유조선은 아부카드를 환희에 빠지게 한다. 그러나 한편 자신만 낡아빠진 어선에 남겨져 있는 것이 아부카드는 못내 불안하다. 그는 AK소총을 단단히 잡고 뱃머리에 서서 I-Moby Dick호를 바라본다. 절대로 저 배의 자기 몫을 놓치지 않겠다는 듯 뚫어져라 노려본다.

유조선의 갑판에 전사들이 둘러앉아 있다. 사디요는 웃통을 벗어젖혔다. 오마르의 꼬불꼬불한 턱수염 끝에 땀이 맺혀 있다. 모하메드는 입고 있는 검은색 반팔로 얼굴에 묻은 땀을 닦는다.

"이제 더 옮길 거 없죠?"

누르딘이 싱글거리며 묻는다.

"이 배 정리도 다 끝났어. 새벽부터 땀 뺐네, 제기랄."

오마르가 손으로 얼굴을 쓸며 말한다.

"얼마나 더 가면 소말리아에 도착하죠?"

모하메드가 기대에 찬 목소리로 묻는다.

"모르겠다. 여기까지 나와본 적이 없어서. 그래도 열흘 정도면 넉넉히 도착하지 않겠냐."

오마르가 걸걸한 목소리로 대답한다.

"이번 장사에는 이래저래 열 받는 일이 많았지만 이 정도 배면 참아줄 만하지."

압켈이 만족한 표정으로 말한다.

"이 배 정도면 얼마나 받을 수 있죠?"

모하메드가 눈을 빛내며 묻는다.

"네가 그걸 알아서 뭐하냐. 어차피 네 몫은 없을 텐데."

누르딘이 톡 쏘듯 말한다. 모하메드가 누르딘을 노려본다.

"이렇게 큰 유조선은 잡아본 적이 없는데. 그래도 이 정도 배면 3백만 달러를 받아낼 수 있겠지."

사디요가 대답한다. 압켈이 웃는다.

"답답한 소리 하지 마라. 3백만 달러? 여기 실린 석유만 30만 톤쯤 된다고. 이 정도면 말이다, 3, 4천만 달러도 충분히 받아낼 수 있을 거야. 아니, 아니지. 석유 같은 건 우리가 직접 팔아도 되니까. 게다가 이 배를 봐라. 배까지 합쳐서 팔아넘기면 대체 얼마나 될지 한번 상상해보란 말이야. 이런 건 귀찮게 전화해서 협상할 필요도 없어. 이걸 팔아넘기면 1억 달러는 우습게 벌어들일 수 있을 거다."

"1억이라고? 이거 정말 엄청난데!"

오마르가 입을 한껏 벌린다.

"아무리 지랄 같은 본부라도 이 정도 큰 건 물어왔는데 쥐꼬리만큼 나눠주진 않겠지. 이 배라면 우리들한테 백만 달러씩은 나누어줘야 할 거야. 그보다 적다면 우리도 가만있지 않을 테니까 말이야."

"참아줄 수 없고말고! 미리 부르하안 소위한테 얼마나 나눠줄 건지 확답을 받아야 돼!"

오마르가 게거품을 물고 떠들어댄다.

"돈 받으면 아저씨는 어디에 쓰실 거예요?"

모하메드가 사디요에게 묻는다.

"잔말 말고 이번엔 여자 하나 잡아."

압켈이 사디요에게 말한다. 사디요는 말없이 쓰게 웃는다.

"너희도 잘 알아둬라. 젊은 놈들은 돈만 손에 쥐면 술집 가서 계집애들 밑구멍에 쑤셔박기 바쁜데 그러면 안 돼. 그년들 거기에 시커먼 전갈이 살고 있다는 걸 알아야 한다고. 술집에서 일하는 년들이 오래 사는 거 나 못 봤다. 병 잘못 옮으면 나중에 결혼해서 마누라랑 애들까지 다 죽이는 거야. 오마르처럼 무식한 돼지 같은 놈이나 그런 데 가는 거지. 부모 멀쩡한 집안의 여자 하나 얻어서 새끼 치고 사는 게 제일이야."

압켈이 누르딘과 모하메드를 보며 말한다.

"형님, 대체 무슨 소리를 하는 거야. 내 처가 둘인데 내가 왜 그런 데를 가겠어. 돈 번 거 다 마누라랑 자식들 배때기에 넣어줄 거야. 첫째가 벌써 코란을 읽을 나이라고."

오마르가 주둥이를 내밀고 툴툴댄다.

"제기랄, 코란은 무슨. 되지도 않는 헛소리 집어치워. 돼지 같은 낯짝으로 잘도 그런 소리를 하는군."

압켈이 짜증을 낸다.

"애들은 코란을 읽어야 해. 내 마누라들은 다 글도 읽을 줄 아는 년들이라고. 우리 애들한테도 글을 가르칠 거야. 나도 코란만 읽었어봐. 이렇게는 안 살지."

오마르가 짐짓 성실한 척 말한다. 압켈이 코웃음을 친다.

"저 자식 헛소리하는 거 정말 못 들어주겠군. 코란이라니, 알라가 이 배를 잡았나? AK소총이랑 RPG미사일이 잡은 거지. 우리 같은 놈들은 그저 먹는 게 최고야. 집에 가자마자 마누라한테 몇 푼 쥐여주고 염소 한 마리 구워오너라, 한단 말이야. 온 마을이 난리가 날 테지. 장작 모아서 불 피우고 염소 잡고 피 뽑고 털 태우고. 양념을 한다, 뭘 한다, 우리 가족들뿐 아니라 온갖 어중이떠중이들도 다 몰려와 떠들어댄단 말이야. 나는 집 안에 누워 잠이나 잘 거야. 요리가 끝났다는 기별이 오면 그제야 어슬렁어슬렁 고기가 있는 곳으로 간다고. 그러면 거기 모인 마을 사람들이 죄 내 얼굴만 쳐다보고 있겠지. 그러면 한마디해준단 말이야. '뭣들 보고 있어. 빨리 먹지 않고.' 나는 제일 상석에 앉아서 염소 고기를 먹을 거야. 노릇노릇 구워진 염소 뒷다리를 통째로 잡고 한입 크게 베어물곤 으적으적 씹는 거지. 야들야들한 속살에 씹을 때마다 터지듯 나오는 고기 기름에, 레몬즙을 넣어 만든 새콤한 양념장을 찍어서, 크, 그렇게 한 상 배불리 먹으면 되는 거야. 그다음에는 다리 뻗고 잠이나 자는 거지."

압켈이 눈을 가늘게 뜨고 웃는다. 모하메드의 입안에 침이 고인다.

"난 케냐 나이로비 병원에 라시드를 데리고 갈 거야. 병원에 데려다줘야겠어."

사디요가 침울한 표정으로 말한다. 분위기가 가라앉는다.

"흥, 뭐하러 병원엘 데려가. 죽을 놈은 죽는 거지."

압켈이 중얼거리듯 말한다.

"사다리 타고 배에 올라가다 바다에 빠지신 거지?"

누르딘이 묻는다.

"응. 사디요 아저씨가 금방 구해내긴 했지만 라시드 아저씨 며칠 전부터 계속 아프셨잖아. 그러던 와중에 바다에 빠졌으니 병이 더 심해지신 거지."

모하메드가 대답한다.

"재수도 없는 자식. 이렇게 큰 배를 잡았는데."

사디요가 쓸쓸한 목소리로 말한다.

"형님, 근데 만약에 이거 타고 가다가 미국 군함 만나면 어떡하지? 미국 배 뺏었다가 돌아오지 못하는 애들이 많았잖아."

오마르가 걱정스러운 말투로 묻는다.

"걱정하지 마라. 화물선이랑 유조선은 달라. 그 새끼들 화력이 아무리 막강해도 석유 가득 든 배에다 미사일을 쏠 수는 없을 거 아니냐. 나 같은 깡다구쯤 돼야 여기에 미사일을 꼬라박지, 미군 새끼들 배포면 어림도 없어. 잘못하면 지들도 다 날아가는 거니까. 게다가 인질도 많으니 돌아가는 건 문제도 아니야."

압켈이 대수롭지 않다는 듯 대답한다. 모하메드는 고개를 돌려 끝없이 펼쳐진 바다를 바라본다.

선교로 카넬레 하사가 다급하게 올라간다. 붉게 상기된 얼굴이다. 선교에는 부르하안 소위가 압드라만을 데리고 유조선의 항해사에게 무언가를 지시하고 있다. 카넬레 하사는 압드라만을 한번 노려본 후 부르하안 소위에게 다가간다.

"소위님, 어째서 이 배가 소말리아로 가지 않는 겁니까?"

심상치 않은 눈빛으로 카넬레 하사가 부르하안 소위를 쏘아본다.

"한나절은 더 남쪽으로 간다. 해가 질 때쯤 너는 고속보트를 타고 유조선 선장과 동일13호로 가라. 항로는 내가 정한다. 너는 어선의 항해사에게 우리 배를 따라오라고 시키도록 해라."

소위가 대답한다. 카넬레 하사의 콧방울이 커진다. 그의 코에 땀이 맺혀 있다.

"저보고 지금 이 배에서 내리라고 하시는 겁니까?"

"아부카드 혼자선 어선의 선원들을 통제할 수 없어."

부르하안 소위가 침착하게 말한다. 카넬레 하사의 숨소리가 거칠어진다. 카넬레 하사는 잠시 눈을 감고 숨을 고른 후 입을 연다.

"소말리아는 동북쪽에 있는데 우리는 지금 전속력으로 남쪽을 향하고 있습니다. 곧장 동북쪽으로 10여 일을 달리면 소말리아에 도착합니다. 뭔가 착오가 있으신 것 같습니다. 키를 돌려야 합니다."

부르하안 소위가 카넬레 하사를 빤히 바라본다. 하사의 턱 근육이 실룩거리더니 버럭 소리를 지른다.

"출항하기 전에 본부로부터 부르하안 소위님이 과도정부와 최근 서신을 주고받았다는 사실을 들었습니다. 저보고 어선으로 옮겨 타라고요? 지금 이 배는 어디로 가고 있는 겁니까! 남쪽 어딘가에서 과도정부와 접선이라도 하기로 되어 있는 거 아닙니까? 당장 키를 돌리십시오!"

카넬레 하사가 부릅뜬 눈으로 부르하안 소위를 쳐다본다. 선글라스 때문에 소위의 눈을 볼 수가 없다. 놀란 압드라만이 그들을 바라본다.

"너는 소말리아에 도착하고 나면 뭘 할 셈인가."

소위가 카넬레 하사에게 묻는다. 카넬레 하사의 표정이 일그러진다.

"나는 과도정부에 여권을 신청했다. 돈도 지불했지. 아무 의미도 없는 종이 쪽지지만 그게 있어야 외국에서 난민 취급을 받지 않을 수 있으니까. 이번 건만 끝나면 가족들 모두를 데리고 스위스로 갈 거야. 몇 년간 돈을 모아뒀지. 거기서 빌어먹지 않을 수 있을 만큼 말이야."

부르하안 소위가 차분히 말한다. 카넬레 하사는 입술을 깨문다.

"그럼 지금 남쪽으로 가시는 이유가 대체 뭡니까."

부르하안 소위가 작게 한숨을 쉰다.

"하라드헤레 항까지 전속력으로 달리면 도착까지 8일 정도 걸린다. 이 배는 미국 IOB사의 것이야. 세계 5위 안에 드는 거대한 석유 자본 회사지. 우리에게 쫓겼던 몇 분간 I-Moby Dick호는 구조 요청을 연합 해군에게 전달했어. 우리가 이 배를 접수한 후 우리 위치를 밝힐 만한 장치는 모두 제거했지만 이 바다를 감시하고 있는 연합 해군은 납치 당시의 위치와 유조선의 최대 속력, 그리고 우리가 소말리아 해적이라는 사실을 알고 있어. 그 정도 자료면 충분해. 그들은 우리의 경로를 충분히 예상해낼 거야. 8일이면 긴 시간이다. 우리는 너무 먼바다에 나와 있어. 게다가 잡은 배는 엄청난 물건이지. 동북쪽 최단거리로 가면 중간에 반드시 미 해군 함정을 만나게 돼. 그들은 최첨단 장비를 가진 훈련된 군인이야. 그들을 뚫고 소말리아에 도착하는 건 불가능에 가까워. 우리는 이틀간 남쪽으로 간다. 거기서 엔진을 끄고 5일 동안 가만히 있는 거야. 그들은 자네가 그랬던 것처럼 우리가 적어도 10일이면 소말리아에 도착할 거라 예상할 거야. 그 기간 동안 할 수 있는 모든 방법을 동원하여 인도양을 샅샅이 수색할 게 틀림없어. 예상 도착 기간인 10일이 지나면 그들은 자신들이 우리를 놓친 것이라 생각하게 될 테지. 수색도 점차 약해질 거야. 12일이 지나고 15일이 지나면 더욱 약해지겠지. 우리는 5일을 대기한 후 15일 동안 인도양을 빙 돌아 소말리아로 간다. 저들의 감시가 허술해질 때를 노리는 거야. 지금으로선 이 루트가 소말리아로 가는 최단경로야."

부르하안 소위가 말한다. 카넬레 하사가 고개를 숙인다.

"너는 어두워지기 전에 어선으로 가라. 어선은 유조선의 뒤를 따라오되 심각한 사안이 아니면 무전 연락도 최대한 자제해. 압드라만도 오늘 이후로 동일수산과의 협상을 그만둔다. 유조선 역시 IOB사 측과 연락할 필요 없어. 일단 소말리아로 도착하는 게 최우선이야. 우리 위치가 발각될 만한 어떤 여지도 남겨선 안 돼. 그리고 그쪽 인질들을 잘 감시하도록 해. 그들은 동료의 죽음을 봤어. 동료의 죽음은 남은 이들을 무모하게 만드는 법이지."

카넬레 하사가 고개를 끄덕인다.

16. 모하메드 이브라힘

하늘에서 비가 쏟아진다. 바다와 하늘이 한데 뒤섞인다. 세차게 쏟아지는 비가 유조선과 원양어선의 갑판을 세차게 두드린다. I-Moby Dick호의 엔진 소리가 잦아든다. 조명이 일제히 꺼진다. 인도 반도의 남쪽 끝에서 1,160여 킬로미터 떨어진 곳에 I-Moby Dick호와 동일13호가 숨을 죽이고 섰다. 자욱하게 내리는 비가 두 선박의 모습을 감춘다. 어둠과 빗속에 숨어 어슴푸레 윤곽만 드러낸 두 배는 멀리서 볼 때 작은 섬처럼 보인다. 그날 밤, 압켈 등이 쏟아지는 비를 맞으며 총을 들고 선교로 뛰어올라간다.

"지금 뭐하는 짓거리냐!"

압켈이 문을 열어젖히며 소리친다. 그의 뒤로 비에 젖은 전사들이 살기등등하게 늘어선다. 압켈이 주위를 둘러본다. 선교에는 항해사와 압드라만밖에 없다.

"소위는 어디 갔느냐!"

압켈이 번득이는 눈으로 압드라만에게 묻는다. 압드라만이 자리에서 일어선다.

"진정하시게."

압드라만이 천천히 말한다. 전사들의 기세에 놀란 항해사는 압드라만 뒤로 숨는다. 압켈이 AK소총을 들고 성큼성큼 계기판 앞으로 온다. 전사들도 그의 뒤를 따른다. 압드라만이 그들이 계기판을 볼 수 있게 뒤로 물러선다.

"지금 여기는 어디냐."

압켈이 날카로운 목소리로 압드라만에게 묻는다.

"여긴 인도반도로부터 천여 킬로미터 떨어진 곳이네. 우린 여기서 5일을 더 머무를 걸세."

"인도라고?"

전사들이 술렁거린다. 털북숭이 오마르가 험악한 표정을 하고 앞으로 나온다.

"말해봐, 이사크놈아. 왜 우리가 어딘지도 모를 바다에서 5일씩이나 시간을 보내야 하는지를 말이야. 왜 소말리아로 가지 않는 거지?"

"지난 이틀간 소말리아로 간 게 아니었군!"

"이 배를 빼앗을 셈이야?"

전사들이 저마다 소리친다. 어둠에 묻힌 그들의 표정은 악마처럼 흉악하다. 그들은 눈을 부라리고 이를 드러낸다. 팔 근육이 꿈틀거린다. 천장을 두드리는 빗소리가 그들의 심장박동을 더욱 자극한다. 그들은 압드라만에게 점점 다가간다. 압드라만의 얼굴이 굳는다. 압드라만은 자기도 모르게 어깨에 걸고 있던 AK소총을 오른손으로 더듬어 찾는다.

"소위님과 나는 이곳에서 시간을 보낸 후 소말리아로 가는 게 더 안전할 거라 판단하였네. 속임수는 없어. 이 배는 30만 톤의 석유를 실은 미국 유조선이야. 이 배를 그들이 손쉽게 넘겨줄 것 같은가. 지금 소말리아로 가는 길은 연합 해군이 단단히 지키고 있을 걸세. 안전에 안전을 기하기 위해 이리로 온 거야. 흥분을 가라앉히게."

압드라만이 침착하려 노력하며 말한다. 압켈은 AK의 노리쇠를 뒤로 당긴다. 탄환이 장전되는 소리가 난다. 압켈은 압드라만의 얼굴을 향해 총구를 들이댄다. 압드라만의 얼굴에 핏기가 없어진다. 유조선의 항해사가 슬그머니 압드라만 뒤에서 전사들 옆으로 간다.

"이사크의 뱀 같은 놈아. 도대체 무슨 꿍꿍이속이냐. 이 배를 네놈들이 독차지할 생각이냐."

컴컴한 어둠 속에서 전사들의 눈이 불안하게 흔들린다. 압드라만의 목소리가 떨려온다. 압드라만은 무언가를 이야기하지만 전사들의 귀에는 들리지 않는다. 압드라만의 목소리가 처참하게 갈라진다. 전사들의 관자놀이에 힘줄이 솟는다. 압드라만의 턱이 제멋대로 움직인다. 윗니와 아랫니가 시끄럽게 부딪는다. 전사들이 점점 다가온다. 압드라만의 등이 선교 벽에 닿는다. 이제는 더 물러설 곳이 없다. 압드라만의 이마에 차가운 총구가 닿는다.

"다, 닷새 후 다시 소말리아로 출발할 걸세. 어떤 모략도 없네. 지, 진정하게."

"그렇다면 왜 이틀 전에 이리로 온다는 말을 하지 않았냐. 말해 봐라."

압켈의 눈빛이 냉엄하다. 압드라만은 겁에 질려 아무 말도 하지 못한다. 압켈이 고개를 젓는다. 전사들의 눈이 압드라만에게 따갑게 꽂힌다.

"뭣들 하나."

부르하안 소위가 선교 문가에 서 있다. 압켈은 순간 총구를 부르하안 소위로 향한다. 소위는 AK소총도 들고 있지 않다. 씻었는지 머리에는 물기가 남아 있고 목에 수건을 감고 있다. 소위는 전사들 사이를 비집고 들어가 계기판 앞 의자에 앉는다. 그의 태도는 평소와 다를 게 없다. 침묵이 그들 사이를 흐른다.

"5일간 여기에 머무를 거야. 우리 존재를 숨기기 위해 조명을 다 껐으니 인질들 감시를 더 철저히 해야 해. 근무자는 인질들 지키고 나머지는 돌아들 가."

소위가 계기판을 보며 말한다. 전사들은 서로 눈빛을 교환한다.

"왜 소말리아로 가지 않았습니까?"

압켈이 총으로 그의 등을 겨눈 채 묻는다. 부르하안 소위는 몸을 틀어 압켈을 바라본다.

"이 배를 소유한 IOB사에 대해서 잘 모르는가보군. 그들은 세계 5대 기업에 속하는 거대한 석유 자본 회사야. 그들의 힘은 엄청나. 그들은 미국 정부에도 강력한 영향력을 행사할 수 있지. 미국 정부는 필사적으로 우리를 잡으려 할 거다. 8일은 긴 시간이야. 인도양 한가운데서 미국의 추격을 쉽게 피할 수 있을 거라고는 생각하지 마라. 남쪽으로 간다는 사실을 너희에게 알리지 않은 건 너희의 동요를 피하고 싶었기 때문이다. 소말리아로 가는 게 생각보다 쉽지 않을 거야. 지금 이 순간에도 미국은 자신들의 역량을 총동원해서 이 배를 찾고 있다. 그러나 믿어라. 내가 택한 항로대로 가면 소말리아로 무사히 도착할 수 있어."

부르하안 소위가 말한다. 전사들이 술렁거린다.

"어이. 마테차 한잔 가져와."

부르하안 소위가 모하메드에게 말한다. 낯을 쥔 모하메드가 깜짝 놀란다. 시선이 쏟아진다. 모하메드는 잠시 머뭇거리다 주방으로 향한다. 압켈이 총구를 내린다. 전사들은 다시 총을 어깨에 둘러메고 하나둘 선교 밖으로 나간다. 누르딘은 선교를 나가기 전 압드라만을 돌아본다. 누르딘은 입술을 깨문다.

배가 멈추자 무언가 변했다. 전사들은 그게 무엇인지 모두 알고 있었지만 아무도 그것에 대해 이야기하지 않았다. 전사들은 어두운 배 위를 분주히 돌아다녔고 자주 시계를 들여다보았다. 음식이 남아 있는 식판이 늘어났고 침대에 누워 있는 시간을 못 견뎌했다. 몇몇 전사는 제대로 잠을 이루지 못했다. 시간은 더디게만 흘러갔다.

몇 차례 인질에 대한 폭행이 있었다. 첫번째는 오마르였다. 그는 둘째 날 아침 그의 어깨를 스치고 간 인질을 불러세웠다. 오마르는 차려 자세로 서 있는 인질의 양쪽 따귀를 손바닥으로 수차례 때렸다. 두번째는 압켈이었다. 그와 새벽에 교대한 모하메드는 갑판 위에 피투성이가 된 백인 선원을 발견하였다. 세번째는 누르딘 파라였다. 그는 셋째 날 저녁 선교에 있는 항해사를 찾아가서 갑판으로 끌고 와 몹시 때렸다. 너무 지독하게 때려서 같은 시간 근무를 서던 사디요가 누르딘을 뜯어말려야 했다. 다음날 선교에는 다른 항해사가 나왔다.

압드라만은 전사들의 그런 모습을 멀거니 바라보았다. 그의 눈에선 빛이 사라졌다. 그는 선실에만 틀어박혀 있었다. 전사들도 저번 일이 있은 후 그와 마주치기를 꺼려했다. 압드라만은 인질들이 식사하는 시간에 혼자 식당에 와서 남은 음식을 식판에 담았다.

배가 정지한 세번째 밤. 모하메드의 선실에 그의 근무를 알리는 방송이 나온다. 모하메드는 금방 눈을 뜬다. I-Moby Dick호에는 선실이 많기 때문에 모하메드와 누르딘이 한방을 쓰지 않는다. 모하메드는 AK소총을 가지러 압켈의 선실로 간다. 압켈도 총도 방에 없다. 모하메드는 갑판으로 내려간다.

갑판에는 아무도 없다. 압켈이 근무를 서고 있을 거라 생각했던 모하메드는 고개를 갸우뚱한다. 낫이라도 가지러 다시 선실로 들어가려는데 갑판실 뒤쪽 연돌 부근에서 압켈의 목소리가 들린다. 모하메드는 그쪽으로 향한다.

"아부카드 자식 말이야, 근데 그놈 정말 웃기지 않아? 흐흐. 이번 장사 끝나면 반드시 그 자식 내 손으로 처죽인다. 응? 알겠냐?"

압켈의 혀가 잔뜩 꼬부라졌다. 말투의 억양도 엉망이다. 모하메드는 그가 카트에 잔뜩 취한 상태임을 알아챈다. 모하메드는 재빨리 연돌 뒤로 몸을 숨긴다. 카트에 취한 전사의 눈에 띄어 좋을 것이 없다. 게다가 압켈은 카트에 취하면 지독히 난폭해진다. 이어 오마르의 걸걸한 목소리가 들린다.

"아니 형님, 그런데 아부카드 자식은 또 왜? 카넬레 새끼나 부르하안 자식이면 내가 이해를 할 텐데 말이야. 부르하안 새끼, 그 새끼 선글라스 내가 언젠가 부숴버려야지. 발로 밟아서 산산조각을 내버릴 거란 말이오. 응? 그 새끼 요번에 운이 참 좋았어, 그렇잖우?"

"이 무식한 놈아, 이 멍청한 놈! 운이 좋은 게 아니야, 그건. 그것도 구별 못 하냐? 이 떨떨한 개 같은 새끼야."

압켈이 마구잡이로 욕을 한다. 오마르가 수염을 긁적인다.

"아, 맞지, 맞아. 운이 좋았던 건 이사크 샌님이지. 응, 그 새끼, 그날 완전 골로 갈 뻔했던 거 아니요? 응? 헤헤헤."

오마르가 게걸스럽게 웃는다. 압켈이 그의 머리통을 손바닥으로 때린다. 오마르가 눈을 흡뜨고 압켈을 노려본다.

"에이, 바보 같은 놈아, 그게 아니지. 만일 그때 압드라만이랑 부르하안을 죽였다면 말이다, 죽이는 건 물론 일도 아니야, 내가 근데 그 순간, 그 순간 이런 생각이 번뜩 들었거든. 만약 저놈의 새끼들 다 죽이면 우리도 끝이다, 하고. 그건 그래. 왜냐면 압드라만 새끼가 없으면 누가 항해사한테 이래라저래라 명령을 할 거야. 또 만약 우리가 그러려면 미리, 인마, 미리 준비를 했어야지! 가족들 다 하라드헤레에 있는데 그건 그럼 어쩌고. 응? 우리가 반란을 일으켜서 부르하안 소위와 압드라만놈 모가지를 마스트 위에 꽂으면 우리 가족들이라고 무사할 것 같으냐! 이 멍청한 놈아, 그때 부르하안 핑계 대고 우리가 안 돌아섰으면 인마, 다 끝났어. 내 아들, 딸, 마누라, 가족들 다 죽는 거야! 우린 빌어먹을, 이제 소말리아 해병대 개새끼들의 노예로 살지 않을 방법이 없어, 이 개 같은 병신 새끼야."

압켈이 오마르의 멱살을 잡고 흔든다. 오마르가 그의 손을 뿌리치면서 노려본다. 압켈이 눈을 크게 뜬다. 압켈의 손이 더듬더듬 AK소총을 찾는다. 오마르가 그를 얼싸안는다.

"에이, 형님. 또 왜 그래, 에이!"

오마르가 압켈의 허리에 매달린다. 압켈이 그를 밀쳐낸다.

"어쨌든 인마, 그거 하나는 알아둬. 소말리아 도착하면 일단 첫째로 아부카드 염소 자식 내가 반드시 죽인다. 우리가, 응? 너도 알잖니. 아부카드 자식 24만 실링인가, 그것밖에 없었잖아, 분명히. 근데 카넬레 놈한테 일러바치러 가서 순간 잃어버린 돈에 2만 실링을 더해서 26만 실링을 잃어버렸다고 뻥을 친 거야. 그 긴박한 순간 돈 더 벌어먹으려고 말이야. 내가 어느 정도는 돈을 가지고 있을 거란 걸 알고 있으니까 그것도 뺏어먹겠다 그거지. 그 새끼 아주 보통내기가 아니라고. 응? 흐흐. 약아빠진 장사꾼 새끼. 카넬레 하사가 날 쏘아 죽일 줄 알았겠지. 압켈님을 단단히 얕잡아본 거야. 난 아직도 그때 일만 생각하면 열이 뻗쳐서 살 수가 없어. 빌어먹을. 카넬레 자식이라고 무사할 줄 알아?"

압켈은 어둠 속에서 눈을 빛내며 말한다. 모하메드는 그의 말에 소름이 돋는다.

"아, 맞아! 이사크놈 말이야. 그때 갑자기 압드라만 새끼가 튀어나왔잖아. 그 미친놈 말이야. 도대체 왜 그런 거래? 형님은 아쇼? 그 멍청한 놈. 나는 정말 그때는 그 새끼가 알라처럼 보였다니까? 총 든 새끼가 알라는 무슨 알라야, 멍청한 새끼, 흐흐."

오마르가 침으로 수염을 적시며 웃기 시작한다.

다음날 아침. 평소와 같은 하루가 또 시작된다. 모하메드는 간부들을 깨우고 식판에 라시드가 먹을 옥수수죽을 담는다. 그는 그걸 들고 라시드의 침실로 간다.

라시드는 지난번 바다에 빠진 이후 일어서지도 못할 만큼 기력이 떨어졌다. 그의 볼은 움푹 들어가고 갈비뼈가 층층이 드러났다. 라시드의 입안은 허옇게 헐어 사방에 염증이 생겼다. 입안 염증은 점점 커져 이뿌리까지 흔든다. 라시드는 가만히 누워 있다가도 이따금 빠진 이를 뱉어낸다. 이제 성한 이가 몇 남지 않았다. 라시드의 온몸에 붉은 꽃이 피어올랐다. 비쩍 마른 얼굴 여기저기에 솟은 붉은 종기는 그의 얼굴을 한없이 흉해 보이게 한다. 이미 그의 방에는 죽음의 냄새가 가득하다. 모하메드는 음식을 가져다줄 때 인상을 찡그리지 않기 위해 노력한다. 모하메드가 들어오면 라시드는 들고 있던 액자를 이불 밑에 숨긴다. 모하메드는 그 액자에 라시드의 아들과 그의 죽은 부인 사진이 있다는 걸 알고 있다. 그는 잠자코 음식이 담긴 식판을 침대맡에 놓인 의자에 둔다. 그 의자는 라시드의 친형 사디요가 가져다놓은 것이다. 사디요는 매일 라시드의 방에 들러 병수발을 한다.

"모하메드야."

라시드가 어렵게 입을 뗐다. 모하메드가 그에게 다가간다.

"내 신발을 2층 침대 사물함 안에 넣어뒀거든. 잘 있는지 봐줄래?"

그의 신발은 번쩍번쩍 빛이 나는 검정색 군화이다. 신발이 있는 장소는 매일 바뀐다. 라시드가 잠들기 전 매일 신발을 다른 곳에 숨겨두기 때문이다. 아침마다 모하메드가 신발의 안부를 확인해주고 있다. 모하메드는 사다리를 타고 올라가 2층 사물함을 연다. 그의 군화는 오늘도 잘 있다.

"잘 있어요, 라시드 아저씨."

안도한 라시드는 눈을 감는다. 모하메드는 라시드의 방에서 나온다.

모하메드는 식당으로 가는 압켈을 만난다. 압켈이 흘깃 모하메드를 본다.

"라시드 밥 주고 오는 길이냐?"

모하메드는 대꾸하지 않는다.

"보나 마나 사디요가 시켰겠지. 새끼, 칠뜨기 같은 동생이 뭐가 그리 예쁘다고. 너도 라시드를 잘 봐둬. 함부로 몸 굴리는 년들이랑 생각 없이 놀다보면 저렇게 된다. 저 병은 자기뿐 아니라 마누라랑 지 새끼들까지 다 잡아먹는 악마의 병이야. 라시드 마누라도 전에 있던 딸내미도 다 그렇게 죽었지."

모하메드가 그를 올려다본다.

"아직도 모르고 있었냐? 라시드의 병은 에이즈야. 피부에 피는 붉은 꽃이야말로 에이즈라는 증거지. 내가 저 새끼 마누라 죽을 때부터 그럴 거라고 짐작했어. 아마 저놈 아들도 벌써 죽었을걸. 라시드도 어차피 곧 죽어. 백인들도 어쩌지 못하는 병이다. 죽기 전까지 먹이는 것도 좋지만 저놈 몸은 만지지 말어."

압켈이 담담히 말한다. 모하메드의 머리가 핑 돈다. 모하메드는 머리를 흔든다. 그는 압켈을 똑바로 쳐다본다.

"저는 누가 아부카드의 돈을 훔쳤는지 알아요."

압켈이 모하메드를 본다. 압켈의 입꼬리가 슬그머니 올라간다.

"전 그때의 일 이후로 압드라만 아저씨를 무척 나쁜 사람이라고 생각했어요. 전혀 그럴 사람 같아 보이지 않아서 더 실망이 컸어요. 게다가 이사크 족이라니, 그래서 그런가보다 하고 생각했어요. 그런데 아니잖아요. 아저씨랑 오마르 아저씨가 한 거잖아요. 압드라만 아저씨는 아저씨들을 위해서 자진해서 누명을 쓴 거잖아요."

"그래서 어쩌란 말이냐?"

압켈이 아무렇지도 않은 표정으로 묻는다.

"압드라만 아저씨는 이사크 족이지만 동료의 돈을 훔치지 않았어요. 아저씨는 하위예 족이면서 아부카드의 돈을 훔쳤어요. 나쁜 건 압켈 아저씨예요."

"내가 나쁘다는 건 이미 알고 있어. 나뿐 아니지. 오마르 녀석도 아주 악질이야. 근데 그래서 어쩌란 말이냐? 돈을 돌려주라는 거냐, 아니면 사과를 하라는 거냐. 네가 하고 싶은 말이 뭐냐?"

"압드라만이 정당한 대우를 받을 수 있게 아저씨가 돈을 훔쳤다는 사실을 모두에게 말하세요."

모하메드가 압켈의 눈을 똑바로 보면서 말한다.

"싫은데."

"그럼 제가 모두에게 말할 거예요."

모하메드가 비장하게 말한다. 압켈은 한숨을 쉬더니 그의 머리에 손을 얹는다.

"나는 네가 순진해 보여서 싫지 않았거든. 일을 어렵게 만들지 마라. 응?"

모하메드가 팔을 들어 그의 손을 뿌리친다. 압켈은 가까이 다가가 모하메드와 눈을 맞춘다.

"네가 아직 뭘 모르는 모양이구나. 이 배에서 그 돈을 진짜로 압드라만이 훔쳤다고 생각하는 사람은 없어. 다들 알아. 그럴 사람이 여기서 나 빼고 누가 있겠냐. 압드라만에게서 돈을 우려낸 아부카드도 알고 나를 개 패듯 때린 카넬레 하사도 알아. 그런데 다들 가만히 있잖아. 왜 그러는 줄 아냐? 그게 최선이기 때문이야. 생각해봐라. 그날 압드라만이 아니었으면 카넬레나 나 둘 중 한 명은 죽었을 거다. 내가 죽으면 사디요와 라시드도 살기 어려워. 걔들은 내 가족인데 내가 죽는 걸 보고만 있겠냐. 설령 보고만 있었다 해도 결국 부르하안 소위가 교묘하게 둘 다 죽이고 말 거야. 그런 화근을 남겨둔 채로 같이 총을 들 수는 없는 것이거든. 마찬가지로 카넬레 하사가 죽으면 압드라만도 죽고 부르하안 소위도 죽을 수밖에 없어. 어찌 됐든 그렇게 된다면 이번 장사는 물 건너가는 거지. 압드라만은 현명한 선택을 한 거야. 제 돈 조금 투

자해서 목숨을 구하고 이 배도 잡았잖아. 그러면 된 거 아니냐? 샌님치고 꽤 괜찮은 판단을 한 셈이지."

"아저씨는 사람들을 선동해서 죄 없는 압드라만 아저씨를 죽이려고 했어요."

모하메드가 그를 노려보며 말한다. 압켈은 기가 차다는 표정으로 모하메드를 바라본다.

"이 새끼, 순진한 줄 알았는데 엄청나게 뻔뻔한 자식이네. 그건 내가 한 게 아니야. 거기엔 너도 있었잖아. 당시엔 다들 그게 이 배를 뺏으려는 계략이라고 생각했어. 제기랄, 이딴 이야기를 내가 왜 하고 있지? 암튼 풋내기놈아. 잘 알아둬. 누가 잘했는지 못했는지는 중요한 게 아니야. 순진한 것도 정도가 있는 거지, 하나부터 열까지 다 가르쳐줘야 하냐? 너는 나를 사과하게 하거나 돈을 돌려주게 할 수 없어. 왜냐, 너는 아무 힘도 없으니까. 압드라만도 마찬가지야. 착한 척 나섰지만 돌아오는 건 외면뿐이라도 뭘 어쩌겠냐. 제 방에 틀어박혀서 알라하고나 놀라지. 젠장, 난 그 자식을 도저히 참아줄 수가 없어. 난 빌어먹을 광신도들만 보면 도저히 견디질 못하겠단 말이야. 넌 그걸 알아야 해. 지금 세상은 백인들의 신이 지배하고 있어. 그 뭐야, 예수라던가, 그 자식 있잖아. 그놈을 믿는 백인들이 이 세상을 지 맘대로 주무르고 있다고. 아랍인들이 믿는 알라도 나쁘지 않아. 걔들한테는 적어도 석유라도 줬잖아. 우리도 이슬람을 믿지만 우리한테 돌아오는 건 뭐야. 물 한 방울 없는 사막이랑 총알뿐이야. 그게 왜인 줄 알아? 그건 알라가 아랍인들의 신이기 때문이야. 선지자 모하메드가 어디 아프리카 사람인가. 아랍놈이지. 난 백인들의 신보다 알라가 더 싫다고. 소말리아의 신을 알라가 죽여버렸거든. 깜둥이 신이 없으니까 우리를 아무도 지켜주지 않는 거야. 제기랄, 우린 심지어 깜둥이 신이 누군지도 잊어먹어버렸다고. 난 그래서 알라에 매달려 사는 압드라만이 싫단 말이야. 알겠냐? 그 멍청한 자식이 착한 척하는 모습을 보면 대갈빡을 쪼개버리고 싶어서 견딜 수가 없어. 백날 알라나 외쳐보라지. 알라가 우리한테 콩 한 톨이나 주는 줄 알아? 이제 우리가 믿을 건 AK-47뿐이야. 이건 적어도 방아쇠를 당기면 확실히 총알이 나가거든."

압켈은 성급하게 말을 마치고 바닥에 침을 뱉는다. 모하메드는 잠자코 그를 노려본다. 압켈은 코웃음을 치더니 식당으로 향한다.

17. 기관장 박경철

다섯 번의 밤이 지났다. 120시간 동안 I-Moby Dick호와 동일13호는 어떤 배도 만나지 않았다. 두 배의 조명에 일제히 불이 들어왔다. 보초를 서던 전사는 그 빛에 눈을 찡그린다. 엔진이 시끄럽게 운다. 배가 덜컹거린다. 피부에 부딪치는 바닷바람이 강해지기 시작한다. 그들의 은신은 성공적이었다. 이제 그들은 소말리아로 돌아간다.

I-Moby Dick호는 물살을 헤치며 나아간다. 동일13호는 그 자리에 머물러 있다. 부르하안 소위가 다급하게 무전기를 잡는다.

"카넬레 하사, 무슨 일인가."

"모르겠습니다. 인질들 여럿이 기관실로 몰려갔습니다. 그들의 말을 알아들을 수 없습니다. 압드라만을 보내주십시오."

I-Moby Dick호에서 고속보트를 내린다. 부르하안 소위와 압드라만, 압켈이 보트에 탄다. 셋 다 AK소총을 어깨에 멨다.

압드라만이 유조선의 기관장이 하는 말을 통역한다. 그는 전에 한번 뱃머리에 매달렸던 파크다. 그는 엔진에 이상이 생겼다고 했다. 수리는 가능하나 6시간 이상 시간이 필요하다는 것이다. 파크는 연거푸 얼굴에 흐르는 땀을 닦는다. 그를 바라보는 전사들의 눈빛이 싸늘하다. 파크의 목소리는 떨렸고 그의 몸짓은 차분해 보이지 않는다. 부르하안 소위는 카넬레 하사에게 고속보트를 타고 유조선의 기관장을 데려오라고 지시한다. 압드라만과 기관장을 기관실에 남겨두고 부르하안 소위는 선내를 한 바퀴 둘러본다.

유조선의 기관장이 어선의 엔진을 살핀다. 박경철 기관장은 부르하안 소위를 따라 갑판 위로 나갔다. 유조선 기관장은 어리둥절한 표정으로 카넬레 하사를 쳐다본다. 압드라만이 엔진 상태가 어떠냐고 묻는다. 유조선의 기관장은 엔진이 좀 낡긴 했지만 달릴 수 없는 상태는 아니라고 말한다. 기관실에 있던 동일13호 선원들의 표정이 참담하게 일그러진다.

부르하안 소위는 파크를 데리고 선교로 갔다. 파크의 몸이 눈에 띄게 떨려온다. 선교 통신실에서 누군가 알루미늄 조각을 직사각형 모양으로 깎아 선박자동식별장치 위에 교묘하게 납땜해 놓았다. 부르하안 소위는 선박자동식별장치를 덮은 알루미늄 조각을 뜯어낸다. 전원에 노란불이 들어와 있다. 부르하안 소위는 말없이 전원을 끈다.

부르하안 소위는 파크를 간단히 취조한 후 그를 끌고 고속보트에 태운다. 고속보트엔 압드라만과 부르하안 소위, 기관장 파크 세 사람뿐이다. 동일13호에 압켈도 남겨졌다. 아부카드와 카넬레 하사만으로는 인질 모두를 감시하기 힘들다는 이유였다. 압켈은 못마땅한 표정을 지었지만 부르하안 소위의 말을 거부하진 않았다. 고속보트가 유조선으로 돌아갔다. 두 배는 그제야 달리기 시작했다.

오마르가 소리를 지른다. 사디요의 머리에 핏대가 선다. 누르딘이 팔을 걷어부친다. 모하메드가 울부짖는다.

파크는 배를 세운 지 3일째 되는 날 선박자동식별장치를 켰다고 했다. 이미 동일13호의 위치를 연합 해군이 파악하고 있다는 것이다. 그나마 부르하안 소위가 다행스럽게 생각한 것은 위치를 전송한 것이 유조선이 아닌 동일13호라는 점이었다. 동일13호와 I-Moby Dick호가 같이 있다는 사실을 미군 측에선 파악하지 못했을 것이다. 연합 해군 측에서 한국의 작은 어선이 있는 곳에 납치된 미국의 초대형 유조선이 함께 있었다는 사실을 알았다면 분명 사흘째 밤이 되기 전에 엄청난 병력이 그곳으로 투입되었을 것이 분명하다. 아직까지 군함이 도착하지 않았다는 것은 한국 정부든 연합 정부든 동일13호를 그렇게 중요하게 생각하지 않고 있다는 것이 된다. 그렇다고는 해도 위치가 노출되었다는 사실은 전사들에게 치명적인 일이다. 한국의 군함이 언제 그들의 뒤를 쫓을지 모른다. 게다가 유조선을 납치한 지 일주일이 지난 지금, 소말리아 해적이 다른 경로를 택했으리라는 생각을 연합 해군 측에서 하고 있을 수도 있다. 그렇다면 연합 해군이 동일13호와 I-Moby Dick호 간의 상관관계를 의심하기 시작할 가능성도 있는 것이다. 이 사실은 부르하안 소위의 얼굴을 한없이 어둡게 만들었다.

부르하안 소위는 또다시 항로를 고민했다. 위치가 발각된 지금의 상황에서 하라드헤레 항구로 가는 직선 루트를 택하는 것은 위험한 일이다. 지금 여기서 하라드헤레 항까지 직선 경로로 간다면 9일이 조금 넘게 걸린다. 그동안 한국 해군을 만나지 않을 가능성은 거의 없다. 사실 한국 해군이 아직 이곳에 도착하지 않은 것만으로도 천운이라 할 것이다. 어쩌면 한국 해군은 이미 그들과 상당히 근접해 있을 수도 있다. 동일13호의 연료는 떨어져 가고 전사들 간의 신뢰는 바닥까지 떨어졌다. 어디에 있을지 모르는 해군의 존재는 부르하안 소위를 무척이나 초조하게 했다. 엄청난 값어치를 가진 I-Moby Dick호의 존재는 서둘러 소말리아 땅을 밟고 싶은 소위의 마음을 더욱 부채질했다. 그러나 부르하안 소위는 애초의 계획대로 동쪽으로 직행하다 아프리카 연안해에 이르러 소말리아를 향해 북상하는 항로를 택했다. 15일. 결코 짧지 않은 시간이다. 부르하안 소위는 벽에 걸린 시계를 물끄러미 바라보았다.

원양어선의 기관장은 만신창이가 된 모습으로 갑판 바닥에 쓰러져 있다. 옷을 다 벗겨 드러난 몸뚱이는 성한 구석을 찾을 수 없이 온통 피범벅이다. 얼굴은 눈, 코, 입을 구분할 수 없게 부어올랐고 엉덩이에는 배설물이 덕지덕지 묻어 있다. 전사들의 폭행은 20분가량 계속되었다. 오마르, 사디요뿐 아니라 누르딘과 모하메드도 이성을 잃고 파크를 때렸다. 모하메드는 이제 파크가 보여준 물을 만드는 실험이 기억나지 않았다. 야간 근무 때 모하메드가 그의 눈 속에서 발견한 것 따위는 잊은 지 오래다. 모하메드는 지쳤다. 소말리아에 돌아가고 싶었다. 누군가가 그들을 쫓고 있다는 사실은 모하메드를 피로하게 했다. 전사들 간의 알력과 갈등도 그를 무척이나 고통스럽게 했다. 이런 큰 배를 잡아도 자기 몫은 하나도 없다는 사실 역시 모하메드를 화나게 하는 일이었다. 이토록 약해빠진 주제에 진절머리 나게 발목을 잡는 파크가 지겨웠다. 참으로 지겨웠다. 모하메드는 증오를 가득 담아 파크의 면상을 걷어찼다.

이튿날 아침 갑판 위에 쓰러져 있던 박경철 기관장이 보이지 않았다. 모하메드는 그가 죽었을 것이라고 생각했다. 그날 새벽 압드라만이 파크의 상처에 약을 바른 후 그를 업고 선실로 옮겼다는 사실을 누르딘이 말했다. 그날 저녁 파크는 다른 인질의 부축을 받고 식당으로 왔다. 그는 왼손으로 오른쪽 갈비뼈를 움켜잡고 의자에 앉았다. 파크는 걸레짝이 된 입술을 조금 벌려 음식을 입에 넣고 몇 남지 않은 이로 그것을 씹었다. 씹을 때마다 상처가 아린지 얼굴을 찡그렸다. 음식을 먹는 것이 고통스러워 그의 눈에선 눈물이 줄줄 흘러내렸다. 모하메드는 그의 모습이 역겨웠다. 박경철은 전사들에게 잡힌 두 달 사이, 모습이 몹시 변했다. 반백이던 머리는 하얗게 세었고 눈에 띄게 머리숱이 줄었다. 단단하던 몸은 메마른 나무처럼 왜소해졌고 피부는 거무죽죽하게 부어올랐다. 어제 맞은 상처 여기저기서 피고름이 흘러나왔다. 그런 꼴을 하고선 그래도 살겠다고 고통을 참으며 음식을 먹는 것이었다. 그런데 파크를 바라보고 있던 모하메드는 문득 그날의 식사가 평소와 다르다는 사실을 알아챘다. 선원들은 흘깃 흘깃 파크를 넘겨보며 그가 수저를 놀리는 것에 따라 손을 움직였다. 파크가 빵을 삼키면 빵을 베어물었고 파크가 수프를 떠 먹으면 그들도 수프를 먹었다. 선원들 중에는 한 덩이의 음식만 남겨놓고 포크로 아주 조금씩만 떼어 먹는 선원도 있었다. 모하메드는 곧 그 이유를 알아차렸다. 몸이 성하지 못한 파크가 밥을 먹기 위해선 많은 시간이 필요했다. 선원들은 그가 해적들이 지키고 선 식당에 혼자 남지 않게 하기 위해 일부러 자신들의 식사 속도를 늦추고 있는 것이었다. 미국 유조선에 탄 그들이 한국 원양어선의 기관장인 박경철을 전부터 알고 있을 리는 없었다. 유조선에 탄 이후에도 선원들은 전사들의 감시 때문에 박경철 기관장과 한마디도 나누어보지 못했을 것이다. 그럼에도 불구하고 그들의 저녁식사는 오랫동안 알고 지낸 사이처럼 누구 한 명의 이탈도 없이 완벽하게 이루어졌다. 근처에 앉아 그들을 보고 있는 전사들 중 누구도 그들의 식사가 평소와 다르다는 사실을 알아채지 못했다. 마침내 박경철이 식판을 다 비웠다. 박경철의 좌우에 앉아 있던 미국 선원과 인도 선원이 그의 팔을 잡았다. 그들의 뒤를 따라 선원들이 하나둘 식판을 들고 일어났다. 그들은 자연스럽게 식당 밖으로 나갔다. 모하메드는 그들의 모습을 숨죽여 바라보았다.

18. 부르하안 아부디 소위

도착까지 5,808해리. 어느 오후, 동일13호 선교에 있던 카넬레 하사가 북서쪽에서 다가오는 군함을 발견했다.

갑판 위에 찌르듯 따가운 햇살이 쏟아진다. 원양어선의 우현에 인질들이 모두 나와 섰다. 태양은 헐벗은 그들의 머리를 하얗게 태운다. 선원들은 팔을 휘저으며 군함을 향해 "겟 어웨이(Get away)!"라고 소리친다. 그들이 외치는 말과는 다르게 그들의 표정은 군함을 절박하게 환영하고 있다. 선원들 뒤에는 갑판실에 숨어 창문 너머로 그들을 겨누고 있는 소말리아 해적들이 있다.

"영국 군함이군."

유조선 선교에 선 부르하안 소위가 쌍안경을 내리며 말한다.

"저희는 어떻게 할까요?"

압드라만이 불안한 표정으로 묻는다.

"우리도 인질들 우현으로 집합시켜."

부르하안 소위가 말한다.

"저들과 마주하고 있는 건 동일13호입니다. 우리는 저들과 꽤 떨어져 있지 않습니까. 우리의 모습을 굳이 노출시킬 필요가 있을까요?"

압드라만이 걱정스러운 표정으로 묻는다.

"저들은 바보가 아니야. 납치된 원양어선과 유조선이 나란히 달리고 있는 상황을 봤으니 사태 파악은 끝났어. 인질들 다 모아."

부르하안 소위가 말한다.

유조선은 원양어선과 3해리 정도 떨어져 있고 원양어선은 영국 군함과 5해리 정도 떨어져 있다. 세 선박은 나란히 바다를 가르며 달린다. 유조선과 원양어선의 우현에는 인질들이 늘어서서 군함을 향해 돌아가라고 소리치고 있다. 부르하안 소위가 무전기의 VHF* 채널을 16으로 맞추고 압드라만에게 넘긴다. 부르하안 소위는 그에게 자신의 말을 그대로 통역해서 말하라는 제스처를 취한다.

"여기는 소말리아 해병대다. 영국 군함은 들어라. 지금은 오후 2시 43분. 오후 3시 정각까지 군함의 엔진을 정지시키고 닻을 내려 그곳에 정박하라. 다음 방송은 17분 후에 한다. 그때까지 엔진을 정지하지 않으면 I-Moby Dick호의 미국인 선원 마이크 피어스를 유조선의 뱃머리에서 공개 처형 하겠다. 우리의 요구 조건이 이행될 때까지 30분 단위로 한 명씩 처형한다."

---

* 해상에서 조난, 구조 요청 등을 하는 비상통신용 공통 채널. 바다에 나온 모든 선박은 의무적으로 VHF 채널 16을 켜놓고 있어야 한다.

압드라만이 무전기를 놓는다. 조종석에 앉은 마이크가 넋이 나간 표정으로 그를 바라본다. 마이크는 금발에 하얀 피부를 가진 삼십대 백인 청년이다. 섬세한 속눈썹 아래 파란색 눈동자가 불안하게 흔들린다. 부르하안 소위가 AK소총을 장전하고 그의 머리에 총부리를 댄다.

"일어서라고 해."

부르하안 소위가 압드라만에게 말한다. 마이크가 일어선다. 무전기에서 영국군의 다급한 목소리가 들린다. 부르하안 소위는 그 목소리에 전혀 관심이 없다.

"상의를 벗으라고 해."

부르하안 소위의 목소리가 싸늘하다. 마이크는 팔을 덜덜 떨며 상의를 벗는다. 후춧가루 같은 점이 그의 하얀 몸뚱이 위에 잔뜩 뿌려져 있다. 마이크는 겁에 질려 부르하안 소위를 쳐다보지도 못한다.

마이크는 양팔로 자신의 어깨를 감싼 자세로 뱃머리에 서 있다. 그는 초조하게 주변을 둘러본다. 갑판실 1층 창문 너머로 전사들의 소총이 일제히 그를 향하고 있고 갑판실 7층 선교 위에선 부르하안 소위의 총구가 정확히 그의 머리를 조준하고 있다. 소위가 벽에 걸린 시계를 본다. 오후 2시 52분이 막 지났다. 마이크는 뱃머리 위에서 어쩔 줄을 모른다. 여전히 영국 군함은 거리를 유지한 채 그들을 따라오고 있다.

부르하안 소위가 보기에 영국 군함은 해적들을 공격할 의사가 없어 보인다. 영국군으로서는 타국 국민들의 생명이 걸린 문제이니만큼 이 일에 개입해 곤란한 입장에 처하게 되는 것을 원하지 않을 것이다. 그러니 영국 군함의 목적은 해당 국가의 군함이 도착할 때까지 소말리아 해적들의 위치와 항로를 파악해주는 것 정도일 것이라고 소위는 생각한다.

"그렇게 내버려둘 수는 없지."

부르하안 소위가 나직하게 중얼거린다.

시곗바늘이 정각 3시를 가리킨다. 마이크가 완전히 두려움에 질려 있다는 것은 7층 선교에서도 어렵지 않게 파악할 수 있다. 압드라만은 무전기를 잡고 부르하안 소위를 바라본다. 소위는 AK소총을 제대로 잡고 마이크를 겨냥한다. 압드라만이 무전기의 송신 버튼을 누른다. 부르하안 소위가 입을 연다.

"약속을 이행하지 않았으므로 공개 처형을 시작하겠다."

압드라만은 부르하안의 신호에 따라 무전기를 총 옆에 댄다. 무전기를 통해 총을 겨누는 소리가 영국군에게 똑똑히 전해진다. 부르하안 소위는 개머리판으로 선교의 창문을 깬다. 요란한 소리가 난다. 유리 조각이 떨어지자 갑판에 나와 있는 마이크가 머리를 감싸고 바닥에 엎드린다. 오마르가 뱃머리로 나와 마이크를 일으켜세운다. 마이크는 오마르에게 머리채를 잡혀 자리에서 일어난다. 마이크가 오마르에게 매달린다. 오마르는 그의 머리채를 잡고 뺨을 세차게 후려갈긴다. 그래도 마이크는 오마르를 놓지 않는다. 오마르가 그의 허리를 주먹으로 내리찍는다. 마이크는 여전히 오마르의 몸을 잡고 있다. 오마르가 발로 그를 마구 짓밟는다. 마이크는 결국 오마르를 놓는다. 오마르는 다시 그를 일으켜세우고 갑판실로 간다. 마이크는 난간에 몸을 기대어 억지로 서 있다. 그의 몸이 부들부들 떨린다.

총성이 울린다. 마이크의 왼쪽 허벅지에서 피가 샘솟는다. 마이크는 허벅지를 잡고 나자빠진다. 뱃머리에 새빨간 피가 사방으로 튄다. 마이크는 처참하게 비명을 지르며 갑판 위를 구른다. 부르하안 소위는 압드라만에게 손짓을 한다.

"다음은 오른쪽 다리다."

소위가 총을 들고 다시 조준한다. 방아쇠에 걸린 검지에 힘이 들어간다.

"저들의 배가 움직임을 멈췄습니다!"

압드라만이 다급하게 소리친다. 소위가 총을 내려놓고 군함을 바라본다. 군함의 뱃전에서 닻이 바다로 던져진다.

"인질들 들여보내고 저 새끼 치료시켜."

부르하안 소위가 총을 내려놓는다.

저녁 7시. 부르하안 소위는 영국 군함의 레이더망에서 완전히 벗어났으리라 짐작하였다. 소위는 항해사에게 현 위치에서 소말리아로 가는 직선 루트로 항로를 바꾸라 지시하였다. 두 번이나 그들의 모습이 노출된 이상 우회로로 가는 정도로 연합 해군의 눈을 피할 수 있기를 바랄 수 없었다.

새벽 3시. 동일13호에는 아부카드만 남겨두고 압켈과 카넬레 하사가 I-Moby Dick호로 온다. 식당에 모든 전사들이 모인다. 분위기는 전에 없이 엄숙하다. 부르하안 소위가 입을 연다.

"우리는 현재 하라드헤레 항으로부터 1,700해리쯤 떨어진 곳에 있다. 지금의 속도로 가면 7일 후 도착하게 된다."

"항로를 바꾼 겁니까?"

카넬레 하사가 묻는다.

"음. 우리는 4일 전, 동일13호의 선박자동식별장치 신호 송출로 인해 위치가 노출됐고, 12시간 전 영국 군함에게 또다시 위치가 발각되었다. 이제 그들은 동일13호와 I-Moby Dick호가 함께 있다는 사실을 안다. 또 우리가 그간 우회로를 통해 그들의 추격을 피해왔다는 사실 역시 파악했을 것이다. 이제 우리는 하라드헤레 항으로 가는 최단 루트로 간다."

"흥, 진작 그랬으면 벌써 도착했을 것을."

압켈이 비아냥거린다. 카넬레 하사 이마에 힘줄이 솟는다. 부르하안 소위는 말을 멈추고 좌중을 둘러본다.

"솔직히 말하겠다. 이제 연합 해군을 피해 소말리아로 가는 것은 불가능하다. 미국은 우리 바다에 대단위 병력을 배치해놓고 있을 것이다. 다른 나라의 군함과 연합 작전을 펼칠 가능성도 있고 특히 한국 해군과 연계하여 작전을 펼치게 될 확률이 높다. 이 자리에서 말하건대 크기에 상관없이 두 대 이상의 군함과 맞닥뜨릴 경우 그들을 뚫고 유조선을 소말리아로 가져갈 방법은 없다."

"본부에 구원군을 요청하는 건 어떻습니까?"

카넬레 하사가 묻는다.

"이미 연락을 취해보았다. 결과는 부정적이다. 알 샤바브와의 내전 탓에 지원이 불가능하다고 한다."

"지금이라도 동일13호로 옮겨 타고 소말리아로 돌아갑시다.

선박자동식별장치를 켜놓은 상태로 유조선을 반대 방향으로 보내면 동일13호를 추격하지 않을지도 모릅니다!"

압드라만이 전에 없이 강경한 어투로 말한다. 그를 향해 전사들의 곱지 않은 시선이 쏟아진다.

"동일13호랑 I-Moby Dick호가 다른 경로로 가는 건 어떨까요? 그러면 어느 한쪽이 살아남을 수 있을지도 모르는 거 아닙니까?"

누르딘이 손을 들고 묻는다.

"지금의 병력으로도 방어하기에 충분하지 않다. 저들이 어디서 어떻게 추격하고 있는지 알 수 없는 상황에서 병력을 둘로 쪼개는 건 너무 위험해. 둘 다 전멸할 가능성이 더 크다."

부르하안 소위가 말한다.

"어선의 선박 자동식별장치를 잠시만 켜고 우리가 영국 군함을 만나기 전에 가던 동쪽 항로로 가게 하는 건 어떻습니까. 한 30분 정도만 켜는 겁니다. 유조선만 지금의 최단거리로 달린다면 그들이 어선을 잡으러 가는 동안 우리는 소말리아에 도착할 수 있을지도 모릅니다!"

카넬레 하사가 소리친다.

"그럼 어선에는 당신이 탈 거요? 약삭빠른 아부카드가 충실히 미끼 역할을 해줄 거라 생각하는 건 아니겠지."

압켈이 팔짱을 낀 채 묻는다.

"내가 타겠다! 그러면 문제없겠지."

카넬레 하사가 상기된 얼굴로 압켈을 노려보며 대답한다. 부르하안 소위가 고개를 젓는다.

"배를 나누는 건 좋은 생각이 아니야. 두 대의 선박을 가지고 있으면 적과 대치할 때 전략적으로 행동할 수 있어. 게다가 그들은 이미 우리의 속임수 패턴을 파악했을 거야. 그 정도 잔꾀에 넘어가진 않을 것이다."

"아까 했던 것처럼 인질들을 한 명씩 뱃머리에 세웁시다! 가까이 오면 한 놈씩 죽여버리는 겁니다!"

오마르가 말한다. 부르하안 소위는 눈살을 찌푸리며 고개를 젓는다.

"석유에 총을 대고 가까이 오면 쏘아버린다고 합시다!"

"석유를 어선으로 옮깁시다!"

전사들은 저마다 시끄럽게 의견을 외쳐대기 시작한다. 누가 무슨 말을 하는지도 분간할 수 없다. 부르하안 소위는 식탁을 오른손 주먹으로 내려친다. 모두의 시선이 부르하안 소위에게로 쏠린다. 부르하안 소위가 선글라스를 벗는다. 그의 두 눈이 드러난다.

"난 여기서 의견을 물으려 모두를 부른 게 아니다. 이미 결정을 내렸고 너희들에게 그걸 설명해주기 위해 이 자리에 선 거야. 알다시피 지금 상황은 부정적이다. 우리 모두 소말리아 땅을 다시 밟을 수 없을지도 모른다. 하지만 이 유조선을 온전히 가지고 하라드헤레 항에 돌아갈 수만 있다면 절반을 본부에 지불한다 해도 우리에게 돌아올 돈이 4천만 달러 가까이 된다. 지금 여기서 약속한다. 소말리아로 돌아가면 이 돈을 모두에게 차등 없이, 똑같이 나누어주도록 하겠다. 일주일이다. 나에게 계획이 있다. 계획대로만 되면 모두 살아남아 소말리아 땅을 밟을 수 있다. 딱 일주일이다. 내 말을 따라라. 하라드헤레에서 우리의 삶을 바꾸는 거다!"

탄약상자 두 개를 연다. RPG-7 두 정과 조립된 미사일 네 개, AK-47용 30발 바나나형 탄창 여덟 개, 75발 드럼형 탄창 세 개가 있다. 전사들은 탄창에 남아 있는 몇 발 남지 않은 총알들을 모아 30발 탄창을 만들고 AK소총에 총알이 가득 찬 새 탄창을 갈아 끼운다. 부르하안 소위와 카넬레 하사, 압켈은 75발 드럼형 탄창을 받는다. 모하메드가 압켈에게 다가간다.

"아저씨는 RPG-7을 쓰고 저에겐 AK소총을 주시기로 했잖아요."

"저리 꺼져."

압켈이 무뚝뚝하게 대답한다.

"넌 라시드의 AK소총을 써라."

카넬레 하사가 말한다. 모하메드는 라시드의 선실로 빠르게 달려간다.

"우리에겐 배가 두 척 있다. 그게 우리 작전의 시작이다. 군함이 두 대 이상이면 우리는 그들을 막을 수 없지만 알라가 도우셔서 7일간 단 한 대의 군함과 맞닥뜨린다면 우리의 병력으로도 해볼 만하다. 우선 우리는 반드시 30만 톤급 거대한 몸집의 유조선이 350톤급 작은 원양어선을 보호하는 식으로 적과 대치해야 한다. 적들은 우리보다 훨씬 우수한 중대형 장비를 갖추었겠지만 유조선을 상대로 쓸 수는 없다. 원양어선은 유조선의 뒤에 바짝 붙어 가다가 적 군함이 나타나면 군함이 보이는 반대 방향으로 유조선의 뒤편을 향해 움직이도록 한다. 적 군함이 유조선의 우현 방향에서 나타나면 어선은 유조선의 좌현 뒤로, 유조선의 후방에서 군함이 나타나면 원양어선은 유조선의 전방으로 자리를 옮기는 것이다. 적 군함과 1차적으로 만나는 것은 반드시 I-Moby Dick호여야 한다. 군함과 유조선이 자리를 잡으면 원양어선은 유조선으로부터 10해리 정도 거리를 두도록 한다."

전사들은 이불을 모두 꺼낸다. 이불은 누르께하게 때가 탄 흰색이다. 그들은 주방에서 찾은 칼로 이불을 찢는다. 이불을 각 변이 1미터 정도인 정사각형으로 자르고 가운데에 X자 모양으로 구멍을 뚫는다. 자른 이불의 가운데 부분에 목을 넣으면 흰색 망토처럼 된다. 모든 인질들과 전사들이 똑같이 이불로 만든 흰색 망토를 걸친다. 자르고 남은 부분은 머리와 얼굴에 둘둘 감는다. 흰색 망토와 두건은 전사들의 피부색을 가리고 총을 감춘다. 인질들은 망토 아래 손목을 밧줄로 묶었다. 옷을 갖추어 입은 그들은 서로 잘 구분되지 않는다. 망토와 두건을 두른 모하메드와 누르딘은 장난스럽게 눈빛을 나눈다.

"적들은 최첨단 장비를 갖추고 있다. 그들은 밤에도 대낮처럼 볼 수 있고 몇백 미터 밖에서도 우리 머리에 구멍을 뚫을 수 있다. 적들이 가까이 오기 전까지 우리의 모습을 숨겨라. 한 명의 인질을 정해 그의 몸으로 자신의 몸을 가려라. 그들은 우리의 방패가 될 것이다."

동일13호와 I-Moby Dick호의 선교 위 옥상에 구조물을 세운다. 책상 다리를 뽑아 기둥을 세우고 그 위를 어망으로 덮는다. 사디요가 그 아래 누워본다. 아래에선 하늘이 보이나 위에선 어망 아래 사람이 있는지 확인할 수 없다.

"이 부분이 가장 중요하다!"

부르하안 소위가 마른침을 삼킨다.

"우리에겐 수십 명의 인질과 원유를 가득 실은 유조선이 있다. 그들은 미사일을 퍼붓거나 함포를 쏘는 식으로 우리를 상대할 수 없다. 그들이 택할 방법은 배 안에 진입하는 것뿐이다. 진입은 두 가지 방법으로 행해진다. 첫째는 우리처럼 고속보트에서 사다리를 걸고 배 위로 오르는 방법, 두번째는……"

"헬기!"

모하메드가 끼어든다.

"그래, 헬리콥터를 타고 위에서 내려오는 방법이 있다. 우리 작전의 핵심은 바로 헬리콥터를 RPG-7 미사일로 공중에서 폭파시키는 데에 있다."

부르하안 소위가 고개를 끄덕이며 말한다.

"빌어먹을, 난 못 가!"

"오직 너만이 할 수 있는 일이야."

부르하안 소위가 말한다.

"어선엔 병신 같은 아부카드 한 놈밖에 없는데 거기를 가라고? 헬기가 어선으로 갈지 유조선으로 갈지 누가 알아! 빌어먹을, 말마따나 헬기가 뭐하러 저딴 조그만 어선으로 오겠어. 유조선으로 가지."

압켈이 이를 갈며 말한다.

"원양어선에 유조선의 인질을 절반 이상 태울 것이다. 우리를 추적하는 그들에게 인질을 옮기는 모습을 보일 계획이다. I-Moby Dick호의 선원들이 동일13호로 옮겨가는 모습을 본다면 그들은 그쪽으로 간 인질들을 구출할 계획을 세울 것이다. 압켈, 너는 원양어선의 선교 옥상에서 몸을 숨기고 절대 나오지 마라. 최소한의 인기척도 숨겨라. 반면 아부카드는 망토 바깥으로 총을 꺼내든 모습을 번번이 노출시킨다. 그들은 우리가 유조선의 인질들을 원양어선으로 옮기는 이유를 알고 싶어할 것이고 그들 나름대로 추측을 할 것이다. 나는 그들이 어선을 지키는 해적은 한 명뿐인데 이를 감추기 위해 더 많은 인질들을 태우는 것이라 생각하도록 유도할 작정이다. 유조선은 우리 일곱 명이 감당하기에도 너무 넓다. 우리에게는 적들의 고속정뿐 아니라 헬기를 통한 병력 진입을 막아낼 여력이 없다. 그러나 헬기가 반드시 동일13호로 간다면, 네가 거기서 헬기를 처치한다면 버틸 수 있다. 그래서 네가 가야 한다. RPG-7으로 헬기를 떨어뜨릴 수 있는 사람은 우리들 중 너밖에 없어."

"아니, 이봐, 소위. 소위님. 내가 묻고 싶은 건 이거란 말이야. 어째서 비린내 나는 저따위 어선에 헬기가 올지 아느냔 말이야. 유조선으로 헬기가 가고 고속정이 어선으로 오면 어떡할 거야. 아부카드 혼자 고속정에서 군인들이 올라오는 걸 막아낼 수 있겠어?"

"물론 헬기의 움직임은 우리가 예측할 수 없다. 이건 도박이야. 헬기가 유조선으로 오면 너뿐 아니라 우리도 죽는다. 그러나 이

건 이길 가능성이 큰 도박이야. 헬기는 분명히 원양어선으로 갈 것이다. 우선 인질 구조에 있어 고속정보다 헬기가 훨씬 용이하기 때문이야. 그들의 고속정이 어느 정도 크기일지는 알 수 없지만 어쨌든 서른 명이 넘는 인질들을 구조하기 위해선 꽤 여러 대의 고속정이 필요할 거야. 게다가 10해리나 떨어져 있을 원양어선에서 인질을 고속정으로 태우고 옮기는 데에는 시간이 오래 걸리지. 그러나 24인승 수송 헬기를 사용하면 일이 쉽다. 몇 명의 군인을 태우고 오든 두 번만 왕복하면 모든 인질을 구조할 수 있고 또 고속정보다 훨씬 일이 빠르지.

또한 우리 쪽 병력이 적다면 헬기에서 병사들을 내려 싸우는 편이 원양어선의 인질들에게 보다 안전하다. 어선은 작다. 모든 인질들을 갑판에 세우면 꽤 빼곡히 어선을 채우게 될 거야. 고속정은 바다에서 배 위로 총을 쏘게 될 텐데 워낙 속도가 빠른데다 물살의 영향을 받기 때문에 정확한 사격을 하기 힘들어. 배 위에 인질들이 많기 때문에 아부카드 혼자 저항을 한다 해도 고속정 측에선 쉽게 대응 사격을 할 수 없지. 그러나 헬기로 병력을 투하하면 아부카드 혼자 이를 저지하기 쉽지 않을 것이다. 원양어선은 헬기를 통해 진입하는 게 그들에겐 합리적이고 안전한 방법으로 생각될 거야.

너에게 RPG-7과 미사일 세 개를 주마. 철저하게 몸을 숨겨라. 헬기는 진짜 작전이 시작되기 전에 몇 번이고 도발을 시도할 것이다. 유조선에선 카넬레 하사가 헬기를 향해 RPG-7을 한 차례 쏠 거야. 너는 진짜 작전이 시작되기 전에는 헬기가 아무리 가까이에 있어도 나오지 말도록 해. 그들이 어선에는 헬기를 통한 진입을 막을 방법이 없다고 생각하게 만들어라. 그러면 헬기가 어선으로 간다. 로프를 내리고 병력이 하강하기 시작할 때, 헬기가 30미터 상공에 머물 때를 노려라. 그러면 우리가 이긴다. 유조선을 데리고 소말리아로 갈 수 있어."

부르하안 소위가 열띤 어조로 말한다. 가만히 듣고 있던 압켈이 서서히 웃기 시작한다. 압켈은 머리를 끄덕이면서 웃는다. 그의 눈이 잔인하게 번뜩인다.

"유조선을 챙기고 헬기를 보내고 게다가 나까지 단번에 정리할 생각이로군, 이 지독한 놈. 카넬레를 보내라. 이 작전대로라면 카넬레도 충분히 헬기를 잡을 수 있어."

부르하안 소위의 표정에 설핏 동요가 흐른다.

"이걸 해낼 수 있는 건 너뿐이다. 네가 가야 해."

"어선의 30미터 상공에 있는 헬기가 미사일을 맞고 폭파된다면 어디로 떨어질까. 이걸 네놈이 생각해보지 않았을 리 없지. 헬기가 원양어선으로 떨어지면 난리가 날 테지. 수많은 인질들이 죽거나 바다에 빠질 테니까 말이야. 그럼 군함은 그들을 구조하기 위해 추격을 멈출지도 모르지. 물론 어선에 있을 나와 아부카드가 어떻게 될지는 뻔한 일이고. 나를 바보 취급하지 마라. 카넬레 하사를 보내!"

압켈이 험악한 표정으로 소리친다.

"구명조끼를 미리 입고 있어라. 헬기를 폭파하는 즉시 바다로 뛰어내리면 돼. 적 군함이 물러가면 반드시 구하러 오겠다."

"그 짧은 순간에 바다로 뛰어내리라고? 꽁무니가 빠져라 달아나고 있는 주제에 바다에 있는 나를 구하러 올 거라고? 너 나를 너무 우습게 보는 거 아니냐? 하라드헤레 안에선 몰라도 바다 위에서는 나를 네 마음대로 움직일 수 없어!"

"네가 어선으로 가라! 다른 방법은 없다!"

부르하안 소위가 목에 핏대를 세우고 소리친다. 압켈이 AK소총을 잡는다. 카넬레도 총을 잡는다. 사디요가 다가온다. 압켈은 부르하안 소위를 살기등등한 눈으로 노려본다. 부르하안 소위도 압켈에게서 시선을 떼지 않는다. 압켈의 표정이 흉악하게 일그러진다.

19. 압켈 하산

I-Moby Dick호는 달린다. 동일13호가 그 뒤를 따른다. 총을 든 전사들은 바다를 살핀다. 바다는 광대하다. 그 거대함이 전사들을 초조하게 한다. 바다의 이야기가 전사들의 귀에는 들리지 않는다.

전사들은 다만 삶을 위해 싸울 뿐이다. 미래를 위해 버틸 뿐이다. 전사들의 검은 피부와 흰색 망토, 그들의 총과 인질의 신음, 거대한 유조선과 원양어선이 만나 바다의 이야기를 이룰 뿐이다. 전사들은 이 이야기의 끝을 알지 못해 괴로워한다. 전사들을 태운 배는 이야기의 결말을 바꾸기 위한 투쟁이다. 그러나 그들이 만들어내는 물살은 일시적인 것. 바다를 움직이는 건 대기의 흐름이다. 대기의 흐름을 결정짓는 건 지구의 자전과 공전, 해와 달의 위치와 궤도이다. 그것들은 이미 오래전에 결정되어 있다. 서른 발의 총알과 RPG미사일로도 바꿀 수 없다. 그러나 배는 바다를 가르고 지나간다. 전사는 AK소총을 놓지 않는다.

I-Moby Dick호의 전사들은 주간 조와 야간 조로 나뉘었다. 오마르와 누르딘, 압드라만이 주간 조이다. 주간 조는 오전 6시부터 오후 6시까지 배를 지킨다. 야간 조는 사디요와 모하메드, 부르하안 소위이다. 그들은 어두운 밤에 눈을 크게 뜨고 바다를 살핀다.

음식은 오전 6시와 오후 6시에 두 번, 교대할 때 먹는다. 식사 준비는 사디요 혼자 간단하게 한다. 인질들이 먹을 음식은 따로 만들지 않는다. 큰 양철 대야에 밀가루와 물을 담아 갑판 위에 두면 인질들이 고개를 처박고 먹는다. 몇몇 전사는 지나다니다 대야에 침을 뱉곤 한다. 그래도 선원들은 온 얼굴에 허연 밀가루를 묻히고 그것을 먹는다. 허기는 수치심까지 먹어치우게 한다.

카넬레 하사는 유조선의 선교 옥상의 어망 아래에 숨어 있다. 그에겐 RPG-7 한 정과 미사일 하나가 주어졌다. 그의 임무는 헬기가 가까이 왔을 때 미사일을 쏘는 것이다. 운행중인 헬기를 RPG-7으로 맞히는 것은 불가능에 가깝다. 카넬레 하사의 미사일은 적에게 유조선이 공중작전을 대비하고 있다는 거짓 메시지를 전하기 위한 것이다. 카넬레가 미사일을 발사한 이후 I-Moby Dick호의 인질 21명을 원양어선으로 옮기게 되어 있다. 카넬레의 한 방이 소말리아 해병대의 작전을 개시하는 신호탄인 셈이다.

날카로운 긴장 속에서 시간이 흐른다. 인질들은 손목이 묶인 후 더욱 고통스러운 생활이 시작되었다. 전사들은 그들에게 휴식을 허용하지 않는다. 그들은 한순간도 쉬지 않고 갑판 위를 서성이고 있어야 한다. 혹시라도 군함이 나타났을 때 전사들과 인질의 움직임이 구분되어선 안 되기 때문이다. 피곤과 긴장에 지쳐 잠이 든 인질에게 가차없는 발길질이 날아든다. 그들은 얻어맞은 곳을 부여잡고 억지로 일어난다. 그러고는 다시 유령처럼 아무 목적도 없이 배 위를 걸어다닌다.

카넬레 하사는 어망 밑에서 하늘을 바라보고 있다. 그의 가슴이 크게 부풀어오른다. 그의 눈은 빛나고 커다란 콧구멍은 더욱 커진다. 미사일과 결합한 RPG-7을 가슴 위에 올려놓고 하늘을 바라본다. 카넬레 하사의 어깨 근육이 팽팽하게 긴장되어 있다.

라시드는 아직 죽지 않았다. 붉은 발진이 온몸에 퍼진 깡마른 몰골은 보는 이를 섬뜩하게 한다. 이제 그는 죽은 것처럼 움직임이 없다. 늘 젖어 있는 눈동자만이 이리저리 움직인다.

모하메드는 여전히 선실에 들러 음식을 가져다준다. 라시드는 모하메드만 보면 죽을힘을 다해 소리를 지른다. 그는 총을 뺏긴 이후 모하메드를 증오하기 시작했다. 입안의 궤양 탓에 이가 모두 빠진 상태에서도 라시드는 모하메드를 저주한다. 온갖 욕설을 퍼붓는다.

"그만 좀 하세요!"

어느 새벽, 모하메드가 라시드에게 성질을 낸다.

"너는 죽을 거야. 온몸에 구멍이 뚫려 피가 철철 새어나올 거야. 네 가족들은 벌써 사막의 모래 안에 들어가 있을 거다. 도둑놈 새끼, 내가 그렇게 잘해줬건만. 이 개 같은 놈, 돼지와 어미가 붙어서 태어난 자식아!"

라시드가 소리친다. 그의 가는 목에 핏대가 선다. 얼굴 살이 없어 눈알이 불거져나왔다.

"아저씨는 총을 들 힘도 없잖아요. 전 이 배를 지키기 위해서 싸우는 거예요!"

"이 건방진 놈! 이 사기꾼 자식아! 네놈이 총만 가져간 것처럼 말하지 마라. 넌 내 신발을 가져갔어. 이 도둑놈 새끼! 병들고 약한 내 모든 걸 훔쳤어."

"저기 신발 그대로 있잖아요. 그만 좀 해요, 정말!"

모하메드는 침대 밑을 가리키며 말한다. 라시드가 그나마 움직일 수 있을 때 숨겨둔 마지막 장소이다. 검은 군화 한 쌍이 침대 밑에 뉘어 있다. 모하메드는 음식이 담긴 식판을 그의 의자에 팽개치듯 두고 선실 밖으로 나간다.

또 밤이 찾아온다. 계속되는 피로와 공포 탓에 인질들은 점점 인간의 형상을 잃어가고 있다. 그들은 머리털과 수염이 수북이 자란 꼴을 하고 갑판 위를 의욕 없이 걸어다닌다. 전사들이 화장실을 가는 걸 허락해주지 않아 대부분의 인질들은 바지를 입은 채 똥오줌을 싼다. 그들이 지나가면 참을 수 없이 고약한 냄새가 난다. 선원들은 그 꼴을 하고선 대야에 얼굴을 처박고 밀가루 탄 물을 먹는 것이다. 밤이 되면 그들은 잠의 노예가 된다. 서서 자는 놈도 있고 기관실에 숨어들어 자는 놈도 있다. 전사들은 어김없이 그들을 찾아내 흠씬 두들겨준다. 그러나 한 놈이 잡혀서 맞고 있을 때 다른 놈이 기관실로 들어가 또 잠을 청한다.

모하메드는 총을 망토 아래 숨기고 우현 쪽 바다를 멀거니 바라보고 있다. 군함은 보이지 않는다.

"네가 모하메드랬지?"

부르하안 소위가 다가와 묻는다. 그도 며칠째 수염을 깎지 않았다.

"예, 소위님."

모하메드가 긴장한 태도로 대답한다. 부르하안 소위는 지난 두어 달간 한 번도 그에게 말을 건 적이 없다. 모하메드의 얼굴에 생기가 돈다.

"근무는 할 만한가?"

"예, 이제 얼마 안 남았다 생각하니 버틸 만해요."

"그래, 신이 도우신다면 무사히 소말리아 땅을 밟을 수 있겠지."

부르하안 소위가 담담하게 말한다.

"참, 소위님. 저 궁금한 게 있어요."

모하메드가 용기를 내어 말을 청한다.

"뭔가."

"어떻게 결국 압켈 아저씨를 어선으로 돌아가게 하신 거예요? 그때 분명 죽어도 어선으로 가지 않을 것처럼 하더니 준비가 다 끝나자 결국 혼자 동일13호로 떠났잖아요. 어떻게 된 거죠?"

"압켈은 지나치게 영리한 놈이다. 그게 이유일 거야."

부르하안 소위가 대답한다.

"역시 그도 우리 모두가 살기 위해선 그 방법밖에 없다는 걸 인정한 거군요."

모하메드가 안심한 얼굴로 말한다. 부르하안 소위는 잠자코 있다.

"압켈은 이번 항해에서 선을 넘었다. 발톱을 드러내고 말았어. 아무리 똑똑하다 해도 결국 놈은 하이에나일 뿐이지. 이것만 말해주마. 그의 이번 결정이 하라드헤레에 있는 그의 가족들과 사디요의 목숨을 살렸어."

"압켈은 어떻게 되나요? 소말리아로 다 같이 돌아가면요?"

모하메드가 동그랗게 눈을 뜨고 부르하안 소위의 대답을 기다린다. 부르하안 소위는 대답하지 않는다. 인질 중 한 명이 바다에 대고 구토를 한다.

20. 카넬레 자이크 하사

하라드헤레 항까지 1,032해리, 도착까지 86시간 정도를 남겨둔 새벽 5시. 오른쪽 하늘에 작은 점 하나가 나타난다. 그 점은 유조선을 향해 천천히 다가온다. 전사들은 고개를 빼고 그것을 바라본다. 그것의 소리가 어렴풋이 들려온다. 형태가 드러난다. 부르하안 소위는 쌍안경을 옆에 있던 오마르에게 넘긴다. 오마르는 허겁지겁 쌍안경을 눈에 댄다.

"주간 조를 깨워라. 여섯 시간 안에 군함이 나타날 것이다."

부르하안 소위가 깔깔한 목소리로 말한다.

검은색 헬리콥터는 유조선 상공을 머물다 서남쪽으로 사라졌다. 한 시간 반 정도 지나자 수평선 너머 군함이 모습을 드러낸다. 갑판 위에는 모든 전사들이 나와 있다. 군함이 점점 다가온다. 부르하안 소위의 무전에 따라 원양어선이 유조선의 좌현 쪽으로 방향을 튼다. 군함이 계속 가까이 온다. I-Moby Dick호의 우현을 향해 다가온다. 미군이군. 부르하안 소위가 말한다.

"협상은 없다. 살아서 돌아가거나 죽어서 바다에 가라앉거나, 둘 중 하나야."

전사들은 눈앞에 보이는 미 군함의 모습에 당황한다. 그들은 좌현 쪽으로 허둥지둥 도망친다.

"저번처럼 인질들을 우현에 세웁시다!"

선교로 뛰어들어온 오마르가 소리친다.

"우현으로 돌아가라! 저번과 같은 협박은 미군을 더 자극할 뿐이야. 저들이 행동하는 시기를 최대한 늦춰야 한다. 저들에게 누가 해적이고 누가 인질인지 가르쳐주면 안 돼. 우현에서 도망치지 마라!"

부르하안 소위가 단호하게 말한다. 오마르는 선교에서 나간다. 몇몇 전사가 인질 뒤에 몸을 최대한 숨기고 우현 쪽으로 간다. 군함은 유조선 우현 쪽에서 5해리 정도 거리를 두고 유조선을 따라온다.

오후 1시. 헬기가 다시 떴다. 하늘 위에서 프로펠러 돌아가는 소리가 들린다. 헬기는 유조선과 어선의 상공을 맴돈다. 카넬레 하사는 입안에 침이 마르는 것을 느낀다. 헬기가 나타난 후 그의 모든 신경이 헬기의 움직임에 집중되어 있다. 지금 헬기는 너무 높은 곳에 있다. 그러나 우리의 동태를 파악하기 위해 반드시 한 번은 아래로 내려올 것이다. 카넬레 하사는 눈을 깜박인다. 꼭 헬기를 맞힐 필요는 없다. 그러나 너무 가망이 없는 상황에서 미사일을 쏘아선 안 된다. 그건 자칫 그들의 작전을 드러내는 일이 될 수 있다. 너무 일찍 미사일을 쏘아서도 안 된다. 카넬레 하사에게 주어진 건 단 한 발의 미사일뿐이다. 일찍 쓸 경우 다음번에 헬기가 다가왔을 때 대응할 방법이 없다. 그러면 유조선이 공중공격에 대항할 능력을 갖추지 않았다는 사실이 드러날 수도 있다. 적절한 시기에, 적당한 타이밍에 RPG-7은 발사되어야 한다. 카넬레 하사는 혀로 입술을 축인다. 땀이 카넬레 하사의 뺨을 타고 흘러내린다.

오후 5시. 헬기가 돌아갔다. 해가 저물어간다. 소말리아 해적들에게 세 번의 밤이 남았다. 남은 74시간 동안 전사들에게 휴식은 없다. 저들은 반드시 밤에 온다. 부르하안 소위가 말한다. 저들은 밤에도 볼 수 있지만 우리는 볼 수 없다. 저들은 낮에 충분한 휴식을 취할 수 있지만 우리는 언제고 긴장하고 있어야 한다. 어둠이 내리면 긴장이 풀린다. 정신을 바짝 차려라. AK를 꽉 잡아라! 부르하안 소위가 전사들에게 외친다.

어둠이 깊어간다. 헬기가 들어가고 군함이 다가온다. 군함은 압도적으로 거대하다. 군함을 감싼 은빛 강철 장갑은 총으로는 흠집 하나 나지 않을 것처럼 단단해 보인다. 함선 가운데에 하늘을 찌를 듯 마스트 두 개가 솟아 있고 거대한 레이더가 거미의 다리처럼 사방으로 뻗어 꿈틀거린다. 선수부와 선미부에 위치한 두 쌍의 대형 미사일이 위협적으로 고개를 돌리고 그 뒤에 위치한 함포는 유조선을 똑바로 겨냥하고 있다. 군함의 중앙 네 모서리에는 여덟 개의 총구를 가진 자동 발칸포가 장착되어 있다. 중앙 건물의 좌우면에 위치한 수십 개의 포문마다 기다란 포신이 어둠 속에서 번득인다.

해적들은 망토 안 AK소총을 움켜잡는다. 두건으로 가린 두 눈에 핏발이 선다. 군함에서 장거리 음향 송신 장치로 투항을 권고하는 방송이 나온다.

"무기를 버리고 항복하라, 무기를 버리고 항복하라. 그러면 살려줄 것이다!"

대형 미사일과 함포, 자동 발칸포가 일제히 유조선을 겨눈다. 전사들은 인질을 꽉 붙잡는다. 전사들의 굵은 팔뚝에 소름이 돋는다.

밤 11시. 헬기가 다시 나온다. 하늘에는 별이 가득하다.

"헬기가 나오면 긴장해야 한다. 공격은 반드시 헬기와 함께 이루어진다!"

소위가 소리친다.

"전사의 죽음은 멋진 거야. 진정한 전사는 죽으면 하늘로 올라가 별이 된다고 했어."

누르딘이 말한다.

"더 좋은 거네."

모하메드가 말한다.

"더 좋은 거지."

누르딘이 대답한다.

새벽을 터뜨리는 폭음과 함께 미군함의 함포가 불을 내뿜는다. 거대한 물기둥이 치솟는다. 유조선의 선수부가 높이 올라간다. 모하메드가 넘어진다. 헬기가 지상 50미터 정도로 고도를 낮추고 순식간에 유조선과 어선 위를 지나간다. 선교 옥상의 카넬레 하사가 소리를 지른다. 그는 자세가 흐트러져 낮게 나는 헬기를 쏘지 못했다. 카넬레 하사는 옥상 바닥을 힘껏 주먹으로 때린다.

새벽 4시와 오전 7시. 두 차례 더 군함의 포격이 있었고 그때마다 헬기는 저고도로 빠르게 지나갔다. 카넬레 하사는 두 번 다 RPG미사일을 쏘지 못했다. 오전 7시 13분쯤 부르하안 소위가 옥상으로 올라갔다. 어망 아래 쉰 냄새가 풍겼다. 카넬레 하사는 팬티 바람으로 땀을 쏟으며 하늘을 노려보고 있었다. 그는 부르하안 소위가 올라왔다는 사실조차 알아차리지 못했다. 부르하안 소위는 아무 말 없이 옥상에서 내려왔다.

오전 10시. 부르하안 소위는 본부에 무전을 한다. 현 위치와 상황을 말하고 구원군을 요청한다. 본부는 상황이 어렵다고 대답한다. 본부가 유조선이 속한 회사 이름을 묻는다. 부르하안 소위는 IOB사라고 대답한다. 본부는 지금부터 자신들이 협상을 대행하겠다고 말한다. 부르하안 소위가 어째서 우리가 도착하기도 전에 협상을 시작하는지 묻는다. 본부에서는 소말리아 해병대의 자금 상황이 어렵기 때문이라고 대답한다. 부르하안 소위는 협상금을 얼마로 제시할 것인지 묻는다. 본부는 선박 한 대에 3백만 달러가 원칙이라고 말한다. 지금까지 그 이상을 받아낸 사례가 얼마든지 있었고 이 배가 가진 석유까지 합치면 1억 달러도 충분히 얻을 수 있다고 부르하안 소위가 소리친다. 본부는 원칙을 지킬 뿐이라고 말한다. 부르하안 소위가 자신들에게 얼마를 줄 수 있는지 묻는다. 본부는 백만 달러 정도는 가능할 것이라 말한다. 부르하안 소위는 잠시 침묵한다. 소위는 입을 열어 57시간 후 하라드헤레 항에 1개 중대의 병력과 중대형 기관포를 배치해달라고 요구한다. 본부는 불가능하다고 대답한다. 부르하안 소위는 교신을 마친다.

오후 3시 40분. 하늘에서 윙윙 소리를 내는 헬기에 익숙해진다. 끝없이 좇아오는 거대한 군함도 눈에 익는다. 방송의 되풀이되는 문구가 머릿속에 박힌다. 전사들은 그들을 떨쳐낼 수 있으리란 생각을 하지 못한다. 그들은 이제 이 모든 게 빨리 끝나기만을 기도한다. 태양이 전사들의 지친 어깨를 감싸고 파도가 그들의 몸을 흔든다. 눈앞에 보이는 군함은 만질 수 있는 공포고 실체가 있는 저주이다. 모하메드는 다가오는 죽음을 피해 졸음의 유혹에 빠져든다. 꿈속에서 안락한 어머니의 품에 머리를 기댄다. 어머니의 따뜻한 손길을 느끼고 정겨운 냄새를 맡는다. 누르딘이 모하메드의 뺨을 때린다. 모하메드가 잠에서 깬다.

오후 5시 16분. 하라드헤레 도착까지 남은 밤은 두 번뿐이다. 아직 카넬레 하사의 RPG미사일은 발사되지 않았다. 전사들은 불안한 눈초리로 옥상을 올려다본다. 카날레 하사는 어망 아래 누워 하늘을 바라보고 있다.

"이제 인질들을 동일13호로 옮겨야 하지 않겠습니까?"

압드라만이 묻는다.

"인질을 옮기는 건 RPG미사일 발사 이후이다."

부르하안 소위가 대답한다.

오후 8시 43분.

"헬리콥터는 왜 반짝거리지?"

모하메드가 묻는다.

“글쎄.”

누르딘이 대답한다.

“사진을 찍는 거야.”

사디요가 말한다.

“저렇게 멀리서 찍는데 잘 나올까요?”

모하메드가 묻는다.

“이미 누가 인질이고 전사인지 다 파악하고 있을 거다.”

사디요가 말한다.

“저리로 가자.”

누르딘이 모하메드를 잡아끈다.

“인질은 두고 와. 멋진 포즈를 취해주자.”

누르딘이 말한다. 모하메드가 고개를 끄덕인다. 그들은 우현으로 달려간다. 오마르가 놀라 고개를 돌린다. 소년들의 눈앞에 거대한 군함이 보인다. 그들의 머리 위를 헬기가 날고 있다.

“올 테면 와봐라!”

두 팔을 벌리고 누르딘이 소리친다.

“올 테면 와봐라!”

모하메드도 두 주먹을 하늘로 뻗으며 소리친다. 함포가 움직인다. 그들을 향한다. 모하메드와 누르딘이 손을 잡는다. 부르하안이 선교에서 소리친다. 바다가 갈라지는 소리가 난다. 모하메드는 순식간에 몸에 균형을 잃는다. 누르딘이 나자빠져 난간에 몸을 부딪친다. 물줄기가 치솟고 우현이 크게 들린다. 옥상의 어망을 젖히고 카넬레가 일어선다. 헬기가 저고도로 날아온다. 카넬레가 방아쇠를 당긴다. 미사일이 날아간다. 헬기가 급히 고도를 올린다. 헬기 옆을 아슬아슬하게 스쳐간다.

쓰러졌던 소년들이 일어선다. 그들은 물에 흠뻑 젖었다. 숨겨뒀던 총을 꺼내 들고 두 팔을 하늘로 뻗는다. 주먹을 힘껏 쥔다.

"올 테면 와봐라. 개새끼들아!"

오후 11시. 선교 레이더에서 영상이 잡히지 않는다.

"오늘 밤에 온다."

부르하안 소위가 말한다. 어선에 무전을 한다. 대답이 없다. 다시 무전을 한다. 여전히 대답이 없다. 두 번 더 무전을 하자 아부카드가 받는다. 카트에 잔뜩 취한 목소리다. 부르하안 소위는 딱딱한 말투로 용건을 말한다. 소위의 턱이 분노로 꿈틀거린다.

유조선에서 고속보트 한 대가 어선으로 향한다. 카넬레 하사와 사디요, 인질 17명이 보트에 올라탔다. 보트 끝까지 바다에 잠긴다. 인원이 많아 속력이 느리다. 어선이 마중 나온다. 손이 묶인 인질들을 어선에 싣는다.

"압켈은 어디 있나."

카넬레 하사가 묻는다.

"에, 어망 안에 있을 겁니다."

아부카드가 몽롱한 눈으로 대답한다. 카트 냄새가 지독하게 풍긴다.

"어선에 있는 고속보트를 내려."

카넬레 하사가 말한다.

"왜, 왭니까?"

아부카드가 묻는다. 사디요와 카넬레 하사는 두 대의 고속보트를 이끌고 유조선으로 돌아온다.

21. 새벽 4시 13분

바다 위로 높은 물줄기가 치솟는다. 유조선이 격렬하게 들썩인다. 전사들의 몸이 붕 뜬다. 난간을 잡고 간신히 버틴다. 반대편에 물줄기가 솟는다. 압드라만이 갑판 위를 구른다. 군함에서 어둠을 태우는 강렬한 서치라이트를 비춘다. 헬기에서도 서치라이트가 나와 어지럽게 전사들을 비춘다. 배가 흔들려 전사들은 총을 놓치지 않기 위해 버틴다. 미 군함의 M61발칸포가 유조선을 겨냥한다.

유리창이 깨진다. 선미 마스트에 있는 레이더에서 불꽃이 튄다. 선수 마스트가 쓰러진다. 콘크리트 조각이 하늘 위를 난다. 유조선의 육중한 선체가 좌우로 들썩인다. 인질을 붙들고 있는 전사는 한 명도 없다. 바닥에 납작 엎드려 고개조차 들지 못한다. 총성이 고막을 찢고 모든 털이 하늘을 향해 선다.

"보트를 막아라!"

부르하안이 찢어지는 목소리로 소리친다. 군함에서 나온 두 대의 고속정이 맹렬한 속도로 유조선을 한 바퀴 돈다. 고속정에서 쏜 총알이 전사들의 머리털을 스친다. 엄청난 공포에 눈조차 뜨기 어렵다.

"자리를 지켜라! 좌현으로 간다!"

누르딘이 이를 악물고 난간 밖으로 AK소총을 꺼낸다. 고속보트가 보인다. 총을 쏜다. 하늘에서 섬광탄이 터진다. 아무것도 보이지 않는다. 누르딘은 눈을 감고 총을 쏘아댄다. 뜨거운 탄피가 이리저리 튄다. 헬기가 저공비행으로 유조선을 가로지른다. 헬기에서 총을 쏜다. 옥상의 어망이 갈가리 찢긴다. 카넬레가 빈 RPG 발사대를 들고 갑판실에서 나온다. 헬기가 위로 솟구친다.

"뱃머리 쪽으로 갑니다!"

배의 선미가 하늘 위로 떠오른다. 뱃머리에 엎드린 오마르 위로 물벼락이 쏟아진다. 오마르는 이를 악물고 AK소총의 방아쇠를 당긴다. 고속정이 방향을 튼다. 선교에서 발칸포를 발사한다. 갑판을 가로지르는 파이프 여기저기서 김이 새어나온다. 오마르가 몸을 오므리고 엎드린다. 인질 한 명의 가슴에서 피가 터져나온다. 오마르의 망토가 피로 물든다.

"중앙으로 갑니다!"

좌우현으로 두 대의 고속단정이 다가온다. 모하메드와 누르딘이 양 현에 누워 총을 쏜다. 총의 반동에 머리가 흔들린다. 헬기가 다시 저공으로 날아든다. 카넬레는 연돌 아래 숨어 있다가 헬기 쪽으로 RPG를 들고 달려간다. 총탄이 그의 몸을 스치고 지나간다. 카넬레가 넘어진다.

"선수에 두 대 다 있다!"

사디요와 오마르가 두 대의 고속정을 향해 총을 쏜다. 우현 선두를 군함의 조명이 비춘다. 총을 쏘는 사디요가 드러난다. 사디요는 소리를 지르며 고속정을 향해 쏜다. 그의 오른팔이 공중 위로 들린다. 왼팔은 바다로 떨어진다. 유조선 선수가 공중으로 치솟는다. 사디요가 바다에 떨어진다.

"중앙으로 간다!"

오마르가 외친다. 그의 우측 뺨에 피가 잔뜩 묻었다. 헬기가 저공으로 날아든다. 카넬레가 달린다. 비틀거린다. 그의 왼쪽 발에서 피가 흐른다. 카넬레가 쓰러진다. 빈 RPG발사대가 바닥을 구른다. 헬기가 유조선 중앙에 멈춰 선다. 누르딘이 중앙으로 달려들어가 RPG를 잡고 헬기를 겨누는 시늉을 한다. 헬기가 위로 올라간다. 유조선의 좌현이 치솟는다. 인질 한 명의 배가 찢어진다. 모하메드가 총이 발사된 곳으로 고개를 돌린다. 부르하안의 AK 소총에서 탄피가 떨어진다.

"고속보트가 어선 쪽으로 간다! 막아라!"

좌현으로 오마르와 모하메드가 뛰어간다. 바닥에 엎드려 고속정을 쏜다. 조명탄이 터진다. 망막에 백색이 가득 찬다. 헬기의 조명이 모하메드와 오마르 위로 떨어진다. 모하메드는 본능적으로 벌떡 일어나 옆으로 뛴다. 총알이 날아드는 것을 느낀다. 눈에서 눈물이 흐른다. 유조선의 뱃머리가 아래로 기운다. 모하메드가 쓰러진다. 파이프에 총탄이 부딪친다. 카넬레 하사가 보인다. 낫을 든 누군가가 카넬레 하사를 쫓는다. 하사는 기어서 필사적으로 도망친다. 모하메드가 낫을 든 이의 등에 대고 총을 난사한다. 그의 허리가 꺾인다. 피로 망토가 다 젖는다. 쓰러진다. 그의 얼굴이 보인다. 기관장 파크다. 그와 모하메드는 눈이 마주친다. 모하메드의 온몸에 소름이 돋는다.

"헬기를 잡아라!"

헬기가 선교 옥상에 머무르고 있다. 모하메드가 헬기에 대고 총을 쏜다. 헬기가 그 자리에 그대로 있다. 카넬레 하사도 누운 채로 총을 쏜다. 누르딘이 RPG를 들고 헬기 쪽으로 달린다. 군함에서 기관총을 발사한다. 헬기가 고도를 높인다. 인질의 다리가 공중에 떠오른다. 누르딘이 팔을 잡고 나뒹군다. 갑판에 피가 튄다. 유조선이 또 한번 들썩인다.

헬기가 동일13호를 향해 날아간다. 모든 전사의 눈이 헬기로 쏠린다. 분당 4,500발이 나가는 군함의 M61발칸포에서 탄피가 하나 떨어진다. 모하메드에게는 아무 소리도 들리지 않는다. 유조선의 우현이 공중으로 떠오른다. 세찬 물줄기가 바다 위에 솟는다. 빈 RPG발사대가 바다로 향한다. 헬기에서 기관총이 발사된다. 동일13호 선교 옥상에서 콘크리트 조각이 하늘로 튀어오른다. 검은 어망이 하늘로 나부낀다. 모하메드의 동공이 커진다. 20미터 상공의 헬기에서 로프가 내려온다. 병사 한 명이 로프를 타고 하강하기 시작한다. 원양어선의 선교 오른쪽 창문에서 RPG를 든 압켈이 나타난다. 압켈의 코끝에서 땀이 한 방울 떨어진다. RPG발사대에서 불길이 솟는다. 헬기가 좌측으로 몸체를 튼다. RPG미사일이 날아간다. 미사일이 헬기 입구에 매달린 병사의 다리를 지나 헬기의 하강 도어로 들어간다. 헬기의 몸통 좌우측으로 불길이 치솟는다. 불붙은 프로펠러가 빠르게 돈다. 헬기가 좌측으로 움직인다. 고도가 점점 낮아진다. 헬기가 바다에 빠진다. 아부카드와 압켈이 바다에 빠진 헬기를 향해 AK소총을 난사한다. 바다에서 헬기가 폭발한다. 물보라가 사방으로 퍼진다. 원양어선이 좌측으로 크게 기운다. 유조선의 전사들이 원양어선을 바라본다. 자욱한 연기를 뚫고 선교에서 압켈이 함성을 지른다. 전사들이 두 팔을 번쩍 든다. 고속단정 두 대가 군함으로 돌아간다. 군함은 그 자리에 그대로 멈춰 선다. 전사들이 함성을 지른다.

새벽 6시 12분. 군함이 동일13호에 접근한다. 레이더가 고장 난 유조선은 뒤늦게 그 사실을 발견하고 동일13호 쪽으로 간다. 군함에서 미사일이 발사된다. 동일13호가 바다 위에서 산산조각이 난다. 군함은 뱃머리를 돌린다.

3부

·
·
·

길

22. 압드라만 셰이크 압디

모하메드는 누군가 자신의 빰을 부드럽게 두드리는 걸 느낀다. 눈을 뜬다. 햇살에 눈이 부셔 얼굴을 찡그린다. 순간 전신에 찌뿌듯한 통증이 지나간다. 오른쪽 어깨가 욱신거린다. 모하메드는 상체를 일으키며 어깨를 감싸쥔다. 가슴 위에 있던 AK소총이 갑판 바닥에 떨어진다.

"신이 너를 돌보셨구나."

머리에 붕대를 감은 압드라만이 따뜻하게 말한다. 모하메드는 머리가 띵하다. 주위를 둘러본다. 부서진 콘크리트 조각이 사방에 깔려 있다. 갑판실 벽에 총알 자국이 빼곡하다. 여기저기 쓰러져 있는 사람들이 눈에 띈다. 모하메드는 머리를 흔든다. 숨을 쉴 때마다 화약 가루가 섞인 매캐한 분진이 그의 코로 들어온다.

"몸은 좀 어떠냐. 일어설 수 있겠니?"

압드라만이 물수건으로 모하메드의 오른손을 닦아주며 묻는다. 모하메드는 고개를 끄덕인다.

"일단 이걸 먹어라. 사디요 대신 내가 팥을 조금 쑤어보았단다."

압드라만이 등 뒤에 있던 대야를 내민다. 대야 안에는 캄블로가 가득 들어 있다. 모하메드는 팥을 조금 집어 입에 넣는다. 달콤하고 부드러운 팥의 감촉이 혀에 닿는다. 한 움큼 더 입에 넣는다. 팥을 이로 으깨면 잘게 부서진 팥에서 달콤하고 따뜻한 즙이 나온다. 혀를 넓게 벌려 그 맛을 느끼고 으깨진 팥에 침을 한데 뒤섞으며 다시 이로 으깬다. 모하메드는 또 한 움큼 퍼서 입에 넣는다. 이번엔 입안에 있는 것을 삼키기 전에 또 한 주먹 입에 넣고 또 넣는다. 볼이 빵빵하게 부풀고 입가에 침이 흐른다. 모하메드는 바쁘게 입을 움직인다. 아무 생각도 들지 않는다. 압드라만은 가만히 그가 먹는 모습을 지켜본다.

"군함은 갔나요?"

모하메드가 웅얼거리는 소리로 묻는다.

"그런 것 같구나."

압드라만이 대답한다. 모하메드는 계속 캄블로를 먹는다. 입 근처에 팥이 잔뜩 묻고 손톱에 팥 껍질이 낀다.

"다른 사람들은요?"

모하메드는 여전히 고개를 숙이고 팥을 씹고 있다. 압드라만은 갑판 바닥을 바라본다. 모하메드의 입이 빠르게 움직인다. 맛도 느끼지 못하면서 입에 또 팥을 처넣는다.

"오마르는 멀쩡하다. 아까 일어나서 배를 채우고 선실로 들어가 쉬고 있어. 카넬레 하사는 왼쪽 발뒤꿈치가 나갔지만 견딜 만한 모양이더라. 상처에 붕대를 감고 선실에 데려다주었어. 누르딘도 살았다. 오른팔에 총을 맞았어. 팔꿈치 조금 위야. 피를 많이 흘렸다. 그러나 살아 있어. 인질은 세 명이 부상을 당했다. 그들 세 명은 빈 선실에 뉘었어."

모하메드의 입 움직임이 느려진다. 오른손에 팥을 쥔 채로 가만히 있다.

"살 수 있겠죠?"

"누구 말이냐?"

"누르딘, 누르딘요."

"아, 물론이다. 누르딘은 강인한 아이야. 내일 저녁이면 하라드헤레에 도착한다. 분명히 살 수 있어."

모하메드는 고개를 천천히 끄덕인다.

"다른 사람들은 어떻게 됐어요?"

"그들은 지금 알라의 곁에 있다. 이제 쉬고 있겠지."

모하메드는 입안에 든 팥을 삼킨다. 눈시울이 뜨겁다. 압드라만이 모하메드의 머리를 쓰다듬는다. 모하메드의 뺨을 타고 뜨거운 것이 흘러내린다. 모하메드는 입술을 깨문다.

압드라만과 모하메드는 죽은 이들의 장례를 치러주기로 한다. 그들은 갑판을 돌아다니며 시신을 찾는다. 뱃머리 쪽에 소총을 잡고 있는 검은 피부의 팔뚝을 발견한다. 손가락이 짧고 뭉뚝한 게 사디요의 팔이다. 압드라만은 총 손잡이에서 손가락을 떼어내려 한다. 팔뚝이 잘려나가는 순간 손잡이를 꽉 쥐었는지 쉽게 총과 분리되지 않는다. 압드라만과 모하메드는 온 힘을 다해 손가락을 펴고 총을 빼낸다. 압드라만은 사디요의 팔뚝을 물수건으로 잘 닦은 후 갑판 위에 올려둔다.

가슴에 두 개의 구멍이 뚫린 인질의 시신을 발견한다. 그는 체구가 작은 검은 머리의 인도인이다. 그의 시신 역시 사디요의 팔 곁에 둔다.

"사디요는 굵은 팔뚝이 통째로 떨어져나갔는데 이놈은 가슴에 작은 구멍 두 개밖에 없네요."

"사디요가 맞은 건 군함에서 쏜 발칸포일 게다. 탄환 크기가 일반 소총의 것이 아니야. 갑판실을 보렴. 일층, 이층은 탄흔이 별로 없고 유리창도 몇 개 쓸 만한 게 남아 있지만 그 위는 참담하게 부서져 있잖니. 벽면을 부술 수 있을 정도로 강력한 총탄이야. 그들은 유조선의 폭파 위험 때문에 직접 우리를 쏘지 못하니까 발칸포의 막강한 파괴력과 총성으로 우릴 겁에 질리게 하려고 한 거야. 사디요가 그걸 맞은 건 난간 밖으로 팔을 내밀었기 때문일 게다."

"그럼 저 인질이 맞은 건 뭔가요?"

"저건 일반 소총의 탄환 자국이구나. 기관총을 맞은 것도 아닌 것 같아. 기관총의 연사 속도를 생각해볼 때 저렇게 두 발만 맞았을 리가 없지."

모하메드가 고개를 끄덕인다.

그들은 인질들의 시신 네 구를 더 찾는다. 갑판실 근처에서 발견한 하반신이 너덜너덜하게 찢어진 시신을 제외하면 모두 배나 가슴 쪽에 두어 발의 총상을 입었다.

"이상하구나. 그들이 인질을 노리고 쐈을 리가 없으니 총을 맞았더라도 상처가 산발적으로 퍼져 있어야 할 텐데 모두 가슴이 나 배 쪽에 총상이 있어. 이건 누군가 정확히 조준해서 쏜 것 같은데."

압드라만이 시체를 옮기며 모하메드에게 말한다. 모하메드는 순간 인질이 쓰러질 때 부르하안 소위의 소총에서 탄피가 떨어지던 장면이 머리에 스친다.

"미군들이 물러난 데에는 인질이 많이 죽은 탓도 있겠죠?"

"그렇지. 헬기가 추락하고 그 안의 병사들도 죽고, 거기에 유조선에 있던 인질들도 많이 죽었으니 계속 공격을 강행하기 힘들었겠지. 미군은 이번 작전으로 꽤 곤란에 처하게 됐을걸."

모하메드는 고개를 끄덕인다. 그는 인질들이 입은 총상이 누구에 의한 것인지를 알아챘다.

"그런데 왜 그들이 동일13호에 미사일을 쐈을까요? 유조선의 인질들이 거기 있다는 사실을 뻔히 알고 있었을 거 아니에요."

"그건 잘 모르겠다. 그 사실이 나도 마음에 걸려."

압드라만이 음울하게 대답한다.

그들은 인질들의 시신을 뱃머리로 옮기고 다시 갑판 위를 둘러본다. 갑판실 뒤쪽에서 한 사내의 시체를 발견한다. 낫을 손에 쥐고 쓰러져 있는 박경철 기관장의 시신이다. 그는 목에서 허리까지 여덟 발이 넘게 총상을 입었다. 죽어서도 원한이 남았는지 눈을 부릅뜨고 뒤편을 바라보고 있다.

"저자를 죽인 건 저예요."

모하메드가 힘없이 말한다.

"눈을 네가 감겨주렴. 이제 그자도 쉬어야지."

모하메드가 쭈뼛쭈뼛 그의 머리께로 간다. 모하메드는 그의 눈을 들여다본다. 처음 그와 눈을 마주쳤던 때가 모하메드의 머릿속에 떠오른다. 모하메드는 그의 눈 속에서 공포를 보았고 그의 눈을 통해 자신의 공포를 느꼈다. 모하메드는 문득 낫을 놓쳐 그를 죽이지 않았을 때 느꼈던 안도를 기억해낸다. 냄비 뚜껑과 거기서 내리던 비를 모하메드는 기억한다. 그의 얼굴을 발로 짓뭉갤 때의 비틀어진 즐거움 역시 기억한다. 모하메드는 그의 앞에 무릎을 꿇고 앉는다. 그의 이마에 입을 맞춘다.

유조선의 선미 쪽으로 간다. 난간에 기대앉아 있는 부르하안 소위의 시신이 있다. 그의 손에 들린 AK소총의 총구는 힘없이 아래를 향하고 있다. 그의 관자놀이 쪽에 선명한 구멍이 있다. 한쪽 다리가 부러진 선글라스가 그의 입까지 내려왔다. 모하메드의 가슴이 울렁거린다. 그는 부르하안 소위의 선글라스를 바지 주머니에 넣는다.

"이건 저격에 의한 죽음이 틀림없어. 예전에도 이런 시신을 본 적 있지."

"같은 옷을 입고 두건을 둘렀어도 결국 그들은 누가 누군지 다 알고 있었군요."

"음. 그러나 하루쯤 공격을 늦추는 정도의 도움은 줬을 게다."

압드라만과 모하메드는 시신들을 뱃머리에 일렬로 늘어놓고 그들의 얼굴과 손발을 물에 적신 수건으로 깨끗이 닦는다. 살아남은 인질들이 그들 쪽으로 다가온다. 살아서 걸을 수 있는 인질은 네 명뿐이다. 그들은 갑판에 누운 동료의 처참한 모습을 보자 울음을 터뜨린다. 압드라만이 그들 중 한 명에게 수건을 건넨다. 그는 밧줄에 묶인 손으로 동료들의 몸을 닦는다.

압드라만은 모하메드에게 갑판에 널브러져 있는 총들을 자신의 선실로 옮겨달라고 말한다. 모하메드가 일어난다. 압드라만은 주방으로 가 캄블로를 깨끗한 식판에 나눠 담는다. 그는 그것을 인질들에게 준다. 그들은 허겁지겁 팥을 집어 먹는다.

"소말리아에는 몇시쯤 도착하게 됩니까?"

압드라만이 양손에 팥을 잔뜩 묻힌 항해사에게 묻는다. 그는 내일 저녁 7시 즈음에는 도착할 것이라고 말한다. 레이더와 무선 등 모든 항해 장비가 먹통이 되었으나 엔진에는 이상이 없고 유조선은 설정해놓은 항로대로 잘 달리고 있다는 것이다. 압드라만은 두 명의 부상당한 인질에게 응급처치를 했으며 소말리아에 도착하면 그들도 병원으로 이송될 것이라고 말한다. 항해사는 고개를 끄덕인다. 압드라만은 잠시 망설인다. 항해사의 하얀 피부가 그를 주저하게 한다. 압드라만은 그에게 고맙다고 말한다. 항해사는 아무 말도 하지 않는다. 압드라만은 미안하다고 말한다. 항해사의 눈에서 다시 눈물이 흐른다.

해가 저문다. 노을이 바다를 갈색빛으로 적신다. 뱃머리에는 시신 여덟 구와 사디요의 굵은 팔뚝이 흰 천에 싸여 있다. 라시드의 시신이 사디요의 오른팔 옆에 놓였다. 모하메드는 총들을 들고 압드라만의 방으로 가는 길에 라시드의 죽음을 알았다. 갑판실 2층 복도에서 시체 썩는 냄새가 났다. 라시드는 말라빠진 몸으로 침대에 누워 외로이 죽어 있었다.

압드라만과 모하메드, 오마르와 카넬레 하사가 시신들 앞에 나란히 섰다. 카넬레 하사는 안색이 어두웠지만 자신의 힘으로 걸어 뱃머리까지 왔다. 그들은 선 자세로 자나자(Janazah) 예배*를 드린다.

"앗쌀라 – 무 알라이쿰 와라흐마 툴라(당신에게 알라의 자비가 깃들기를)."

시신들은 바다로 간다. 모하메드는 그들을 떠나보낸 후에도 한참 동안 자리를 뜨지 않는다.

---

* 이슬람 장례 예배. 일반 예배와는 다르게 선 자세로 예배한다.

23. 오마르 아덴

누르딘은 침대에 누워 있다. 얼굴이 가면을 쓴 것처럼 허옇게 떴다. 또렷했던 까만 눈은 고통에 흐려지고 입술은 메마른 땅처럼 금이 갔다. 오른팔을 감싼 누르께한 천은 가장자리를 향해 검붉게 변해가고 붕대 밑에 나온 손은 흙처럼 검게 굳었다. 그는 이따금 이를 악물고 고통을 참는다.

모하메드가 음식을 가져온다. 누르딘이 벽 쪽으로 시선을 돌린다. 그는 얼굴을 찡그린다.

"조금만 움직여도 아파."

누르딘이 눈을 꽉 감으며 말한다.

"그래도 먹어야지. 먹어야 힘이 나는 거야."

모하메드가 누르딘 옆에 조심히 앉는다.

"씹을 수가 없어. 입만 벌려도 죽을 듯이 아플 거야."

"먹을 때 아프더라도 먹어야 나을 거야. 빨리 먹어. 이건 캄블로가 아니야. 우갈리야. 옥수수를 넣고 내가 끓였어."

모하메드가 손가락으로 우갈리를 조금 떠서 누르딘의 입께로 가져간다. 누르딘은 천천히 입을 벌린다. 모하메드가 옥수수죽을 입안에 떨어뜨린다. 누르딘의 턱이 움직인다. 순간 얼굴을 찡그린다. 이를 악물고 턱을 당기며 아픔을 참는다. 한참 고통을 견뎌내다 마침내 목구멍으로 죽을 넘긴다.

"잘했어, 누르딘. 넌 역시 강한 전사야."

모하메드가 기뻐하며 조금 더 뜬다. 누르딘이 고개를 젓는다.

"좀 있다. 좀만 있다 먹을래."

모하메드가 식판을 내려놓는다.

"그래도 어젯밤이 무사히 지나갔네."

누르딘이 말한다.

"그래, 어젯밤에는 아무 일도 없었어. 미국 군함이 돌아갔나봐. 이제 하라드헤레에 도착할 일만 남았어. 오늘 저녁이면 소말리아 땅을 밟을 수 있어!"

모하메드가 벅찬 표정으로 말한다. 누르딘이 가까스로 미소를 지어 보인다.

"너 또 배 지키느라 밤을 꼬박 샜겠네."

"괜찮아. 나는 멀쩡해."

누르딘의 표정이 어두워진다. 모하메드가 급히 입을 연다.

"너는 곧 병원에 가게 될 거야. 압드라만 아저씨가 팔이 붙어 있기만 하면 원래대로 고칠 수 있다고 했어. 금방 예전처럼 움직일 수 있을 거야."

모하메드가 열심히 말한다. 누르딘은 가만히 듣고 있다.

"이 팔을 살릴 수 있다고?"

"그럼, 당연하지. 케냐에 있는 나이로비 병원으로 가면 뭐든 고칠 수 있대."

누르딘은 잠자코 뭔가 생각을 한다.

"어젯밤에 오른손 엄지를 움직여보려고 했어. 힘을 조금만 줘도 근육이 갈가리 찢어지는 것 같았지만 그래도 한 번만 엄지가 움직이는 걸 보면 힘을 낼 수 있을 것 같았어. 그런데 아무리 애를 써도 움직여지지 않더라."

누르딘이 힘없이 말한다. 모하메드는 할 말을 잊는다.

"여기 내 손가락 좀 만져봐. 점점 거무죽죽한 색으로 변해가고 있어. 총 맞은 데 밑으로는 아무 감각이 없어. 이제 내 손인 것 같지가 않아. 한번 만져봐, 어서."

모하메드가 조심스럽게 손을 뻗어 붕대 사이로 나온 그의 검지를 잡는다. 누르딘의 손가락은 나무줄기처럼 거칠고 메말랐다. 모하메드는 잡은 손가락에 조금씩 힘을 준다. 그걸 바라보는 누르딘의 표정이 절박하다. 모하메드는 어느 순간 부서져라 그의 손가락을 누른다. 누르딘이 자기도 모르게 잡힌 손을 잡아뺀다.

"무슨 짓이야, 개새끼야!"

누르딘이 지독한 고통에 소리를 지른다. 눈에 핏발마저 섰다. 한참 동안 그는 고통을 못 이겨 부들부들 떨며 몸을 뒤튼다.

"봐봐. 아직 네 손이야. 걱정할 거 없어. 다시 넌 튼튼한 팔을 갖게 될 거야."

누르딘이 조금 진정될 즈음 모하메드가 차분히 말한다. 누르딘은 고통에 겨워 눈물을 흘린다. 그의 입가에 미소가 옅게 어린다.

"사디요 아저씨는 팔뚝만 남았다지?"

누르딘이 눈물을 흘리며 쿡쿡, 웃는다. 모하메드도 웃는다.

"여기 있었군."

압드라만이 선교로 들어온다. 카넬레 하사가 압드라만 쪽으로 고개를 돌린다. 하사는 다친 발의 발꿈치를 세우고 항해사의 의자 등받이에 체중을 싣고 서서 항해를 지켜보고 있다. 카넬레 하사의 콧잔등에 땀방울이 맺혔다.

"할 말이 있네."

압드라만이 카넬레 하사를 보며 말한다. 하사는 다시 바다 쪽으로 고개를 돌린다.

"뭐냐."

"하라드헤레로 돌아가선 안 되네. 고속보트를 내리고 케냐로 가세."

카넬레 하사는 놀란 표정으로 압드라만을 바라본다.

"방금 네놈이 뭐라고 한 줄 알고 있나?"

"아무리 생각해도 이게 최선이야. 유조선을 버리고 케냐로 가세. 작은 어선으로 위장한다면 들어갈 수 있을지 몰라."

카넬레 하사가 가만히 압드라만을 보다가 갑자기 언성을 높인다.

"도대체 무슨 소리를 하는 건가!"

"함정이야. 조금만 생각하면 알 수 있는 거네. 생각해보게. 며칠간 우리를 쫓던 미 군함이 어째서 갑자기 추격을 멈췄겠나."

"그때의 싸움에서 심각한 피해를 입었기 때문이지. 당연한 거 아닌가!"

"조금만 더 생각해보게. 그들은 헬기와 병사 몇 명을 잃었겠지만 여전히 고속정 두 대와 백 명이 넘는 병사가 남아 있네. 반면 여기엔 부상자를 포함해도 다섯 명뿐이네. 어젯밤 그들이 다시 왔다면 이 배를 뺏고도 남는 게 당연한 일 아닌가. 내가 생각을 해봤는데 이건 분명히 함정이야. 저번 전투로 미군들은 엄청난 비판을 받게 될 걸세. AK소총 따위로 무장한 소말리아 해적들 몇 명에게 헬기 한 대와 병사들을 잃고도 유조선을 되찾지 못한 게 아닌가. 이건 엄청난 실패라고! 그나마 자신들에게 쏟아질 비판을 조금이라도 줄이려면 어젯밤 총력을 기울여서 유조선을 되찾고 남은 인질들을 구조했어야 했어. 게다가 어젯밤이라면 충분히 할 수 있는 상황이 아닌가. 그들이 그걸 몰라서 오지 않았을까? 아니야, 난 그렇게 생각하지 않는다네."

"그래서 무슨 말을 하고 싶은 건가."

카넬레 하사가 압드라만을 노려보며 묻는다.

"게다가 더 이상한 건 그제 그들이 철수한 이후 다시 돌아와 한국 어선 동일13호에 미사일을 쏘았다는 거야. 그 배에는 I-Moby Dick호의 선원들이 반 넘게 타고 있었어. 자네도 알겠지만 이건 절대 실수가 아니네. 그들이 우리를 내버려두는 건 그대로 둬도 뺏을 수 있기 때문인 걸세."

카넬레 하사는 말없이 그를 노려본다.

"이건 철저하게 미국의 관점에서 봐야 하네. 헬기가 폭파되고 진압 과정에서 자기네 인질 여섯 명이 죽었어. 여기까지는 명백한 미군의 진입 작전 실패고 그들의 과실이야. 그런데 만약 소말리아 해적들이 한국 어선을 통째로 폭파시키고 거기에 타고 있던 한국, 중국, 베트남, 인도, 이라크, 거기에 유조선의 선장과 미국 고급 선원 1명, 총 서른여섯 명의 인질을 죽였다고 하면 어떻겠나. 여기서부터는 미군의 작전 실패 차원을 넘는 걸세. 이제 소말리아 해적이 국제적으로 심각한 테러를 한 것이 되어버리는 거라네. 아프가니스탄을 생각해보게. 미군의 전쟁을 촉발시킨 직접적인 계기는 9·11테러가 아니겠나. 그제의 일이 9·11테러보다 못하다고 보는가. 사망자 수와 미국의 경제적 손실은 그보다 적겠지만 다양한 국적의 사람들이 일거에 죽지 않았는가. 어쩌면 이 일로 소말리아에 국제 연합군의 선전 포고가 있을지 모르는 일이란 말일세!"

압드라만의 말에 카넬레 하사의 눈이 커진다. 카넬레 하사는 곧 벼락같이 소리를 친다.

"네놈은 과대망상 정신병자다! 국제 전쟁이라니, 소말리아에 전쟁을 일으켜 그들이 얻을 게 뭐가 있단 말이냐. 게다가 소말리아가 국제적 범죄 국가 취급을 받은 일이 어제오늘 일이었는지 아느냐. 대체 무슨 꿍꿍이로 이따위 헛소리를 늘어놓는 거냐!"

"물론 소말리아 자체는 그들에게 아무 가치도 없는 땅이야. 국민들은 다루기 어렵고 별다른 지하자원도 없지. 그러나 국제 전쟁은 충분히 있을 수 있는 일이야. 소말리아 남쪽의 알 샤바브 세력을 잊지 말게. 그들은 차츰 영향력을 넓혀가고 있고 알카에다 같은 범이슬람 테러 조직과 연계되어 있다는 이야기도 심심치 않게 흘러나오고 있어. 게다가 아프리카에 이슬람교를 믿는 가난한 국가가 우리뿐이 아니지 않은가. 이들이 모두 힘을 합쳐 미국을 향해 총을 든다면 그 파괴력이 얼마나 클지 생각해본 적 있나. 미국은 당연히 이 사실을 알고 있을 거야. 그러니 마침 국제 해적으로 악명이 높은 우리 소말리아를 본보기로 무참히 뭉개버릴 가능성이 있는 걸세. 한국 어선을 그들 손으로 폭파시킨 것이 그 증거가 아니고 뭐겠는가. 이 바다에서 그걸 본 사람은 우리밖에 없는데 아무리 우리가 한 일이 아니라 한들 어느 나라가 그 말을 믿어주겠나. 내 말을 믿게. 지금 소말리아에 대규모 전쟁이 도래할지도 모르는 상황인 거야."

압드라만이 열정적으로 말한다. 카넬레 하사가 고통스러운 표정으로 바닥을 응시한다.

"그럼 우리가 하라드헤레로 들어가선 안 되는 이유는 대체 뭐냐."

"간단하네. 이 배가 하라드헤레로 들어간다는 건 그야말로 전쟁의 도화선에 불을 붙이는 행위이기 때문이야. 이 유조선이 하라드헤레 항으로 가는 건 그들에게 이 모든 일을 한 게 소말리아 해병대라고 광고하는 게 아니고 뭐겠나. 설혹 미국이 전쟁까진 생각하지 않고 있다 하더라고 우리를 놓아준 데에는 뭔가 꿍꿍이속이 있는 게 틀림없어. 어쩌면 소말리아 해병대에 전쟁을 담보로 큰돈을 요구했을 수도 있지. 지금 이대로 유조선만 돌려받으면 미국으로선 수지타산이 맞지 않는단 말일세. 이미 헬리콥터가 부서지고 많은 인질들이 죽어 미국은 막대한 피해를 보지 않았나. 그들은 분명 더 많은 보상을 원할 걸세. 그걸 소말리아 해병대에게 요구해놓았겠지. 어떤 식이든 우리가 하라드헤레로 돌아가서 좋을 일은 하나도 없다고 보네. 케냐로 가세. 거기에 내 부모님이 아직 살아 계실지 몰라. 신이 도우신다면 모든 일이 잘 풀릴 걸세."

카넬레 하사는 욱신거리는 발로 선교 위를 초조하게 걸어다닌다. 걸을 때마다 발뒤꿈치를 감은 붕대에 피가 배어나온다. 카넬레 하사는 마침내 걸음을 멈춘다. 그는 똑바로 서서 압드라만을 노려본다.

"전쟁이 나도 좋다. 차라리 더 좋아. 좁은 땅덩이에서 소말리아 사람들끼리 총을 겨누고 있는 것보다 건방진 미국놈들을 상대로 본때를 보여주는 게 더 낫겠지. 네 작전은 실패다, 압드라만. 교활한 이사크 뱀 같은 놈아. 나는 조국과 가족을 버리고 남의 땅에 숨어살 생각 따위 조금도 없다. 소말리아 해병대는 우리를 버리지 않아. 우리는 하위예 족이야. 피로 이어진 진정한 가족들이지. 너 같은 이사크 족은 믿음이란 게 뭔지 모를 테지만 말이야. 소말리아 해병대는 결코 부하를 버리지 않는다. 나는 카다르 사령관님을 만나뵌 적이 있어. 그때 내 인생은 완전히 바뀌었지. 그분은 부하를 버릴 사람이 아니다. 그분은 소말리아를 구할 영웅이야. 나는 그를 믿는다. 설령 우리가 가져온 배가 전쟁을 불러일으킬 폭탄이라도 카다르 사령관은 부하를 버릴 바에야 그걸 자기 몸으로 껴안을 사람이야. 하라드헤레로 간다. 더이상 한마디도 꺼낼 생각 하지 마라."

"잘 생각해보게. 전쟁은……"

"닥쳐!"

카넬레 하사가 주먹으로 의자 등받이를 내려치며 서슬이 퍼렇게 소리친다. 압드라만은 선교 밖으로 나간다.

어느덧 해가 지고 있다. 누르딘이 잠든 걸 확인하고 모하메드는 갑판으로 나온다. 여전히 육지는 보이지 않는다. 그러나 이제 조금만 있으면 하라드헤레에 도착할 것이다. 모하메드의 가슴이 희망으로 두근거린다. 부르하안 소위는 분명 협상금을 여기 있는 모든 전사들에게 똑같이 나누어줄 것이라고 약속했었다. 카넬레 하사는 부르하안 소위의 약속을 어길 사람이 아니다. 모하메드는 바지 주머니에 손을 넣는다. 부르하안의 부서진 선글라스가 있다. 모하메드는 선글라스를 써본다. 세상이 온통 검게 보인다. 부르하안은 언제나 선글라스를 끼고 세상을 바라보았다. '세상을 이렇게 어둡게만 보면서 살 수 있을까.' 모하메드는 선글라스를 벗는다. 모하메드는 자신을 기다리고 있을 가족들을 떠올린다. 어쩌면 생각보다 빨리 온 가족이 모여 살 수 있게 될지도 모른다. 문득 모하메드는 라시드가 생각난다. 그는 틈만 나면 그의 두 살 난 아들에 대해 이야기하곤 했다. '그 아이는 어머니도 형제도 없다고 했지. 이제 그는 아버지도 잃은 거야. 만약 아기가 살아 있다면 내가 형제처럼 돌봐줄 수 있지 않을까.' 모하메드는 라시드가 항상 꺼내어 보던 사진이 떠오른다. 그는 사진을 가지러 라시드의 선실로 향한다.

라시드의 방은 어질러져 있다. 베개 커버가 찢어져 속엣것을 쏟아냈고 이불 역시 갈가리 찢겼다. 사물함에 들어 있던 라시드의 물건들은 죄 바닥에 널브러져 있고 그가 아끼던 군화는 오마르의 손에 들려 있다. 아이의 사진이 있던 액자는 오마르의 발 근처에 떨어져 있다. 오마르는 무심히 모하메드를 바라본다.

"뭐하고 있냐, 풋내기. 당장 꺼지지 않고."

오마르가 시큰둥하게 말한다.

"아저씨, 지금 뭐하시는 거예요?"

모하메드가 떨리는 목소리로 묻는다.

"흥, 풋내기 주제에 벌써부터 욕심이 너무 많군. 뭘 그렇게 보고 섰어. 당장 꺼져! 벌써 챙길 건 내가 다 챙겼어, 새끼야."

오마르가 퉁명스럽게 말한다. 모하메드는 멍하니 뜬 눈으로 오마르를 바라본다. 차츰 분노가 그의 가슴 안에서 꿈틀대기 시작한다.

"그래, 맞아, 이제 알겠군. 라시드가 죽기 전에 네놈만 보면 도둑놈이라고 그렇게 소리를 질러댔지. 라시드놈이 가지고 있을 돈이 이상하게 없다 싶었어. 죽어가는 놈 밥 갖다준다고 뻔질나게 드나들더니, 네놈이 훔쳐갔구나? 이 쥐새끼 같은 자식."

오마르가 웃으며 모하메드에게 다가온다. 오마르의 구둣발 아래 액자가 부서진다. 모하메드의 머릿속에서 무언가가 끊어진다.

"거기 서, 이 돼지 새끼야!"

모하메드는 AK를 순식간에 장전해 들고 오마르의 가슴을 겨눈다. 오마르는 순간 걸음을 멈춘다. 모하메드는 오마르의 얼굴을 뚫어져라 노려본다.

“이 개 같은 새끼야, 여태 죽은 동료들 방 돌아다니며 돈 훔치고 있었냐.”

모하메드가 빠득빠득 이를 간다. 오마르가 대수롭지 않다는 듯이 모하메드를 바라본다.

“당연하지, 멍청한 놈아. 죽은 놈이 돈까지 쥐고 가는 거 봤냐. 원래 다 이렇게 하는 거야. 죽은 놈은 죽고 산 놈은 살아야지. 병신같이 굴지 말고 빨리 총 내려놔.”

“이 염치를 모르는 새끼. 네놈은 대체 부끄러움이 뭔지 알고는 있냐?”

“흥, 건방진 소리를 하고 있군. 지금 네가 돈 안 훔쳤다고 쇼 하는 거냐? 그만 총 내려놔. 그거 가지고 뭐라고 안 할 테니.”

오마르가 태연하게 이야기한다. 그는 전혀 모하메드의 총을 겁내고 있지 않다. 그의 그런 태도가 모하메드를 더욱 화나게 한다.

“난 라시드의 물건에 손댄 적 없어. 그런 생각 같은 거 꿈에도 해본 적 없고. 난 이미 사람을 죽여본 적 있다. 네까짓 쓰레기한테 총 쏘는 거 내가 못 할 줄 알아? 더러운 자식. 돈이 아무리 좋아도 죽은 친구 방을 이렇게 난도질해도 되는 거냐? 네가 지금 라시드의 아들 사진을 짓밟고 있다는 거 알고 있어?”

오마르는 한 발 물러나 아래를 본다. 깨진 액자를 발견한다. 그는 씩, 웃는다.

“착한 척하지 마라. 대체 네가 삶이란 것에 대해 알고나 있냐. 오늘 돈이 없으면 내일 내 애새끼 한 놈을 묻어야 해. 당장 먹고살

길이 없는 놈은 죽은 친구 내장을 팔아서라도 살아야 하는 거야. 죽은 친구가 아니라 산 친구라도 어쩔 수 없지. 애 사진 좀 밟는 게 뭐가 나빠. 걔도 벌써 죽었어. 에이즈가 그렇게 호락호락한 병인 줄 아냐. 빨리 총 내려놔, 새끼야. 네가 날 쏘면 내 마누라, 아들, 딸, 다 같이 죽이는 거라는 걸 왜 모르냐. 그게 더 고약한 짓이야. 오늘 일은 넓은 마음으로 용서해주마. 그만 총 내려놔, 인마."

모하메드는 가만히 총을 겨누고 있다. 그의 머릿속에 수만 가지 생각이 스친다. 오마르는 그의 눈을 뚫어져라 바라본다. 모하메드는 총을 들고 다가가 깨진 액자를 집어든다. 오마르가 씩 웃는다. 모하메드는 라시드의 방을 떠난다.

24. 카넬레 자이크 하사

오후 5시를 조금 넘긴 시각. I-Moby Dick호가 바다 한가운데서 멈춘다. 전사들이 갑판으로 나온다. 카넬레 하사가 인질들과 함께 고속보트에 기름을 채우고 있다.

"지금 뭐하시는 거요?"

오마르가 다가와 묻는다.

"너희들은 여기서 기다려라. 나 혼자 하라드헤레 항으로 가겠다."

오마르가 소스라치게 놀란다.

"대체 무슨 말이오! 왜 혼자 하라드헤레에 간다는 겁니까?"

"그럴 사정이 있어. 난 절대 너희를 배신하지 않는다. 자정 전까지 돌아오겠다. 내가 돌아오지 않으면 배를 버리고 도망쳐라. 내가 돌아오기 전에는 절대 하라드헤레로 들어오지 마라."

카넬레 하사는 말릴 새도 없이 고속보트를 내리고 그 위에 올라탄다. 압드라만은 말없이 그의 뒷모습을 바라본다. 오마르는 난간을 주먹으로 내려친다. 모하메드는 불안한 눈길로 카넬레 하사를 쳐다본다.

하라드헤레 항 모래사장 여기저기에 세워진 횃불이 불안하게 일렁인다. 해안가에는 수십 개의 빈 고속보트가 늘어서 있다. 멀리 거리를 두고 배치된 다섯 개의 기관포가 보이고 기관포마다 두 명의 군인이 지키고 서 있다. 카넬레 하사가 고속보트에서 내리자 해안을 지키고 있던 병사들이 총을 겨눈다.

"누구냐!"

총을 겨눈 군인이 묻는다. 카넬레 하사가 처음 보는 인물이다. 하사는 하라드헤레에 사는 대원들의 얼굴을 거의 다 알고 있었다. 하사는 주위를 둘러본다. 간이 숙영 기지 수십 개가 해변에 가득 자리잡고 있다. 멀리 대여섯 대의 녹색 군용 지프 차량이 세워진 게 보인다.

"누구냐고 물었다!"

카넬레를 겨눈 총부리를 흔들며 군인이 다시 한번 되묻는다. 어느새 카넬레 하사는 여러 명의 병사들에게 둘러싸여 있다. 카넬레 하사의 머리가 혼란스럽다.

"가족들, 가족들은 어디 있나."

"뭐?"

"환영하러 나온 가족들 말이다. 하라드헤레 항이 왜 이렇게 바뀌었지?"

카넬레 하사는 마른침을 삼킨다. 분명 압드라만이 통신 장비가 고장 나기 전에 도착 예정 날짜와 시간을 본부에 알렸었다고 했다. 통신 장비가 미군에 의해 고장 난 게 겨우 3일 전이다. 이틀 무전 연락이 없었다고 해서 전사들이 돌아올 것을 예상하지 못했을 리가 없다. 그런데 환영하러 나와 있어야 할 사람들이 보이지 않는다. 전사들이 배를 잡아 돌아오는 날에는 언제나 환영하러 온 마을 사람들로 해변이 가득 차 있었다. 카넬레 하사는 절박하게 주위를 둘러본다. 총을 겨누고 있는 병사들도 모두 그가 알지 못하는 이들이다. 카넬레 하사의 입이 텁텁하게 말라온다.

"마지막으로 묻겠다. 누군지 대답하라!"

병사가 카넬레 하사를 노려보며 묻는다. 카넬레 하사는 멍한 눈으로 그를 쳐다본다.

"카넬레, 카넬레 하사요."

카넬레 하사가 낮은 목소리로 대답한다. 순식간에 병사들이 그의 총을 빼앗아간다. 카넬레 하사는 군인들에게 양쪽 팔을 잡힌 채 해변 위 어느 숙영 기지로 끌려간다. 기지로 병사 한 명이 들어간다. 이내 정복을 갖춰 입은 시데인 중사가 나온다.

"카넬레 하사. 배는, 배는 어디에 있나?"

곰만한 덩치를 한 시데인 중사가 허둥거리며 말한다.

"중사님, 이게 다 어떻게 된 겁니까?"

카넬레 하사가 묻는다. 병사들이 그의 팔을 놓아준다.

"이게 뭐라니, 내가 물어볼 소릴세. 무전을 해도 통 답이 없고 우리가 얼마나 난리가 났는지 아는가! 아니, 그보다 어떻게 된 거야. 왜 자네 혼자야! 배는, 배 어디 있어? 배!"

"이 친구들은 누굽니까?"

"이 사람아, 이 친구들이라니! 이자들은 카다르 사령관님의 직속 부대라고! 카다르 사령관님도 여기 오셨어! 아주 난리도 아니란 말일세. 그나저나 왜 대답을 하지 않나! 유조선 어디다 두고 혼자 왔냐니까!"

"카다르 사령관님이 오셨습니까?"

카넬레 하사가 깜짝 놀라서 묻는다.

"그렇다니까! 자네들이 보통 큰일을 저질렀어야지! 이런 광경은 나도 처음 보네. 지금 아주 야단이 났단 말이야. 유조선이 어디 있는지 빨리 말해!"

그때 그들 뒤에서 서너 명의 경호원을 거느린 카다르 사령관이 나타난다. 체구가 작은 그는 머리를 노랗게 염색하고 턱에는 염소수염을 길렀다. 정복을 입은 그의 가슴에 수많은 무훈 훈장들이 달려 있다. 그는 얼굴 가득 미소를 지으며 카넬레 하사의 양쪽 어깨를 잡는다.

"카넬레 하사! 자네가 카넬레 하사인가? 무사히 돌아왔구먼. 어이구, 다리를 다치신 건가? 이봐, 뭐하고 섰어! 얼른 의사 데리고 와. 일단, 일단 안으로 들어가서 이야기를 하지."

카넬레 하사는 그를 보자 엉겁결에 경례를 한다. 사령관이 웃으며 경례를 받아준다. 카넬레 하사는 사령관을 따라 대형 숙영 텐트 안으로 들어간다. 텐트 위에는 알전구 하나가 흔들리며 빛을 밝히고 있고 가운데엔 사각 테이블과 의자 몇 개가 놓여 있다. 사령관은 자리에 앉으며 카넬레 하사에게 의자를 권한다. 그들

주변을 사령관의 경호원들이 둘러싼다. 카다르 사령관이 싱글싱글 웃으며 입을 연다.

"그래, 이렇게 자네를 만나게 돼서 정말 기쁘군그래. 응? 참, 재미있는 무용담을 한바탕 가지고 왔을 테지. 난 승리하고 돌아온 전사의 이야기 듣는 걸 정말 좋아해. 아, 잘됐어. 오늘 나에게 다 이야기 좀 해주라고, 응? 시간도 많으니까 말이야. 오늘은 이야기를, 이야기를 나눠봐야지. 그보다 참, 자네 상관이 또 한 명 더 있다고 하지 않았나. 그, 부……"

"부르하안, 부르하안 소위입니다."

카넬레 하사가 대답한다. 카다르 사령관이 어린애처럼 손뼉을 치며 좋아한다.

"아, 맞아 맞아. 부르하안, 부르하안 소위였지. 그 사람 굉장히 똑똑한 사람 아닌가, 응? 내가 익히 들어서 알고 있어. 그런데 그는 어디에 있나. 우리의 영웅이 한 명뿐일 리는 없고. 응? 설마?"

사령관이 얼굴을 찌푸려 보인다. 카넬레 하사의 표정이 어두워진다.

"바다에서 전사했습니다."

카다르 사령관이 안타깝다는 표정으로 테이블을 두드린다.

"크. 참 슬픈 일이야. 아, 우리의 용사가 또 한 명 갔도다. 내 언제 한번 만나서 이야기를 듣고 싶었거든. 정말이라고. 아쉽군. 그럼 다른 전사들은 어디 있나. 설마 전부?"

"아닙니다. 세 명의 전사들이 살아 있습니다. 한 명은 부상이 아주 심합니다."

카다르 사령관은 이내 뛸 듯이 기뻐한다.

"그래! 그 친구들이 살아 있었군. 다행이야. 정말 다행이야. 우리 전사들이 살아 있어줬군. 그러면 자, 그럼 그 친구들은 어디에 있나?"

카다르 사령관이 웃으며 묻는다. 카넬레 하사는 문득 섬뜩함을 느낀다.

"그들은 지금 그, 어느 곳에 피해 있습니다. 그보다 사령관님. 언제나 전사들이 돌아오면 가족들이 해안에 나와 귀향을 환영해주곤 하는 걸 알고 계시지 않습니까. 그런데 이번에는 아무도 나오지 않았더군요. 제 가족들은 어디에 있는지 알고 계십니까?"

"아하, 가족이라. 자네가 아내 둘에 애가 다섯이지 아마. 다들 잘 있네. 자네를 무척 보고 싶어해. 바다에 나갔다 오면, 그래, 가족이 가장 먼저 생각이 나는 법이지. 곧 모두를 보게 될 거야. 그런데 지금은 나랑 더 이야기를 해야지. 우리 전사들 말이야. 고생한 전사들. 한 명은 부상도 심하다고 하지 않았나. 어서 이리로 와야지. 난 그들 모두에게 축하 인사를 전하고 싶거든. 응? 그들이 어디 있는지 자네는 알고 있지 않은가. 내게 귀띔을 해줬으면 좋겠는데, 카넬레 하사."

카다르 사령관이 싱긋 웃는다.

"가족들을 데려와주시면 안 되겠습니까? 너무 오랫동안 가족들을 보지 못했습니다."

카넬레 하사가 말한다. 카다르 사령관의 입가에서 미소가 사라진다. 그는 입을 실룩거리며 무언가를 생각하다 입술을 늘어뜨리고 웃는다. 사령관은 고개를 절레절레 저으며 말한다.

"자네 말이 맞아. 음. 내가 참, 그러면 안 되는데 실수야. 크. 너무 경솔했거든. 어젯밤에 너무 놀라서 말이야. 사실 좀 화가 났었어. 참았어야 하는데 그러질 못했지. 경솔했어. 음. 자네 말이 맞아."

카다르 사령관이 카넬레 하사를 바라본다. 그의 얼굴에 웃음기가 싹 가셨다.

"생각보다 훨씬 똑똑한 모양이야. 유조선을 타고 돌아오지 않을 거라고 내가 생각이나 할 수 있었겠나. 고속보트를 타고 자네 혼자 오다니. 크. 대단해. 정말 현명해. 흐흐. 내가 경솔했어. 사실 눈앞에서 아들의 손가락, 발가락을 하나씩 잘라내는 것보다 효과적인 게 없거든. 정말 아쉽단 말이야. 벌써 다 죽여버렸어. 깡그리 청소를 한 거지. 뭐 어떻게 협박을 해보려 해도 할 사람이 없네."

카넬레 하사의 얼굴이 하얗게 질린다.

"이번 건은 자네들이 너무 심했어. 선을 넘었다고. 내가 제일 고민인 게 내 아랫놈들이 너무, 지나칠 정도로 무식하다는 거야. 너희 같은 새끼들이 생각 없이 싼 똥 치우는 거, 그거 진짜 피곤한 일이거든. 그거, 알고 있나?"

카넬레 하사의 눈에서 눈물이 흘러내린다. 그의 몸이 부들부들 떨린다.

"야, 야, 정말. 이게 무슨 추탠가. 아니, 배 잡아오랬지 인질들을 잡아다 다 죽여버리면 어쩌란 거야. 나라 말아먹으려고 작정을 한 거야? 너무 지나쳤잖아. 적당히 할 줄을 알아야지. 그보다, 어디 있어? 배."

카넬레 하사는 벌떡 일어나 오른편에 선 경호원의 총에 팔을 뻗는다. 그보다 먼저 왼편에 선 이가 그의 어깨를 누른다. 옆에 있던 이가 카넬레 하사의 머리통을 테이블 위에 내리누른다. 그는 탁자에 머리를 붙인 채 옴짝달싹도 할 수 없다. 카넬레 하사의 눈에서 눈물이 흐른다. 악문 잇새로 침이 흘러내린다. 온몸에 힘을 줘봐도 그를 내리누르는 팔을 떨쳐낼 수가 없다. 카넬레 하사는 있는 힘껏 소리를 지른다. 온몸으로 소리를 지른다.

밤 10시가 넘은 시각. I-Moby Dick호의 전사들은 초조하게 바다를 바라보고 있다. 오마르는 가만히 서 있지 못할 정도로 불안해한다. 압드라만의 이야기는 그의 머릿속에 커다란 혼란을 일으켰다. 그는 미국의 잔인함을 잘 알고 있다. 게다가 그는 소말리아 해병대를 조금도 믿지 않는다. 카넬레 하사조차도 믿을 수 없다. 그가 유조선을 통째로 뺏기 위해 수작을 부리는 것일지도 모르는 일이다. 오마르는 압드라만도 믿지 않는다. 그에게 이사크 놈은 하나같이 야비하고 비열한 족속들이다. 이사크 족에다 소말리아 해병대 간부인 압드라만은 완벽하게 믿을 수 없는 존재라 할 수 있다. 오마르는 손톱을 씹고 수염을 쥐어뜯으며 끊임없이 혼잣말을 중얼거린다.

모하메드도 불안하긴 마찬가지이다. 그러나 그는 카넬레 하사와 카다르 사령관님을 믿는다. 특히 그는 카다르 사령관님을 마음속 깊이 믿고 있다. 모하메드는 간절하게 카넬레 하사가 돌아오길 기다린다. 그가 파도를 뚫고 돌아오기를 간절히 기다린다.

"저기 온다!"

모하메드가 뱃머리에서 정면을 바라보며 소리친다. 고속보트 한 대가 바람을 가르며 달려오고 있다. 그 뒤를 이어 두 대의 고속보트가 더 보인다. 그 뒤로 또 두 대의 고속보트가 보인다. 고속보트마다 AK소총으로 무장한 열댓 명의 군인들이 타고 있다.

"배를 돌려라!"

압드라만이 소리친다. 유조선의 엔진이 시끄러운 소리를 내며 움직인다. 거대한 유조선이 천천히 방향을 바꾼다. I-Moby Dick호는 소말리아를 등진다. 모하메드가 항의하러 선교로 달려간다.

"저 고속보트에 카넬레 하사가 타고 있을 거예요. 배를 돌려선 안 돼요!"

모하메드가 압드라만에게 소리친다. 그때 총탄이 선교 창문을 깨고 들어온다. 모하메드와 압드라만은 자리에 엎드린다. 총알이 어지러이 쏟아진다. 모하메드는 멍하니 뜬 눈으로 창문 너머를 바라본다. AK소총을 메고 압드라만은 갑판으로 내려간다. 오마르가 소리를 지르며 그들을 향해 총을 쏘아대고 있다.

I-Moby Dick호 사건 보고서 5

I-Moby Dick호 사건 관련 신문 보도

충격. 한국 원양어선 동일13호 소말리아 연안에서 대폭파. 안에 있던 인질 46명 몰살. 전 세계 아연실색.(미국, New York Times, 2012. 2. 14)

이런 일은 없었다. 잔인무도한 소말리아 해적들. 미국 유조선 납치 위해 한국 원양어선 동일13호에 미사일 발사.(프랑스, Le Monde diplomatique, 2012. 2. 14)

최첨단 무기로 무장한 소말리아 범죄 집단. 대책은 없는가.
(독일 해양 전문가 논평, Die Zeit, 2012. 2. 15)

동일수산 유가족 오열. 한국 정부 집단 소송. 세 달간 아무 조치도 없다가 이제 와서.(한국, 경향신문, 유가족 단독 인터뷰, 2012. 2. 16)

미 대통령 I-Moby Dick호 사건을 전 세계를 향한 선전포고로 규정. 강경한 후속 조치 있을 것이라 발표.(영국, Daily Mail, 2012. 2. 16)

소말리아 해적 퇴치 60개국 정상들이 참석한 국제 협의회 열려. 소말리아 해적 대응 14개 조치 발의.(미국, Washington Post, 2012. 2. 18)

의혹. 사라진 I-Moby Dick호의 행방은?
(카다르, Aljazeera, 2012. 2. 18)

I-Moby Dick호 발견! 참혹한 살육의 현장. 그곳에는 아무도 없었다.
(미국, New York Times, 2012. 2. 20)

소말리아 과도정부 입장 표명. "범인을 반드시 색출하여 그에 맞는 대가를 치르게 할 것." (한국, 조선일보, 2012. 2. 21)

기적의 탈출! 소말리아 해적들을 피해 고국으로 돌아온 선원 네 명의 인터뷰 단독 입수.(인도, India Daily, 2012. 2. 23)

25. 모하메드 이브라힘

고속보트의 추격은 맹렬했지만 유조선을 빼앗지는 못했다. 살아남은 세 전사들의 반항이 생각보다 거세 유조선에 사다리를 걸지 못했기 때문이다. 게다가 그들은 I-Moby Dick호를 찾느라 한참 동안 달려온 상황이었다. 그들에겐 남은 연료가 거의 없었다. 그들은 한 시간가량 I-Moby Dick호를 추격하다 하나둘 뱃머리를 돌려 소말리아로 돌아갔다.

전사들은 탈진했다. 일확천금의 꿈은 순식간에 사라지고 남은 건 끝없는 절망뿐이다. 전사들에게는 이제 돌아갈 곳이 없다. 항해 장비는 고장 난데다 추격을 피하려 여러 번 방향을 바꾼 탓에 그들이 지금 어느 바다 위에 떠 있는지도 알 수 없다. 그들을 지켜줄 총알도 거의 떨어져 죽은 이들의 것까지 합쳐봐도 일인당 열 발을 넘기지 못한다. 모하메드는 총을 놓고 갑판 바닥에 눕는다. 머리 위로 수많은 별들이 보인다. 바다는 언제나처럼 말없이 출렁이고 있을 따름이다.

오마르가 항해사에게 손짓으로 유조선의 엔진을 끄고 닻을 내리게 했다. 유조선이 멈췄다. 비틀비틀 배 위를 걷는 그의 몸에서 카트 냄새가 지독하게 풍긴다. 눈이 벌겋게 충혈된 그는 인질들과 죽은 전사들의 돈을 모두 모아둔 금고를 안고 선교 위로 올라간다. 선교까지 따라온 항해사를 발로 차 문밖으로 쫓아낸다. 오마르는 금고를 다리 사이에 끼고 벽에 등을 기댄다.

"이보게! 지금 뭐하는 짓인가!"

배가 멈춘 걸 보고 놀란 압드라만이 선실에서 나와 선교로 올라온다. 오마르가 반쯤 잠긴 눈으로 그의 얼굴을 바라본다.

"꺼져."

"케냐로 가세. 갈 수 있어. 북극성을 보고 방향을 가늠하면 충분히 갈 수 있네. 거기에 내 부모님이 계셔. 거기서 다시 시작하세."

"꺼져, 이사크놈아."

"지금 배를 돌려야 해! 그래야 추적을 피할 수 있네. 움직이지 않고 가만히 있으면 또 그들이 몰려올 게 아닌가. 여기가 어딘지 몰라도 동쪽으로 두세 시간만 달리면 아프리카 대륙이 보일 걸세. 아프리카 대륙만 보이면 케냐로도 갈 수 있어!"

오마르는 입에 가득 물고 있던 카트 덩이를 뱉는다. 그는 주섬주섬 AK소총을 집어들고 압드라만을 겨눈다.

"이 배는 이제 아무 데도 가지 않는다. 여기서 다 같이 죽는 거야. 항해사 새끼는 내가 내보냈다. 그 자식이 다시 여기를 들어오면 쏘겠어. 너도 마찬가지야. 이사크놈, 당장 여기서 꺼져."

압드라만은 그 자리에 멈춰 서 있다. 오마르가 총을 들더니 방아쇠를 당긴다. 압드라만이 바닥에 엎어진다. 압드라만은 자신의 몸을 살핀다. 총을 맞지는 않았다. 오마르가 다시 총을 겨눈다. 압드라만은 급히 뛰어나간다.

"이제 어떻게 하죠?"

모하메드가 갑판 위에 누운 채로 힘없이 묻는다. 압드라만이 그의 곁에 앉는다.

"케냐로 가야지."

"거긴 우리가 들어갈 수 있을까요?"

"하는 데까진 해봐야지. 어쨌든, 어쨌든 우리는 아직 살아 있으니까 말이다."

모하메드는 가만히 하늘을 바라보고 있다.

"오마르는 어떻게 하죠?"

압드라만이 한숨을 내쉬며 두 손으로 얼굴을 감싼다.

"오마르는 넋이 나갔어. 가진 게 많았던 자일수록 그걸 잃었을 때 회복하지 못하는 거야. 아마 그의 가족들은 전부 죽었을 게다. 그게 소말리아 해병대의 방식이야. 누군가를 처벌할 땐 꼭 그의 가족들까지 같이 처단하거든. 화근을 남기지 않겠다는 거지. 오마르도 그걸 알고 있을 거다. 그는 이제 삶의 이유를 잃어버린 거야."

"그러면 어떻게 하죠?"

"하룻밤만 기다려주자꾸나. 해가 뜨면 그도 다시 일어서겠지. 그가 내일도 계속 저렇게 나온다면 그땐 어쩔 수 없다. 어떻게든 산 사람은 살아야 하니까. 너도 선실에 들어가 잠시 눈 좀 붙이도록 해라. 오랫동안 제대로 쉬지 못했잖니. 배는 내가 지키고 있으마. 세 시간 후 교대하도록 하자. 오늘 밤도 길 거야."

모하메드는 고개를 끄덕이고 자리에서 일어난다. 모하메드는 누르딘의 선실에 잠시 들른다. 그는 식은땀을 흘리며 자고 있다. 그의 오른손은 아침보다 더 검게 변했다. 모하메드는 축복을 담아 그의 이마에 키스를 한다.

그날 밤, 압드라만은 모하메드를 깨우러 오지 않았다.

따뜻한 햇살에 모하메드는 눈을 뜬다. 모처럼 몸 안에 새로운 기운이 차오르는 것을 느낀다. 모하메드는 길게 기지개를 켜고 자리에서 일어난다. 누르딘은 여전히 잠들어 있다. 혹시, 하는 생각에 그의 코앞에 손을 대본다. 미약하게나마 따뜻한 콧바람이 그의 손에 닿는다. 모하메드는 고개를 끄덕이며 선실 밖으로 나간다.

갑판에는 아무도 없다. 문득 모하메드는 어젯밤 압드라만의 말을 기억해낸다. '압드라만 아저씨는 왜 나를 깨우지 않았을까?' 갑판 위를 뛰어다니며 압드라만을 찾는다. 어디에도 그의 모습이 보이지 않는다. 모하메드는 문득 인질들 역시 보이지 않는다는 사실을 깨닫는다. 선원들이 쓰던 선실로 뛰어간다. 두 명의 부상자만 남아 신음하고 있다. '압드라만이 인질들을 데리고 도망쳤구나!' 모하메드는 고속보트가 남아 있는지를 확인하러 배 후미로 간다. 고속보트는 그대로 있다. 모하메드는 고개를 갸우뚱한다. 그는 그 일대를 샅샅이 살핀다. 모하메드는 연돌 뒤쪽에 매

달려 있던 구명정이 사라졌다는 사실을 알아챘다. 모하메드는 강한 배신감을 느낀다. 답답함에 바닥을 발로 찬다. 그런데 갑판 바닥에 피 묻은 낫이 보인다. 모하메드는 낫을 집어 든다. 낫에 묻은 피가 아직 식지 않았다. 모하메드는 바닥을 살핀다. 핏방울이 뜨문뜨문 낫이 있던 곳으로 이어져 있다. 핏방울이 시작된 곳으로 가본다. 좌현 난간 근처에 피가 고여 있다. 모하메드는 그곳에서 검은 피부의 손가락 두 개를 발견한다. 모하메드는 몸을 일으키고 바다를 내려다본다. 바다 어딘가에 압드라만이 있을 것이다. 모하메드는 그 자리에 털썩 주저앉는다.

주방으로 간다. 냉장고를 열어 이것저것 살펴보다 냉동고에 보관된 팥 한 봉지를 꺼낸다. 큰 냄비에 팥을 전부 넣고 물과 설탕, 버터를 넣고 한참 동안 휘젓는다. 맛을 본다. 맛이 없다. 모하메드는 설탕을 왕창 집어넣는다.

캄블로를 식판에 한가득 담아 선실로 가져온다. 모하메드는 누르딘을 살며시 흔들어 깨운다.

"다 왔어?"

누르딘이 가느다란 목소리로 묻는다.

"이제 곧 도착할 거야."

모하메드가 대답한다.

모하메드는 분주하게 움직인다. 2리터들이 물병에 물을 담는다. 냉장고에 있는 모든 물병에 전부 물을 채우려 했지만 열두 병째부터 물이 나오지 않는다. 모하메드는 낑낑대며 물병을 갑판 위로 옮긴다. 모하메드는 물병을 다 옮긴 후 문득 찬장을 연다. 찬장 안에서 가장 큰 냄비 뚜껑을 찾아 가지고 나온다.

압드라만의 선실로 간다. AK소총 세 정이 있다. 탄창을 일일이 열어 총알을 한곳에 몰아넣는다. 모하메드는 압드라만의 선실에서 코란 경전을 발견한다. 몇 페이지 넘겨본다. 모하메드는 글을 모르기 때문에 뭐라고 씌어 있는지 알 수가 없다. 모하메드는 소총 세 정과 빈 탄창, 그리고 코란까지 한 아름 들고 갑판으로 간다.

지하 창고로 간다. 창고에선 퀴퀴한 냄새가 난다. 창고에 있는 물건 중 가벼운 가전제품들만 챙겨 갑판 위에 쟁여놓는다. 오마르는 여전히 선교 안에 박혀 카트에 취해 있다. 이따금 그는 큰 소리로 소리를 지른다. 마구잡이로 욕설을 내뱉다가 아무 데나 총을 쏘아 갈긴다. 모하메드는 부상당한 인질들의 식사를 챙겨준 후 갑판에 쌓인 짐 더미 옆에 앉아 캄블로를 먹는다. 남은 캄블로는 냄비째 갑판 위에 둔다.

다른 전사들의 선실에 가본다. 대부분 오마르가 헤집어놔서 엉망으로 흐트러져 있다. 사디요의 선실에는 나무로 만든 조그만 장난감들이 많다. 모하메드는 그에게 그런 취미가 있었다는 사실에 놀란다. 살그머니 부르하안 소위가 쓰던 선장실에도 올라가본다. 책상 위에서 소위의 가족사진을 발견한다. 가족들과 함께 있는 소위는 선글라스를 끼지 않았다. 쌍꺼풀이 진 선한 눈을 늘어뜨리고 소위가 웃고 있다. 모하메드는 주머니에서 부러진 선글라스를 꺼내 책상 위에 둔다. 누르딘의 선실에 간다. 누르딘은 곤히 잠이 들었다. 모하메드는 미리 그의 빨간 가방을 갑판 위에 내놓기로 한다. 빨간 가방을 집어드는데 지퍼가 열려 속에 있는 것들이 보인다. 가방 안 잡동사니 사이에 지저분한 회색 양말이 있다. 발목까지 올라오는 긴 양말 안에 무언가 종이 뭉치 같은 것들이 들어 있는 것 같다. 모하메드는 MP3를 듣기 위해 누르딘의 가방 속을 여러 번 뒤져봤었지만 저 양말은 처음 보는 것이다. 모하메드는 양말을 꺼내 속에 손을 집어넣어본다. 16,700실링이 그 안에 들었다. 모하메드는 라시드가 도둑놈이라 부르며 모하메드를 저주했던 것이 떠오른다. 모하메드는 누르딘을 본다. 그는 죽은 것처럼 잠들어 있다. 모하메드는 양말을 가방 안에 넣고 지퍼를 잠근다.

해가 저물어간다. 해가 질 때까지 모하메드는 물을 다섯 번 마셨고 캄블로를 두 번 더 꺼내 먹고 오마르가 있는 선교를 마흔여섯 번 올려다봤으며 오줌을 세 번 누고 대변도 한 번 봤다. I-Moby Dick호는 어둠에 잠긴다. 모하메드는 가만히 서서 바다를 바라본다.

짙은 안개에 달도 보이지 않는 밤. 먹빛 고요 속 바다가 있다.

모하메드는 AK소총에 준비해둔 탄창을 결합하고 단단히 총자루를 거머쥔다. 모하메드는 선교로 올라간다. 한 층 한 층 올라갈수록 심장박동이 빨라진다. 모하메드는 도둑고양이처럼 발소리를 숨기려 하지 않는다. 당당하게 가슴을 펴고 걸어올라간다. 마침내 선교 문 앞에 섰다. 모하메드는 짧은 한숨을 내쉰 후 문고리를 잡고 문을 열어젖힌다.

"총 내려놔."

AK소총을 들고 선 오마르가 말한다. 모하메드는 문을 여느라 오마르를 겨누지 못했다. 오마르가 빠진 이를 드러내고 히죽 웃는다. 모하메드는 바닥에 총을 내려놓는다.

"난 알고 있었지. 결국 너는 내 손에 죽을 운명이라는 걸."

오마르가 침을 질질 흘리며 웃는다.

"소말리아로 돌아가요. 여기엔 아무 희망도 없어요. 미군이든 소말리아 해병대든 곧 우리를 잡으러 올 거예요. 같이, 같이 소말리아로 돌아갑시다."

"소말리아로 가자고? 그래, 어디로 가자는 말이냐?"

"남쪽이든 북쪽이든 상관없어요. 어쨌든 우리가 나고 자란 땅으로 돌아가는 거예요."

"멍청한 새끼야. 우리가 가면 누가 반겨줄 줄 아느냐. 알 샤바브 놈들은 해적이라면 죄 잡아 죽이는 놈들이야. 푼틀랜드라고 우리 하위예 족을 반길 것 같아? 우린 돌아갈 곳이 없다. 우린 이제 죽는 수밖에 없어."

"여기 있으면 반드시 죽어요. 고속보트를 타고 도망가면 어떻게든 살 수 있을지 몰라요."

"난 그게 싫은 거야, 제기랄. 이제 도망가는 건 지긋지긋해. 난 복수를 해야겠다. 지금 나에게는 정확히 여덟 발, 여덟 발의 총알이 있지. 일곱 발은 아무렇게나 써도 상관없어. 그러나 이 한 발, 이 한 발은 어디에 쏠지 내가 정해놨어. 미군이든 누구든 가까이 와보라 그래. 나는 석유 탱크 뚜껑을 열고 거기에 총을 쏠 거다. 알겠냐. 엄청날 거야. 이 배에 30만 톤이나 기름이 가득 차 있다는 거 아니겠냐. 엄청난 대폭발이야. 어떤 군함이든 우리 배 가까이에만 있으면 같이 박살나버릴걸. 난 그들에게 보여주고 말 테다.

내가 어떤 놈인지 확실히 보여줄 거란 말이야. 이제 그게 내가 사는 이유야. 아, 그보다 참 먼저 네놈 머리통에 구멍을 내줘야지."

오마르가 눈을 번득이며 총을 겨눈다.

"그럼 저라도 보내줘요. 저는 살아야겠어요. 제겐 가족들이 있어요. 그들은 케냐 이스트레이 난민수용소로 갔어요. 아직 살아 있을 거예요. 저는 돈을 벌어서 가족들과 다시 같이 살 거예요. 저는 이 배에서 내리겠어요."

"그건 안 된다."

오마르가 말한다.

"왜요?"

"날 죽이러 온 놈을 살려보내줄 만큼 나는 착하지 않아. 너는 여기서 내 총에 맞고 죽는 거야."

오마르가 AK소총을 장전한다. 탄알이 약실에 들어가는 소리가 들린다.

"저는 아저씨를 죽이러 오지 않았어요! 같이 가자고 권유하러 온 거예요!"

모하메드가 외친다.

"넌 말이야, 정말 간악한 놈이다. 그거 아냐? 나는 정말 네놈이 싫어. 널 내 손으로 죽이게 되어서 너무 기쁘다."

"확인해보세요."

"뭐?"

"제 총 말이에요. 제 총을 보면 알 수 있을 거예요."

"또 무슨 야비한 수작이냐, 이 개 같은 새끼야."

오마르가 험악하게 소리친다. 그는 총을 고쳐 잡고 제대로 모하메드의 머리를 겨눈다. 모하메드는 발아래 내려놓은 AK소총을 오마르 쪽으로 밀어낸다. 오마르가 그의 발치로 온 AK소총을 본다.

"확인해보세요. 저는 아저씨와 함께 가기 위해 온 거예요."

오마르는 왼손으로 모하메드의 총을 집어든다. 총을 장전시킨다. 오마르가 웃는다. 그는 모하메드의 총을 모하메드에게 겨눈다. 모하메드는 가슴을 펴고 서 있다. 총구가 모하메드의 머리 쪽을 향한다. 모하메드의 턱 근육이 긴장한다. 오마르가 방아쇠를 당긴다. 픽, 소리가 난다. 총알이 들어 있지 않은 총이다. 오마르가 그의 총을 내던진다.

"그래서 어쩌란 말이냐, 이 멍청한 놈아! 이 개 같은 새끼, 정말 열받게 하는군. 네놈이 하는 짓은 하나부터 열까지 전부 마음에 안 들어. 처음부터 그랬고 지금도 그래. 제기랄, 진짜로 네놈 머리통에 구멍을 내줄 테다!"

오마르는 목에 핏대를 세우며 소리친다. 그의 눈에 광기가 일렁인다. 오마르는 성급히 자기 총을 집어든다. 모하메드는 물러나지 않고 오마르를 바라보며 언성을 높인다.

"산 사람은 살아야 한다고 아저씨가 말했잖아요! 우리는 아직 살아 있어요. 어떻게든 살아야죠! 누르딘도 아직 살아 있어요. 제 가족들도 살아 있을 거예요. 아저씨네 가족들도 살아 있을지 몰라요. 포기하지 마세요. 저 보트 한 척으로 살아남기 위해선 아저씨의 도움이 필요해요!"

"내 가족들은 모두 죽었어. 나는 알고 있다. 내게 거짓말을 할 생각은 마라. 이제 소말리아는 지긋지긋해. 빌어먹을 죽음의 땅일 뿐이야. 제기랄, 대체 왜 내가 살아야 한다는 거냐! 난 복수를 하고 싶어! 최대한 많은 놈들의 대가리를 터뜨리고 싶단 말이다!"

"압드라만의 방에서 코란을 찾았어요. 라시드의 아들이 아직 살아 있을지 몰라요. 그에게 코란을 읽게 해주자고요. 그를 아저씨의 아들로 삼으면 되잖아요. 아저씨가 아이들은 코란을 읽어야 한다고 하셨잖아요!"

오마르가 고개를 세차게 젓는다. 그의 눈이 벌겋게 물든다.

"난 다 끝났어. 이제 더는 싫어…… 더는 싫어!"

오마르가 총을 똑바로 잡는다. 총소리가 선교 안을 채운다.

누르딘은 총소리에 잠에서 깬다. 그러고는 힘없이 눈을 뜬다. 팔이 아프다. 누군가 수십 개의 톱으로 조금씩 그의 팔을 썰어내는 것 같다. 누르딘은 얼굴을 일그러뜨린다. 발소리가 들린다. 시끄럽고 둔탁한 발소리가 복도를 지난다. 누르딘은 겁에 질린다. 저건 분명 카트에 취한 오마르의 발소리다! 옆을 본다. 그의 AK 소총이 없다. 갑판으로 나갔던 발소리가 돌아온다. 누르딘은 눈동자만으로 좌우를 살핀다. 발소리는 가까워졌다 멀어진다. 누르딘은 그 소리가 어디서 나는지를 가늠할 수가 없다. 발소리가 계속 들린다. 마치 그의 머릿속에서 발소리가 들려오는 것 같다. 두려움에 몸이 떨린다. 발소리가 천천히 다가온다. 선실 문이 열리는 소리가 들린다. 발소리가 다가온다. 누르딘의 바로 앞까지 다가온다. 누르딘은 눈을 감고 죽고 싶지 않다는 생각을 한다. 누르딘의 몸이 떨린다.

"이제 다 끝났어."

얼굴이 창백해진 모하메드가 속삭인다. 누르딘의 얼굴에 미소가 번진다.

"어떻게 된 거야?"

누르딘이 묻는다.

"다 잘 끝난 거야."

모하메드가 대답한다. 모하메드는 그에게 등을 들이댄다. 누르딘은 잠시 주저하다 왼팔로 그의 목을 휘감는다. 오른팔이 공중에서 덜렁거린다. 누르딘은 이를 악물고 고통을 참는다. 모하메드는 누르딘을 업고 자리에서 일어난다.

"보트를 타고 갈 거야. 조금만 가면 돼."

모하메드가 말한다. 누르딘은 고개를 끄덕인다.

"총, 메고 갈 거야?"

누르딘이 묻는다. 모하메드는 고개를 끄덕인다.

"그럼 어디를 가도 우리가 해적인 걸 알 텐데."

"안 보이게 숨겨두면 돼. 우리는 우리 자신을 지켜야 해."

모하메드가 강인하게 말한다.

모하메드는 누르딘을 업고 갑판 위를 걷는다. 바다 위에 내린 고속보트 한 대가 보인다. 보트 위에는 모하메드가 준비해둔 물건들이 쌓여 있다. 오마르가 유조선 안에 있는 돈을 모아둔 금고도 보인다. 누군가 운전대 쪽에서 움직이고 있는 것 같다. 금고 뒤쪽에 붕대를 감고 누운 인질 두 명도 보인다.

"저들도 데려가는 거야?"

"응."

"왜?"

"저들도 언젠가 우릴 살릴지 모르잖아."

누르딘은 아무 말 없이 모하메드의 등을 꼭 끌어안는다. 모하메드는 고속보트를 타기 위해 유조선 밖으로 향하는 지하 계단을 내려간다. 누르딘의 오른팔이 흔들린다. 누르딘이 어금니를 꽉 깨문다. 누르딘은 왼팔로 자기 목에 걸린 목걸이를 만진다.

"내가 비밀 하나 알려줄까?"

"뭔데?"

모하메드가 묻는다.

"내 이름은 누르딘 파라가 아니야. 그건 난민수용소에서 만난 어떤 형의 이름이었어. 그는 고아들 중에서 가장 날래고 똑똑했어. 내가 아주 어려서 음식을 혼자 구하지 못했을 때 그가 다른 이들의 음식을 훔쳐서 내게 나눠줬지. 그런데 어느 날 그가 어떤 할망구의 빵을 훔치다 할망구의 아들에게 붙잡혔어. 아들은 덩치가 아주 큰 사람이었지. 그는 형을 미친 듯이 때렸어. 백인들이 말려서 겨우 풀려났지. 하지만 백인들은 형을 치료해주지 않았어. 형은 수용소 안에서 말썽꾸러기로 악명이 높았거든. 형은 피투성이가 된 채 한 달간 제대로 움직이지 못했어. 근데 그거 알아? 나는 내가 훔친 음식을 그에게 나눠주지 않았어. 형이 죽어가고 있는 걸 알면서도 말이야. '먹을 것 좀 있니?'라고 물어보면 난 음식 냄새가 날까봐 입을 가리고 '오늘도 없어. 미안해'라고 말했어. 그는 결국 죽었어. 비참하게 굶어죽은 거야."

누르딘이 말한다. 모하메드는 잠자코 계단을 걷는다.

"난 알아. 넌 작고 힘없는 아이였잖아. 너도 몹시 배가 고팠을 거야. 음식을 훔치는 게 어린 너로선 쉬운 일이 아니었을 거야. 너로서도 도저히 어쩔 수가 없었을 거야."

모하메드가 말한다. 누르딘이 그의 등에 얼굴을 묻는다. 그의 등이 축축이 젖어온다.

"내 이름은 누르딘 파라가 아니야. 내 진짜 이름은 어머니가 주신 목걸이 뒤에 씌어 있어. 내 이름은 자마 구레야. 자마 구레 모하메드 날레예 가테 에도이 사헬 베넨 사마타르 르블레 마탄*이 내 진짜 이름이야. 나는 다로드 족이야. 그거 알아? 다로드 족은 용감한 사자의 후손이라는 거. 난 죽지 않을 거야. 난 반드시 살아남을 거야."

모하메드는 고개를 끄덕인다. 두 번, 세 번 고개를 끄덕인다. 그는 유조선 밖으로 나가는 외부 창의 문을 연다. 바다 냄새가 그들의 폐 속에 가득 들이찬다. 고속보트에 시동을 건다. 엔진이 움직이기 시작한다. 고속보트가 바다를 헤치고 빠르게 나아간다. ■

---

* 소말리아 사람들은 이름이 길다. 그들은 조상들의 이름을 대대로 물려받는다.

수상소감

1월 17일 월요일이었습니다. 모르는 번호로 전화가 와서 열람실 밖으로 나갔습니다. 전화를 끊고 로비를 서성거렸습니다. 엘리베이터 옆 정수기에서 물도 조금 마셨던 것 같습니다. 열람실로 다시 들어가 가방을 쌌습니다. 지하철역으로 내려가며 핸드폰을 들었습니다. 여자친구에게 전화를 걸었습니다. 곧이어 어머니에게 전화를 걸었습니다. 친구들에게 전화를 걸었습니다. 급한 마음 탓에 누구와도 오래 통화할 수 없었지만 누구에게든 전화를 하지 않곤 견딜 수가 없었습니다. 홍대입구로 가야 하는 2호선 지하철은 왕십리에서 건대를 넘어 강변, 잠실까지 달려갔습니다. 반대 방향으로 가는 지하철을 탔다는 사실도 알아채지 못한 채 저는 핸드폰을 붙들고 무언가 열심히 떠들어대고 있었습니다.

소설가가 되고 싶다고 생각했지만 정말 될 거라곤, 그러니까 문학동네 편집부장님이 "소설가 명함 하나 만들어줄까요?"라고 말씀하시는 걸 듣게 될 거라곤 상상하지 못했습니다. 등단을 준비하는 건 참으로 어려운 일입니다. 다른 시험처럼 점수가 매겨지는 게 아니라서 내가 어느 정도인지, 얼마나 더 준비해야 하는지를 알 수가 없습니다. 또 습작이라는 게 비생산적으로 생각되기 쉬운 일입니다. 열람실에 연습장 하나 끼고 앉아 하루 종일 상상 속에서 누군가 웃고 이야기하고 싸우는 것만 생각하다보면 어느새 11시. 낙서와 메모가 가득한 종이 앞에 문득 허탈해지는 겁니다. 무엇보다 어려운 건 종착지가 어디인지도 모르겠다는 점입니다. 출판사나 신문사에서 내 글을 소설로 인정해주지 않는다면 내가 쓴 글은 다만 사용된 종이일 뿐입니다. 그들을 놀라게 할 만한 좋은 소설을 써야지, 하지만 좋은 소설이 대체 무엇인지를 알 도리가 없습니다. 재미가 있어야 좋은 소설일까요? 아니면 감동이 있어야 합니까? 삶에 대한 통찰이나 인류에 대한 고민이 있어야 좋은 소설인가요? 사실 전 아직 소설이 무엇인지조차 알지 못하겠습니다. 그런데, 어디까지 왔는지를 알 수 없고 이 길이 맞는지도 확신할 수 없으며 내가 걷고 있는지 뛰고 있는지 춤추는 건지 노래하는 건지도 모르겠고 심지어 종착지가 어딘지 알 수가 없는 길 위에 있던 저에게 문학동네가 말해준 것입니다. "축하해요, 하상훈군. 대학소설상을 받게 되었어요."

아— 어쨌건 이제 소설가가 되었습니다. 토익 공부와 대외 활동, 봉사활동, 한자, 한국사, 국어능력시험, 쌍꺼풀 수술, 치아 교정 등은 조금 더 뒤로 미뤄두어도 될 것 같습니다. 여전히 좋은 소설이 무엇인지는 잘 모르겠고 앞으로도 앞인지 뒤인지 자갈밭인지 바닷속인지 모를 길을 가게 되겠지만 예전보다는 편한 마음으로 걸을 수 있을 것 같습니다. 소설에 대해 한 가지 아는 게 있다면 소설은 읽어줄 이가 있어야 한다는 겁니다. 많은 이들이 제 글을 읽어주셨으면 좋겠습니다. 제 글을 읽고 누군가 어떤 맥락에서든 '좋다'라고 느끼신다면 더없이 행복할 것 같습니다.

책이 나오기까지 고마운 분들이 정말 많습니다. 머리 숙여 감사하다고 인사드립니다. 바다 건너 소말리아 사람들에게도 인사를 전합니다. 소말리아에 한 번 가본 적 없는 제가 당신들에 대해 감히 이야기했습니다. 분명 사실과 다른 부분이 있을 것입니다. 의도한 건 아니지만 여러분들을 분노케 하는 내용이 있을지도 모를 일입니다. 미리 사과의 인사를 드립니다. 당신들의 미래에 축복이 깃들기를 기원합니다.

그리고 참 그 저기하지마는 늘 함께해준 영화에게도 또 참 그 고맙다는 말을 하고 싶습니다. 종종 섭섭하게 하고 둔해서 잘 모르고 때로 화도 내고 삐치기도 하고 참 여러모로 그렇고 그러하지마는 참 그게 거시기하고 그런 것이지요. 늘 고맙고 응응.

심사평

권희철(문학평론가)

하상훈씨의 『아프리카의 뿔』은 마지막까지 경쟁한 세 작품 가운데서도 가장 모범적인 장편소설이라고 부를 만했다. 우리에게는 별로 알려져 있지 않은 소말리아에 대한 자료들을 성실히 추적하면서 언론이 유포시키는 소말리아 해적들의 이미지(죄의식이 결핍된 시대착오적 악당들)에 맞서 스스로를 '소말리아 해병대'로 지칭하며 제국주의자들과 싸울 수밖에 없는 소말리아의 역사에 접근하려는 노력을 보여주고 있다는 점, 이러한 접근이 선한 피해자와 악한 가해자의 이분법으로 단순화되지 않도록 소말리아 내부의 균열과 갈등의 지형도 또한 섬세하게 관찰하고자 한 점, 소말리아 해적들의 원양어선 납치에서 미군 함정과의 전투에 이르기까지 세세한 디테일들을 설득력 있게 형상화하고 있다는 점. 이 세 가지 방향에서 모두 성공을 거두고 있다는 점에서 『아프리카의 뿔』을 뛰어난 장편소설로 인정할 수밖에 없었다. 왜 이런 이야기들이 우리말로 쓰여져야 하는가에 대한 지적도 있었지만, 오히려 이 점에서 이 작품의 특징을 찾을 수도 있으리라는 생각이 들었다. 이제 한반도 내의 사건들과 역사들을 관찰하는 소설적 시야가 협소하다고 느끼는 세대가 등장하고 있음을 여기서 예감할 수 있다면 어떨까. 『아프리카의 뿔』 안에서 우리의 현실을 찾아볼 수 없다는 인상을 받게 되는 것은 이 작품의 시점이 인공위성의 높이에서 지구적 관점을 제시하고 있기 때문일 텐데, 그것은 현실과 동떨어진 이야기라기보다는 현실을 더 큰 맥락 속에서 이해하려는 관점일 수도 있을 것이다. 소말리아 해적들의 원양어선 납치라는 국제관계 속에 우리의 현실이 끼어들어가고 있음을 혹은 거기에서 우리의 어떤 현실이 은폐되고 있음을 알아차리고 있는 이 작품은 우리가 현실을 이해하는 또다른 관점을 자극하고 있지 않은가.

개인적인 경험을 고백하는 것이 허락된다면, 일단 심사자가 되고 나면 도무지 응모작들을 제대로 읽을 수가 없다는 점에 대해 말해두고 싶다. 응모작들의 수준이 형편없다고 느끼게 된다거나, 응모작이 너무 많아 읽을 시간이 부족하다는 이야기를 하려는 것이 아니다. 일단 심사를 해야겠다고 생각하고 나면, 그때부터는 응모작에 대한 이러저러한 논평들과 어쩌면 내가 잘못 읽는 바람에 중요한 작품을 놓칠지도 모른다는 불안감이 한꺼번에 떠드는 바람에 내 목소리의 방해를 받아 작품 속으로 빠져드는 일이 쉽지 않다는 말이다. 아마도 심사하기에 나의 자질이 부족한 탓이겠지만, 이런 경우에도 심사가 불가능하지는 않다. 어떤 작품들과의 만남은 내가 작품의 순위를 매기고 있다는 사실 자체를 잊게 하고, 읽기를 방해하는 시끄러운 나의 목소리를 침묵하게 할 때가 있다. 어떤 작품이 내가 심사중이라는 사실을 잊게 만드는 순간, 그 작품이 나의 심사를 통과하는 것이다. 이종산씨의 『코끼리는 안녕』이 그런 경우였다. 『코끼리는 안녕』이 내가 더이상 떠들지 못하도록 만든 그 지점, 드라큘라와 마리의 대화가 시작된 그 지점을 뭐라고 말할 수 있을까. 두 사람의 대화에는 언제나 약간의 비약, 약간의 어긋남이 포함되어 있다. 이 때문에 말과 말 사이에 미묘한 긴장이 발생하고 이 긴장의 압력이 대화가 끊기지 않게 한다. 무라카미 하루키는 한 인터뷰에서 대화가 쓸데없이 끝나지 않게 하는 것이 중요하다고 지적한 적이 있는데, 아마도 『코끼리는 안녕』이 그에 대한 적절한 사례가 될 수도 있겠다. 하지만 그보다 더 중요한 것은 매우 적절한 시점에서 대화를 끝내는 것인지도 모른다. 이 점에서도 『코끼리는 안녕』은 특별한 감각을 발휘한다. 결정적인 것을 말해야 하는 자리에서 딴청을 부리며 대화를 중단시키거나 화제를 전환하는 방식으로, 이 작품은 말하지 않은 채로 무엇인가를 강조할 줄 안다. 이 독특한 어법 때문에 이 작품은 드라큘라와 마리 사이의 미묘한 연애감정의 그물망 안으로 독자들을 유혹하는 데 성공한다. 그러나 그것만으로 되는 것일까. 이것이 장편소설로 분류되는 이상 무엇보다 어떤 이야기의 흐름이 우선되어야 하는 것이 아닌가. 아마도 그럴 것이다. 그럼에도 나의 침묵의 체험은 이종산씨에 대한 나의 선택을 포기할 수 없게끔 강요하고 있었다. 저 매력적인 대화들은 여기에 어떤 서사의 힘이 결핍되어 있는 것이 아니라, 우리가 아직 잘 모르는 새로운 스타일의 이야기가 시작되고 있는 것이라는 강력한 예감을 갖게 만들었기 때문이다.

하상훈, 이종산 두 작가의 탄생을 진심으로 축하한다.

서영채(문학평론가)

심사에 임하다보면 견해나 취향의 현격한 차이 때문에 놀라게 되는 경우가 종종 있다. 이번 심사 역시 그랬다. 심사과정에서 논란의 대상이 되었던 작품은 『아프리카의 뿔』『105B』『코끼리는 안녕,』 세 작품이었다. 길고 힘든 논의 끝에 결국 『코끼리는 안녕,』과 『아프리카의 뿔』이 공동 수상작으로 결정되었다.

수상작으로 선정된 두 작품이 모두 특별한 장점들을 지니고 있다는 점은 부정할 수 없다. 하상훈씨의 『아프리카의 뿔』은 소말리아 해적들의 이야기를 정공법으로 다룬 소설인데, 서사의 초점화자가 소말리아 청년이다. 이십대의 대학생이 이런 이야기를 책 한 권의 분량으로 솜씨있게 다루어낸다는 것 자체가 내겐 경이로웠다. 이 작품에서 보여준 재능과 집중력이라면 그의 작가로서의 밝은 가능성을 점치기에 충분해 보였다. 또 이종산씨의 『코끼리는 안녕,』은 서사의 새로운 감각이라는 점에서 매우 뜨거운 지지를 받았다. 비록 거기에 동의할 수는 없었지만, 내가 인정할 수 있는 사람들에게서 그런 강력한 지지를 받을 수 있다는 것 자체를 높이 평가하지 않을 수 없었다. 이종산씨가 앞으로 써낼 작품들이 차차 나를 설득해주리라고 믿는다.

윤대녕(소설가)

하상훈씨의 『아프리카의 뿔』이 당선작으로 뽑힌 것은 대학생으로 짐작하기 어려울 정도로 이야기의 스케일이 크고 주제가 묵직하다는 미덕 때문이었다. 몇 년 전 소말리아 해적들에 의해 납치된 동원628호 사건을 모티프로 삼은 이 작품은 강대국의 지배욕망에 의해 약소국이 일방적으로 피해자로 전락하거나 경제적으로 이용되는 현실을 박진감 있게 그려내고 있다. 미국 군함이 인질들이 타고 있는 동원호를 폭파시키고 소말리아 해적의 소행으로 발표하는 장면이 그러하다. 또한 이 작품을 쓰기 위해 작가가 자료조사를 포함해 소말리아의 역사에 대해 관심을 가졌던 흔적도 평가할 만한 대목이다. 마지막 장면의 반전도 주제를 효과적으로 부각시키고 있다. 그런데 내가 이 작품을 애초에 당선작으로 염두에 두지 않았던 것은 진부한 구성방식과 특히 전반부의 느슨한 전개 때문이었다. 또하나 마음에 걸렸던 점은 바로 시점의 문제였다. 이 소설은 서사의 주체가 소말리아 해적이면서 동시에 17세 소년(모하메드 이브라힘)이 화자의 역할을 맡고 있다. 소설 양식에서 이야기의 주체는 본질적으로 모국어를 사용하는 작가이다. 말하자면 주체의 확보를 통해 비로소 이야기가 시작되어야 한다. 그렇다면 납치된 동일13호의 선원들이 서사 주체가 되어야 하지 않겠냐는 것이 평소의 내 소설론적 믿음이었다. 그러나 이 작품을 당선작으로 밀었던 심사위원은 관습화된 시점의 틀을 벗어나 새로운 시도를 보여주고 있다는 점을 오히려 긍정적으로 평가했다.

이종산씨의 『코끼리는 안녕』은 단문으로 이어지는 매우 감각적인 문장을 구사하고 있다. 작가 자신이 '판타지 로맨스'로 명명했듯 이 작품은 현실과 환상적인 요소를 재치있게 겹쳐놓으면서 '자기가 만들어낸 환상의 세계에서 살고 있는 사람들'의 이야기를 하고 있다. 허언증을 앓고 있으면서 관을 만드는 것이 직업인 주인공 마리, 버림받은 후에도 그 사랑의 환상을 찾아 떠도는 드라큘라, 그를 사랑하는 미라, 동물원 조련사 민구 등등의 인물이 정령처럼 등장해 마치 한 편의 동화 같은 이야기를 들려주고 있다. 나는 에피소드식으로 나열되는 이야기의 연결이 부자연스럽게 다가오고, 또 긴장을 유지하는 유기적인 힘이 약하다고 판단해 이 작품을 당선작으로 뽑는 데 선뜻 동의하지 않았다. 또한 소설의 현실 연관성에 대해 생각하면서, 이 작품이 보편적인 공감대를 이끌어낼 수 있을지에 대한 의구심에 시달렸다. 하지만 심사위원 다수의 의견은 이 작품이 가진 독특한 상상력과 참신함을 높이 평가하면서 앞으로의 가능성에 무게를 두는 분위기였다. '너무나 단순하고 복잡해서 이해할 수 없는 이야기'일 수도 있는 이 소설은 어쩌면 전혀 새로운 감각의 출현을 뜻하는지도 모른다. 그렇다면 또다른 세대감각의 표현으로 해석할 수도 있을 것이다.

이번 심사과정을 통해 나는 신인작가의 탄생에는 어느 정도 운명적 요소가 작용한다는 것을 새삼스럽게 깨달았다. 앞으로 더 좋은 작품을 쓸 수 있는 작가로 거듭나기를 바라며, 두 분 당선자에게 진심으로 축하를 보낸다.

편혜영(소설가)

하상훈씨의 『아프리카의 뿔』은 부르하안이 이끄는 소말리아 해적단이 동일13호를 납치하면서 벌어지는 이야기를 다룬 작품이다. 읽는 동안 탁월한 이야기꾼의 자질에 자주 감탄했다. 치밀하게 자료조사를 하여 소설로 빚기까지의 노고와 작가의 공력이 고스란히 느껴지는 작품이었다. 인물을 형상화하는 능력도 빼어나서 소설을 읽으면서 모하메드 이브라힘이라는 소말리아 해적단 막내 소년의 너스레를 떠는 말투와 낫을 쥔 모습이 생생하게 그려지는 듯했다. 작가는 자칫 주변부로 소홀하게 다루기 쉬운 인물들에게도 각별한 애정을 쏟아, 누르딘이나 압드라만, 압켈과 오마르 같은 인물들도 생동감 있는 캐릭터로 탄생시켰다. 그 덕분에 이 인물들이 타고 두 달간 바다를 떠돌게 되는 동일13호는 인간사의 생존과 죽음, 갈등과 음모, 탐욕과 이기가 한데 버무려진 매력적인 공간이 되었다. 소말리아 해적단의 지난한 모험을 세계 정세에서 소외된 변방의 이야기나 역사의 일부로서 증언하는 데 그치지 않고 한반도에 사는 우리들의 이야기로 환원해낸 솜씨가 매력적이었다. 남들은 다 총을 가지고 있지만 기껏 낫을 가지고 있고, 분노할 때면 고작 낫을 쥔 손에 힘을 주는 게 전부였던 모하메드가 소설 속 사건을 통과하면서 강인한 전사로 살아남아 결국 총을 쥐게 되는 과정에 동참하다보면, 이 소년의 처참한 성장담이 머나먼 소말리아 해적단의 이야기로서만이 아니라 역사와 거대 권력의 모략 앞에서 무참히 짓밟힐 수밖에 없는 나약한 개인의 이야기라는 것에, 그러므로 주변국 정세에 휘둘리고 강대국의 논리에 좌우되는 우리나라의 이야기이기도 하고 바로 볼품없는 '나'의 이야기이기도 하다는 것에 수긍하게 된다. 그런 점에서 소설 초반부를 읽으면서 드는 의문, 왜 하필 지금 뜬금없이 머나먼 나라의 해적 이야기를 다루어야 하는가라는 생각이 말끔히 해소된다. 실패가 자명한 소말리아 해적의 노략질은 이 시대를 살아가고 있는 한 나약한 개인의 투철한 생존기에 다름아니니까. 소설 초반부에 나열된 다수의 낯선 등장인물들 때문에 진입이 다소 어렵기는 했으나 중반으로 갈수록 간명하고 하드보일드하게 사건을 전달하는 문장에 빠져들게 되고, 사건이 긴박하고 흡인력 있게 전개되는 것도 크나큰 매력이었다. 그러나 주제나 소재를 다루는 방식, 사건 전개와 구성 등이 지나치게 능수능란한 것이 오히려 마음에 걸렸다. 새로울 것 없는 감성과 휘발된 세대의식 같은 것도 걸렸으나, 이 작품의 장점은 그러한 우려를 불식시켰다. 탄탄한 구성과 안정된 문장력, 거침없는 전개와 내공이 엿 보이는 성실함 같은 것들은 작가적 자질에 있어서는 한 치의 의심도 없는 것들이었다. 이 작가의 빼어난 역량과 성실함에 아낌없는 박수를 보낸다.

이종산씨의 『코끼리는 안녕』은 간명하게 보면 드라큘라와 '마리'라는 인물의 담백하고 무덤덤한 연애소설이다. 여기에 말하는 코끼리 살해사건이 얽혀들어가면서 마리가 뜻하지 않게 누명을 쓰는 이야기와 드라큘라와 그의 연인 '미라'의 과거사가 중첩되어 전개된다. 이 작품은 구성이 다소 허술하고 작법상 정교하지 못한 구석이 많아 후반부로 갈수록 공백이 보였다. 드라큘라의 진술에 의존해서 환생과 그의 도서관, 거기에 얽힌 현대사를 풀어나가는 장면이나 죽은 코끼리의 배후인 존이 등장하는 장면에서는 서사의 중심이 다소 흔들리는 느낌이었다. 작가가 소설을 많이 써본 사람이라는 믿음을 주지도 않았고, 다정하고 따뜻하게 느껴지지만 말의 재치가 전부인 것처럼 오해될 여지가 있는 문장도 많았다. 그럼에도 불구하고 나는 이 작품이 주는 따뜻한 거짓말의 감각에 대한 신뢰를 놓지 못했다. 이 작가가 구사하는 낯선 감각과 문장이 주는 매력은 작품의 구성적 허약함과 명확하지 않은 디테일들에 대한 우려를 거뜬히 잠재울 만한 것이었다. 이 소설의 매력은 서사 자체에 있다기보다는 서사를 이끌어가는 작가의 독특한 발성과 무심한 감성에 있다. 슬픔과 우울이, 고독과 유머가, 분노와 무심이 한데 버무려져 압축된 문장들에서는 분노와 절망, 희망이 무화된 이 시대 젊음의 무표정과 무덤덤함이 엿보였다. 이 소설에 나타나는 현실은 우회적이고 간접적이지만, 그래서 직접적으로 현실을 발화하는 여타 소설에 비해 허황되고 낭만적인 것처럼 보이기도 하지만, 나는 이 소설에 드러나는 인물의 무심과 고독, 계속되는 거짓말의 감각이야말로 현재적이고 현실적인 것이라고 생각되었다. 가죽과 상아를 얻기 위해 말하는 코끼리를 죽여버렸다는 누명을 쓰고 검찰 측의 거짓 진술에 어쩔 수 없이 동의하여 교도소까지 다녀오게 되는, 현실로부터 얼마간 부양한 서사에도 이내 동의하게 되었다. 짐짓 딴청을 피우며 말하는 인물들, 사랑하는 '미라'를 잊지 못해 끝없이 그 이야기를 반복하는 드라큘라, 버려진 것들에 애착을 보이는 민구, 드라큘라를 떠나 코끼리 뱃속에 들어가서 살게 된 미라 같은 인물들을 보면 이 작가가 말의 결을 다듬고 인물의 내면을 어루만져 정서를 창출하는 데 뛰어난 능력이 있다는 생각이 든다. 소설을 쓰려는 사람이 빼어난 이야기꾼이면 더할나위없이 좋겠지만, 이 작가는 소설의 감동이 본령인 이야기에서만 오는 것이 아님을 알고 있는 것 같다. 섬세하게 다듬어진 문장, 딴청을 피우며 진심을 숨기는 인물들의 대화, 썰렁하지만 따뜻하고 재치있는 유머, 호들갑스럽지 않게 그저 옅은 미소가 전부인 인물들을 따라가다보면, '말로 사귀지 않으니 친하'다는 드라큘라의 생각에 수긍하게 되고, '아무것도 아니었던 게 될 거라고 해서 아무것도 아니었던 건 아'닌 것처럼, 발화되지 않은 이면과 거짓말로 감춰진 내면에서 진심을 보는 웅숭깊은 시선을 느낄 수 있다. 마리와 드라큘라의 사랑이라는 것은 기실 시시하기만 해서 동물원을 산책하고, 기린을 보고, 물개쇼를 보고 드라큘라의 옛사랑 이야기를 전해듣는 게 전부이지만, 이들을 지켜보자면, 사랑이라는 것은 그저 이들처럼 서로 이야기 결을 쓰다듬어주고, 그리하여 서로가 나눈 이야기에 물처럼 고요히 스며드는 게 전부인지도 모른다는 생각이 들었다.

각기 다른 개성을 지닌 두 명의 수상자들에게 축하를 드린다.

|수상작가 인터뷰|

오른손잡이의 왼손, 왼손잡이의 오른손

권희철

하상훈씨와 이종산씨의 공동수상이 결정됐을 때, 우리는 곧바로 수상자들을 불러 함께 축하해주기로 했다. 우리가 수상작으로 뽑을 수밖에 없었던 그 '물건'들을 만들어낸 사람들을 곧 만나게 되리라는 가벼운 흥분과 함께, 그들이 기뻐하는 모습을 옆에서 지켜보며 그들의 몫이 되어야 마땅한 그 기쁨을 조금쯤은 나눠가질 수 있으리라는 기대 같은 것도 있었던 것 같다.

하지만 두 사람은 그런 기대에 별로 부응해주지 않았다. 수화기 너머로 당선 소식을 전해들은 두 사람의 목소리는 예상외로 담담했고, 하다못해 '아!'나 '어머!'와 같은 평범한 감탄사도 없었다. 두 사람은 통화가 끝나고도 한참 뒤에야 도착했고, 생각만큼 기뻐하는 것처럼 보이지도 않았다. 수상자들과 함께 호들갑 떨 준비를 하고 있던 나는 조금 민망해지고 말았다. 오히려 잠잘 준비를 하고 있었다는 이종산씨의 저녁시간을 귀찮게 한 것은 아닌지, 도서관에서 과외 준비를 하고 있었다는 하상훈씨의 성실한 아르바이트를 방해한 것은 아닌지 싶어 미안해질 지경이었다(그런데 잠을 자기 위해 필요한 준비라는 것은 무엇이었을까, 게다가 저녁 여덟시부터 시작되는 준비라는 것은. 주말에 있을 과외를 월요일부터 준비한다는 것은, 말로만 듣던 족집게 고액과외 같은 것을 하는 것일까).

이 주 뒤 인터뷰를 위해 파주출판도시에서 다시 만났을 때, 나는 그날의 첫인상을 이렇게 회상했다.

"물론 작가와 작품 사이에는 항상 거리가 있게 마련이지만, 소설을 읽으면서 소설가를 떠올리게 되는 것은 자연스러운 일인 것 같아요. 『아프리카의 뿔』을 읽으면서 나는 이 이야기가 굉장히 단단하고 또 조직적으로 건축되어 있다는 인상을 받았어요. 게다가 소말리아 역사에 대한 상당한 공부가 선행되지 않으면 만들 수 없는 이야기잖아요. 당연히 이 작가는 뭔가 근성이 있고 성실하고 또 소설적인 근육이랄까 하는 것이 발달해 있으리라는 생각이 들었어요. 하상훈씨는 수상 소식을 전하느라 전화했을 때 도서관에 있었다고 했잖아요. 그래서 역시 근육을 단련하는 중이구나 그런 생각이 들었어요. 이종산씨의 『코끼리는 안녕,』은, 이게 애틋하고 사랑스러운 연애 이야기인데, 연애 얘기를 결코 직접 하지 않아요. 화자가 능청스럽게 자꾸 딴말만 해요. 첫 장면이 이런 식이죠. 뉴스를 보니까 말하는 코끼리가 나와요. 그래서 이 신기한 코끼리를 보려고 마리가 동물원에 가겠죠. 어, 되게 희한한 코끼리다, 하면서 가는데 사실은 예전에 헤어진 남자친구가 보고 싫어서 가는 거 잖아요. 이런 사정이 소설 어디를 봐도 직접 나오지 않는데, 결국 그렇게 느낄 수밖에 없게 해놨어요. 이 딴청이 이 소설의 결정적인 매력인데, 뭔가 말하지 않으면서 할 말을 다 하면서 특별한 느낌을 주는, 그러니까 이 소설을 쓰는 사람은 굉장히 의뭉스럽고 능구렁이 같은 사람일 거라는 생각이 들었어요. 그런데 실제로도 좀 그런 것 같았어요. 당선 소식을 듣고 나면 뭔가 좀 소리도 지르고 기뻐하며 달려올 법도 한데 담담한 얼굴로 택시비가 아깝다며 버스를 타고 느긋하게 오는 이 여자는 누군가. 역시 의뭉스러운 사람이라는 생각이 들었어요."

실제로 그런 느낌이었다. 성실하고 모범적인 도서관형 소설가 하상훈씨와, 도무지 속을 알 수 없는 표정을 하고 있어서 나를 긴장시켰지만 나중에는 엄청난 수다를 떨게 될 의뭉스런 소설가 이종산씨와의 인터뷰가 그렇게 시작됐다.

*

하상훈 저희 부모님은 맞벌이를 일찍부터 하셨어요. 또 형이랑 네 살 터울이니까 초등학교 삼학년만 돼도 형은 중학생인 거잖아요. 그래서 형도 많이 놀아주지 않은 것 같고. 제가 사교성이 좋았던 것 같지 않거든요. 친구가 있긴 했지만 여러 친구들과 두루 잘 어울렸던 건 아닌 것 같아요. 제 기억을 들춰보면 점심시간이나 쉬는 시간에 곧잘 혼자 있었어요. 사진을 봐도 모두 앉아서 웃고 있는데 저는 혼자 뒤에서 우유를 마시고 있고, 그런 게 남아 있어요. 그렇다고 부모님으로부터 사랑받지 않았던 것은 아니고요.

사랑받지 않았던 것은 아니지만, 뒷자리에 따로 떨어져 앉아 있는 소년으로 스스로를 기억하는 하상훈씨는 피라미드처럼 말이 없는 편이었다(내가 능숙한 인터뷰어였다면 이런 부분을 신경쓰면서 더 많은 이야기를 끌어내기 위해 노력했을 텐데 미처 그러지 못했다. 인터뷰가 끝나고 녹취록을 확인하고 나서야 하상훈씨가 묻는 것에 조금 대꾸하는 정도였다는 것을 알아차렸다).

하상훈 부모님 이야기를 잠시 하자면, 저는 소설 같은 걸 읽을 때 그런 생각 많이 했거든요. 이 주인공은 부모님의 영향을 왜 이렇게 많이 받을까? 저로서는 잘 이해가 안 됐어요.

그것이 부모라고 하더라도 혼자서 뭔가를 관찰하고 생각하고 결정하는 일을 방해하는 사람이 있다는 것은 납득하기 어려운 일이었을까? 자신 안에서 뭔가를 끄집어낼 수 있는 소중한 기회를 잃는 것이니까? 『아프리카의 뿔』의 모하메드가 세상과 마주 설 때 보이는, 부드럽지만 반항적인 눈빛 같은 것이 여기서 나온 것일지도 모르겠다는 생각이 들었다. 하상훈씨는 어려서부터 의젓하고 또 혼자서 뭔가를 관찰하고 생각하고 결정하는 일에 익숙한 듯했다. 말하자면 어디서나 혼자서 뒷자리에 따로 앉아 있어왔다는 듯이. 내가 인터뷰를 잘못 진행한 게 아니라면, 그런 사정이 그를 과묵한 청년으로 만든 것일지도 모르겠다는 생각이 들었다. 그러고 보니 이 주 전 나의 호들갑에 호응해주지 않았던 이 청년은 무심하다기보다는 의젓한 사람 같았다.

철없는 장난과는 거리가 멀어 보이는 이 청년에게 모범생이었느냐고 물었더니 그랬던 것 같다고, 그렇지만 대학생이 되고서는 그런 것으로부터 벗어나고 싶었단다.

권희철 그럼 대학생이 돼서 한 일탈은 어떤 게 있었어요? 사실은 그런 거 없었던 거 아니에요? 이 강의는 전공수업이지만 난 반항할 거야, 그러면서 한 학기 내내 딱 두 번 결석하고 뭐 그런 거 아니에요? (웃음)

하상훈 딱 그 정도인데. (웃음) 일탈이라고 하긴 그런데 '중국어 한자'라는 일학년 수업이 있었어요. 대학교 때 저는 준비되지 않은 상태에서 리포트를 내거나 시험을 보는 게 너무 싫었어요. 잘 볼 수 없으면 안 들어가고 싶었어요. 작은 일탈인데 새벽 내내 공부하고 시험은 안 들어가고 첫차 타고 집에 가는…… 그런 정도?

이건 너무 심한 모범생이 아닌가. 아니 이 비장할 정도의 진지함은 모범생의 그것과는 성격이 좀 다른 것일까. 왜 법관이나 의사가 되지 않고 작가가 되기를 꿈꿨는가 물었을 때 그의 답변은 확실히 모범생들의 것이라고 하기는 어려웠던 것 같다. 그는 고등학교 때 만난 친구들 사이에서 뭔가 '근본적인 이야기'를 하려고 했던 다소 철학적인 어떤 분위기, "우리는 우리가 상상할 수 있는 범위 내에서 뭐든 할 수 있다"는 말을 주문처럼 외우던 그룹에 대한 이야기를 해줬다. 이야기를 들으면 들을수록 그는 진지한 청년문사처럼 보였다.

하상훈 스무 살 때 책을 조금 읽었는데, 영화도, 소설도, 음악도 계보 없이 보고 듣는 편이에요. 그렇게 읽게 된 게, 저는 공부하기 위해 읽은 것이 아니라 저를 닮은 이를 만나기 위해 소설을 읽었거든요. 한강씨가, 읽고 싶은 소설이 있는데 그건 결국 내가 써야 한다는 사실을 깨달았다고 말씀하신 인터뷰를 본 적이 있어요. 저도 그것과 비슷한데, 저는 스무 살 무렵에 저를 닮은 주인공을 텍스트에서 만나고 싶었어요. 그런데 이건 나다, 라고 할 만한 인물을 찾을 수가 없었어요. 그러다 제가 써야겠다는 생각이 들었어요.

인터뷰를 진행하면서 하상훈씨에 대한 신뢰가 점점 커져 그가 "책을 조금 읽었는데"라고 하니 정말로 많이 읽었으리라는 생각이 들었다. 나처럼 읽은 게 얼마 없는 사람들은 책을 많이 읽은 사람을 만나면 한편으로는 무식이 탄로날까 걱정이 되면서도 또 한편으로는 은근히 상대방이 좋아지기도 하는 것이다. 하상훈씨의 독서편력에 대해 듣고 싶었지만 말을 아끼던 그는 도스토옙스키만을 조금 언급했다. 그는 도스토옙스키의 소설들을 가리켜 "인물들이 생생하게 살아 있다"라고 했는데, 그가 말하고자 했던 것은 오히려 사상 같은 게 아니었을까. 도스토옙스키의 어떤 인물들은 사상의 화신으로 등장한 탓에 뚜렷한 자기 위치를 부여받고 그 자리에서 굉장한 목소리로 떠들어대니까. 거기서 장엄한 대화나 길고긴 독백이 솟아나기도 하는 그런 장면들. 투철한 민족주의자와 개인주의적인 엘리트, 힘의 논리를 신봉하는 소년, 비열한 속물, 이슬람 근본주의자 등등이 한 배에서 서로 부딪치는 『아프리카의 뿔』의 구도는 그런 인물=사상 들 사이의 대결을 재현하려는 시도였는지도 모르겠다.

*

이 진지한 청년에 비하면 이종산씨의 경우에는 뭔가 엉뚱한 매력 같은 게 있는 듯했다. 왜 그런 생각이 들었는지는 모르겠지만 혹시 외동딸인가 하고 물었다.

이종산 아니, 동생 있어요. 다른 사람도 다 외동딸인 줄 알아요. 제가 편애를 받는 편이에요. 딸 하나여서. 남동생도 저한테 되게 잘해줘요.

권희철 그렇게 사랑받는 이유가 뭐라고 생각해요?

이종산 그냥 다른 가족들이 착해요. 제가 좀 못됐어요. 그래서 하고 싶은 대로 하니까 다른 사람들은 잘해주는 편이에요.

권희철 하고 싶은 대로 한다는 게 어떤 거예요?

이종산 집을 나가요.

권희철 가출을 한다고요?

이종산 가출은 아니고. 부모님 허락 없이 집을 나가야 가출이 되잖아요. 엄마는 제가 하는 일에 반대 안 하세요. 아빠는 말씀을 안 하시고. 그냥 제가 뭔가 하고 싶을 때 하고 싶은 걸 다 해요. 아침에 엄마한테 전화해서 나 가야겠어, 이렇게 말하면 그럼 다녀와라, 그렇게 말해요.

권희철 집 나가서 주로 뭐해요? 어디를 다녀요?

이종산 그냥 돌아다녀요, 거리를. 많이 걷고 사람도 만나고 재밌게 지내요. 또…… 터미널에 가서 아무 버스나 잡아타는 거라서 어디를 다녔던 건지 잘 기억나지는 않아요.

권희철 뭘 하고 재밌게 지냈는지 궁금해요.

이종산 그냥 걸어다녀요.

이 부분을 집요하게 물었지만 별로 얻은 게 없었다. 이종산씨는 심각한 사건을 감추고 싶어한다기보다, 정말로 "그냥 걸어"다녔던 것 같다. 『코끼리는 안녕,』을 읽으면서 가장 독특하다고 느낀 것, 분명히 어떤 사건들의 연쇄가 있는데, 그 사건들이 거대한 흐름을 만들지는 않고 오히려 그 위에 펼쳐지는 인물들의 미묘한 감정이나, 주위를 관찰하는 담담한 시선 자체가 강조된다는 점, 그것을 작가 자신에게서 다시 보는 것처럼 느끼는 순간이었다.

권희철 부모님을 제일 속상하게 했던 일은 뭐예요?

이종산 속상하게 안 해요, 잘.

권희철 집은 나가지만 결정적인 선은 넘지 않는다?

이종산 저 자신이 소심한 편이라 그렇게 위험한 일은 할 수가 없어요. 엄마가 땡땡이를 치라고 했어요. 학생 시절에는 그런 것도 해봐야 한다고. 그런데 한 번도 해보지 못했어요.

이 사람, 정말 이상한 집안에서 잘 자란 것 같다. 이종산씨가 들려준 이야기 중에서 가장 인상적인 것은 아버지의 비질 소리와 엄마의 거짓말(?).

이종산 어머니도 잔소리를 많이 안 하시는 분이긴 한데, 아버지는 이렇게 해라 저렇게 해라 그런 걸 하나도 안 하시는 분이에요. 항상 새벽에 일을 나가셔서 똑같은 저녁시간에 돌아오시거든요. 근데 항상 돌아오실 때면 밖에서 비질 소리가 들려요. 퇴근하실 땐 집 담 밑을 꼭 쓸고 들어오시거든요. 그 소리를 듣고 엄마가 아빠 오셨나보다, 그래요. 엄마는 이야기를 많이 들려주셨어요. 일단 제 이름에 관련된 전설(?)이 있는데, 되게 어렸을 때부터 그걸 들으며 자랐거든요. 저는 어릴 때 그게 진짜라고 생각을 했는데, 크고 나니까 엄마가 각색을 한 것 같아요. 너무 전설적이어서. 엄마 영향을 많이 받은 것 같고……

시계처럼 정확한 아버지의 비질 소리와 똑똑한 딸을 감쪽같이 속이는 어머니의 픽션들이 이종산씨의 독특한 균형감각의 토양이 아닐까. 그나저나 이름에 얽힌 전설이 어떤 것인지 궁금했다.

이종산 아, '종'자는 돌림자고 '산'은 고조할머니인가 하여튼 할머니 이름을 딴 거예요. 되게 긴데, 짧게 이야기하자면 그 할머니가 여장부셨대요. 저희 할아버지들은 대대로 나약하셨고 할머니들이 강했는데, 그중에서도 그분이 많이 드셌던 거예요. 식솔을 오십 명쯤 거느린 여장부인데 어느 날 호랑이가 집에 들어왔더래요. 할아버지는 무서워서 마루 밑에 숨고 할머니가 맨손으로 호랑이를 잡은 거예요. 그래서 그 호랑이 가죽을 벗겨 관아에 파셨대요. 그게 전설로 내려온다며 거기서 이름을 따왔다는 거예요. 아직 다른 친척들한테는 이야기를 안 해봤어요. 이게 진짜 있었던 일인지 엄마가 지어낸 건지 모르겠어요.

권희철 고조할머니면…… 대체 어느 시절에 호랑이가 집으로 들어오고 또 그 호랑이를 맨손으로 잡았다는 거예요?

이종산 고조면…… 꽤 옛날이야기죠. 제가 의구심을 가지고 엄마한테 고조라고? 그러니까 아니 증조인가…… (웃음) 엄마는 사기를 잘 치세요. 제가 삐치면 달래는 게 아니라 제가 넘어갈 수밖에 없도록 말을 만들어요. 나중에 들어보면 엄마가 머리를 쓴 거예요. 배신감 느껴요.

작가가 탄생할 수밖에 없는 훌륭한 가문이 아닌가.

*

하지만 이야기꾼 어머니에게 영향을 받은 것치고 『코끼리는 안녕』이 이야기에 강점을 가지고 있다는 인상을 받지는 못했다. 그런 이야기를 꺼냈더니 이종산씨는 이게 이야기가 아니라면 무엇이 이야기란 말인가, 라며 반박했다.

이종산 소설가로서의 롤모델을 고르라고 한다면 폴 오스터와 성석제예요. 두 사람의 공통점은 이야기꾼이라는 거잖아요. 소설은 기본적으로 이야기라고 생각하고, 그래서 이야기꾼이 되고 싶은 것 같아요.

권희철 글쎄요. 나는 이야기꾼이라고 하면 어떤 사건이 솟아났다가 무너지는 굵직한 흐름을 만들어내는 재주가 떠올라요. 다른 한편으로는 그런 사건들의 흐름이 밋밋하더라도 그 사건을 전달하는 입담 같은 걸쭉한 목소리가 생각나기도 하고요. 그런데 『코끼리는 안녕』의 경우에는 어느 쪽에도 해당하지 않는 것 같은데요. 『코끼리는 안녕』의 작가가 이야기꾼이 되고 싶다고 하니 의외라는 생각이 드는 거예요.

이종산 이게 이야기가 아니라면…… 다른 분들은 이걸 뭐라고 생각하는 거죠?

권희철 종산씨가 생각하는 이야기란 무엇인지 먼저 듣고 싶어요.

이종산 떠돌아다니는 이야기들…… 원초적인 의미의 이야기라고 하면 사람들이 모였을 때 시간을 때우려고 할 수도 있고 어떤 이야기든 하잖아요. 남들이 듣고 나서 시간을 보낼 수 있는 이야기 있잖아요. 모여서 이야기를 할 때 내가 어젯밤에 외로웠어, 이런 이야기는 잘 안 하잖아요? 누가 이랬다더라 저랬다더라 하는 이야기들, 공감대를 얻을 수 있는 이야기들 있잖아요. 저는 그게 이야기라고 생각해요.

그런 파편적인 에피소드들의 흩어짐을 이야기라고 할 수 있겠는가? 『코끼리는 안녕,』에는 그런 흩어짐이 미묘한 분위기를 만들어내고 있고 그 미묘함 자체가 사랑에 빠진 사람들의 종잡을 수 없는 감정을 따라잡고 있는 것으로 읽혀서 나에게는 아주 인상적이었지만 그것을 이야기라고 할 수 있는지에 대해서는 선뜻 동의하기 어려웠다. 이종산씨에게 이야기가 없다거나 그녀가 이야기를 잘못 이해하고 있다는 말을 하려는 것이 아니다. 지금 이종산씨는 우리가 잘 모르는, 자신도 아직은 명쾌하게 해명하지는 못하는, 어떤 독특한 이야기를 꺼낼 준비가 된 게 아닐까.

이종산 저는 장편은 플롯 없이는 시작하지 않는다고 생각하거든요. 제 딴에는 치밀하게 짠 거예요. 대학소설상 발표를 보도하는 신문기사를 봤는데 제 소설을 두고 "스펙터클한 사건의 파도 없이도"라고 평한 구절이 있더라고요. 저는 그렇게 생각 안 했거든요. 사건이 되게 크거든요. 이 소설은 치밀한 플롯과 사건을 깔아두고 시작하는 소설이라는 거죠.

권희철 어딜 봐서요? (웃음) 어떤 부분이 스펙터클해요?

이종산 스케일이 되게 커요. 이 소설은 미국과 한국의 이야기를 다루고 있고요. 큰 비중을 차지하지 않게 됐지만, 코끼리의 죽음 때문에 마리가 궁지에 몰리고 그 안에서 마리와 주변인물들이 무죄를 입증하기 위해 진실을 찾으려 하고 있고요. 그 음모를 드라큘라가 밝혀내고…… 저는 작법 책, 시나리오 책 이런 거 보면서 할리우드 영화의 탄탄한 구조 이런 거 막 봤는데 결국에는 티가 안 나는 것 같아요. 제 안에는 어떤 서사가 있는데…… 저는 형식화된 구조를 좋아하는 편이에요.

『코끼리는 안녕』에는 '존'으로 대표되는 미국과 한국의 정치적 관계가 밑그림으로 그려져 있고 그 위에 코끼리 살해사건이 있고, 또 그 위에는 드라큘라와 미라의 연애와 마리와 민구의 연애, 다시 그 위에는 드라큘라와 마리의 이별이 있고, 또 그 위에는 믿기 어려운 진실과 현실로 여겨지는 거짓말에 대한 성찰들이 뿌려져 있다. 게다가 드라큘라가 불사의 존재라는 점 때문에 그가 겪은 일제시대와 해방 공간, 한국전쟁, 군부독재 등등에 대한 삽화들까지 등장하면서 자유의 요구와 그에 대한 억압이라는 구도까지 시야에 들어온다. 그렇게 놓고 보면 『코끼리는 안녕』에는 이야기가 없는 것이 아니라 너무 많은 이야기가 복잡하게 얽혀 있는 것인지도 모르겠다. 하지만, 그렇다고 해도, 그게 할리우드식 웰메이드 필름의 플롯을 가리켜 보인다고? 이종산씨는 할리우드 영화의 스토리들에서 어떤 걸 보고 있는 걸까.

하상훈씨에게 『코끼리는 안녕,』을 읽은 소감을 물었다.

하상훈 좋았어요. 제가 문체에 대한 자신감이 적은데, 이런 담담하고 깔끔한 글이 좋더라고요. 귀엽단 생각을 많이 했어요. 앞에서 이야기했던 웅대한 서사라는 건 잘 모르겠지만 제 생각으로는 종산씨가 쓰면서 소설을 종산씨화(化)시킨 게 아닌가 하는 생각이 들어요. 플롯이 모호하고, 모호함으로 모호한 걸 이야기하려 했다는 생각을 했어요.

하상훈씨의 감상 포인트는 아마도 자신과 다른 스타일에 있었던 것 같다. 독특한 문체, 모호함 자체를 드러내려는 듯한 이야기의 구조. 이종산씨는 결국 동의하지 않았지만.

아무려나, 내가 이 소설에서 가장 드라마틱한 대목으로 읽은 부분은 드라큘라의 편지였다. 그것은 드라큘라가 자신의 존재론적 수수께끼를 해결하려는 노력을 포기하고 마리와의 쓸데없는 농담의 시간들을 선택하는 인상적인 문장들이었는데, 그 편지를 주고받고서도 마리와 드라큘라는 끝내 헤어진다. 그리고 혼자 남겨진 마리가 일상을 견디던 어느 시점에서 텅 빈 운동장을 바라보는 것으로 이 소설은 끝나버린다. 그것은 너무 쓸쓸하고 또 어떤 의미에서는 너무 갑작스런 결말이었다.

이종산 그게 9장이잖아요. '전국노래자랑'이라는 소제목을 달고 있는. 사실 10장이 있었어요, 에필로그 같은. 애초 계획한 플롯에서는요, 처음부터 생각한 장면이 드라큘라가 떠나버리고 마리는 혼자서 코끼리의 관을 만드는 거예요. 그게 엄청나게 크니까, 그 관이 마리의 가게가 되어버리고 그 관으로 된 가게 앞에 드라큘라가 나타나는, 두 사람이 코끼리 관 안에서 재회하는 장면으로 끝내려고 했어요. 하지만 그렇게 쓰는 건 거짓이라고 생각했어요. 드라큘라와 마리 모두 떠도는 존재들이고, 그렇게 잠깐 마주쳤다가 떠나버리는 그 순간을 포착하는 게 저한테 진실에 가까울 것 같았어요. 저도 해피엔딩을 좋아하거든요. 특히 로맨스는 해피엔딩으로 끝나야 한다고 생각했어요. 하지만 그렇게 끝나면 소설 전체가 자기기만이 될 것 같았어요.

인터뷰 중간까지 나에게 이종산씨는 귀엽고 엉뚱한 가출소녀의 이미지로 비쳤는데, 이 대목에서 그녀가 결정적인 데서 냉정해질 수 있는 작가라는 생각이 들었다. 어떤 순간에 이르러 소설적 진실에 대해 생각하면서 그 진실을 위해 자신이 만든 사랑스러운 이미지들을 포기할 준비까지 되어 있다면, 그녀는 확실히 진지한 작가인 것이다.

내내 조용하던 하상훈씨가 거들었다.

하상훈 그 장면 때문에 드라큘라가 앞에서 했던 말이 다시 살아나고 공감되었어요. "아무것도 아니었던 게 될 거라고 해서 아무것도 아니었던 건 아니겠지."

스쳐 지나가는 사람들 사이의, 아무것도 아니었던 게 될 것이지만 아무것도 아니었던 것만은 아닌 뭔가를 포착하는 섬세함이, 또 그 섬세함을 보존하는 독특한 이야기 구조가 그녀에게는 있었던 것 같다.

*

이종산씨에게 하상훈씨의 『아프리카의 뿔』이 어땠는지 물었다.

이종산 우선, 길잖아요. 언제 다 읽지, 그랬어요. 그런데 호흡이 좋아서 잘 읽히더라고요. 독특한 게, 보통 이런 이야기를 소재로 삼으면 한국 입장에서 이야기를 하는데, 소말리아 입장에서 쓰는 것 같아서 독특했어요. 그럼에도 캐릭터 구축이 잘 되어 있고요. 작가가 배경을 완전히 소화하고 있다는 생각은 안 했어요. 설명이 너무 많아서.

이종산씨는 뭔가를 칭찬하는 듯하다가 갑자기 화기애애할 수만은 없는 합평회 분위기를 만들어버렸다. 이날 인터뷰에서 하상훈씨는 이종산씨에게 계속 당하는 느낌이었다. 하상훈씨는 이종산씨의 지적에 겸손하게도 나도 그렇게 생각한다는 투였고, 이종산씨의 소설에 대해 물을 때는 좋은 점에 대해 말하거나, 그렇지 않은 부분에 대해선 자신이 잘못 읽은 것 같다고 주저했다. 『아프리카의 뿔』에 대해 말할 때 두 사람은 톰과 제리 같기도 했는데,

누가 제리인지 판정하는 것은 무척 어려운 일이었다. 아무쪼록 서로에게 자극이 되는 훌륭한 동료이자 라이벌이 되기를.

이종산씨의 너무 엄격한 평과 달리 내가 읽은 『아프리카의 뿔』은 우리에게 잘 알려져 있지 않은, 국제관계 속에서의 소말리아의 위치를 매우 훌륭하게 소화하고 있었던 것 같다. 어떻게 그곳의 이야기를 쓸 생각을 했고 또 어떻게 그런 이야기들을 현실감 있게 만들 수 있었는지 궁금했다.

하상훈 해적을 그리고 싶다는 생각을 했어요. 만화 〈원피스〉나 영화 〈캐리비안의 해적〉에서 나오는 해적은 너무 엉터리라는 생각이 드는 거예요. 어떻게 약탈하지 않고 살인하지 않는 해적이 있을 수 있지? 반대로 뉴스에 나오는 해적과 그에 대한 사람들의 분노를 보면서 저렇지만은 않다고 말하고 싶었거든요. 누구나 먹고살기 힘들어지면 무기를 드는 게 맞다고 생각을 해요. 당장 배가 고픈데 먹을 것을 얻을 수 있는 방법이 전혀 없다면 옆집에 가서 훔치게 되는 것 같아요. 그 얘길 하고 싶었어요. 윤리적 문제에 대해서도 얘길 하고 싶었어요. 정해진 원칙이 있고 그다음에 삶이 있는 게 아니라고 생각해요. 삶이 먼저 있고 윤리가 있다는 생각. 그런 맥락에서 소말리아 해적을 다루게 된 것 같아요.

이야기를 들을수록 하상훈씨가 정통파 소설가라는 생각이 들었다. 세상에 유통되는 헛된 이야기들에 맞서 참된 이야기를 만드는 것, 그래서 그 소설을 읽고 난 뒤에 우리의 세계 이해가 조금이라도 바뀔 수 있게끔 하는 것. 그런 것들의 근방에서 이야기를 만들면서, 삶의 잔인한 면(살인하지 않는 낭만적 해적이 있을 수 있는가?)과 윤리의 문제(선이란 무기를 들지 않고 얌전하게 굶어 죽는 것을 말하는가?)에 대해 날카로운 논점까지 갖추고 있다면, 이런 소설가에게는 어떤 기대를 걸지 않을 수가 없게 된다. 게다가 그가 놀랄 만큼 성실한 작가라면.

내가 『아프리카의 뿔』에서 좋아하는 장면 가운데 하나는 동일13호를 쫓는 소말리아 해병대 부르하안 소위의 독백이다. 동일13호가 해적들의 접근을 감지하고 필사적으로 도망쳤고 그 바람에 부르하안 소위가 목표물의 위치와 항로를 알 수 없게 됐을 때에도 그는 결코 포기하지 않는다. 그가 만만치 않은 근성의 소유자이기 때문에? 그런 허술한 이유 때문이 아니다. '인도양의 눈다랑어는 12월부터 4월까지 분포한다. 이제 12월 초순인데 다섯 달간의 어업을 계획한 배가 이렇게 쉽게 고국으로 돌아갈 리는 없다.' 그러므로 동일13호는 절대 멀리까지 달아났을 리 없으니 수색을 포기할 수 없는 것이다. 하상훈씨는 이런 논리적 연결고리들로 디테일들 사이를 단단하게 묶어주며 장편소설이라는 피라미드를 쌓아올려놓고 있었다. 근육질의 작가가 아닌 다음에야 할 수 없는 일이다. 쉬운 일이었을 리가 없다.

하상훈 자료를 찾는 게 쉽지는 않았어요. 우선 소말리아 역사에 대한 책을 찾을 수가 없었어요. 소말리아 역사와 가까운 공부를 하고 계신 교수님을 찾아서 연락을 시도해봤는데, 책을 찾는 것보다 차라리 구글을 뒤지는 게 나을 거라고 말씀해주시더라고요. 인터넷을 열심히 뒤지는 수밖에 없었어요. 『동아프리카사』 같은 책을 본 정도였고, 소말리아 작가의 책을 열심히 찾아서 읽었어요. 누르딘 파라(Nuruddin Farah) 책도 읽었고, 소말리아 출신의 세계적인 모델 와리스 디리(Waris Dirie)의 회상기 『사막의 꽃』도 큰 도움이 됐어요. 거기 보면 그분이 미국에 가서 가장 신기했던 게 그거라고 하시더라고요. 수도꼭지를 틀었더니 물이 나왔다는 것. 그리고 소말리아에 대한 다큐멘터리, 해적에 대한 다큐멘터리, 항해라든지, 참치 어선 다큐멘터리라든지, 아무튼 볼 수 있는 건 다 찾아보려고 했어요.

『아프리카의 뿔』에는 소말리아 역사나 원양어선 항해에 대한 정보들뿐 아니라 미군 함정과의 대치상황이나 전투 장면, 탈출 전략 등이 매우 자세히 묘사되어 있다. 그가 수집한 자료들 가운데는 군대에서의 경험에서 나온 것도 있을 것으로 예상하면서 그의 군대 시절에 대해 물었다.

하상훈 소설 속의 전투 장면들과 군대생활은 관련이 없어요. 그래도 군대 이야기를 해야 할 것 같은데, 저는 전경이었어요. 그때 제가 한 게, 경찰서 앞에서 경찰관 차가 들어오면 경례하고 주차 관리 해주는 거였는데, 훈련도 저는 훈련소 시절 이후에는 해본 적도 없어요. 흔히들 '땡보'라고 말하는 그런 거였어요. 그런 분위기였던데다가, 같은 소속 부대원이 열 명 안팎일 정도로 규모가 작은 곳이어서 군기라는 게 별로 필요 없었어요. 그래서 제가 고참일 때 폭력 없고 수직적인 관계가 덜한 군대를 만들어보려고 노력했어요. 다들 그런 거 좋다고 말하지만, 그게 간단하지 않아요. 우리가 겪었던 그런 악질 고참은 되지 말자고 약속했던 제 선임도 고참이 되니까 똑같더라고요. 그래, 고참인데도 빨래 네가 하고, 네 자리 네가 치우면 좋지, 하지만 난 그렇게 안 할래. 제 군대생활은 어떤 전투 장면이나 이런 것보다 모하메드의 문제의식, 사람들 사이의 힘의 관계나 그런 것과 관련되어 있어요.

개인적인 것을 물을 때는 말을 아끼던 하상훈씨는 『아프리카의 뿔』에 대해서는 할 말이 많은 것 같았다. 한국 이야기가 아니라는 점이 특이하게 느껴졌다고 했더니, 그건 현실의 테두리를 한국 안으로 정하기 때문에 그런 것이란다.

하상훈 『아프리카의 뿔』이 다루는 것도 우리의 일인 거죠. 자료를 찾다보니 러시아 관광상품 중에 상선으로 위장한 배를 타고 소말리아 해적들이 활동하는 바다에 일부러 찾아가는 게 있대요. 그 배에 군인들이 탑승하고 있는데, 해적들이 접근하면 관광객들과 함께 소말리아 해적들을 살해하는 체험을 한다는 거예요. 이게 말도 안 되는 것 같은데, 실제로 가능한 게, 제가 소말리아 해적 백 명을 죽인다고 해도 처벌할 정부가 없는 거예요. 소말리아에 살고 있는 사람들에게는 법적인 의미에서 범죄란 게 아예 없는 거예요. 그런 현실을 우리는 받아들이고 그저 '나쁜 놈들, 한국인들을 납치해?' 이런 식으로 이야기하고 있는 거잖아요. 방치하고 있는 거죠. 또 생각한 게 선진국이 너무 쉽게 미화되고 있는 현실에도 화가 났어요. 꼭 소말리아 이야기가 아니라고 해도 그들이 아름다움과 지혜, 부의 상징이 되고 나아가야 할 국가모델이 되고 있는데, 그 국가들은 실제로 그렇게 아름답고 윤리적이지 않잖아요. 하다못해 아직도 선진국들이 다른 나라에서 약탈한 문화재들을 돌려주지 않고 있잖아요. 공정하지 않은 무역이 당연시되고 있고 과거로 돌아가서 보면 그들의 문명 기저에 다른 나라들에 대한 수탈과 폭력이 있는 거잖아요. 소말리아 같은 나라들을 착취해 지금 선진국의 문화 기반을 이룩한 거잖아요. 우린 그걸 묵인하고 살고 있는 거잖아요.

수긍할 수밖에. 한국이라는 테두리를 초과하는 '현실'을 보는 하상훈씨의 시각에는 분명 설득력이 있다. 그는 벌써 이상에 대한 다음 소설을 구상한다고 귀띔해주기도 했는데, 이상이라면 소화제국의 피식민 지식인으로 동아시아의 국제질서를 조망하는 시야를 갖추고 조선어와 일본어로 시를 쓰며, 한문고전과 유럽의 모더니즘운동을 동시에 의식하고 있는 일급의 시인이 아닌가. 우리 문학사에서는 매우 드문 '세계인'이었던 셈. 한국이라는 테두리를 좁다고 생각하는 작가가 쓰는 '세계인' 이상에 대한 소설을 기대하지 않을 수 없게 됐다.

*

인터뷰가 너무 길고 진지해져서 마지막에 가서 나는 조금 피로해졌던 것 같다. 조금 산만해진 나에게는 인터뷰가 끝날 즈음 엉뚱한 생각이 떠올랐다. 이런 비유가 도무지 성립하는 것인지 모르겠지만, 하상훈씨와 이종산씨는 각각 오른손잡이의 왼손 같은, 왼손잡이의 오른손 같은 느낌이다. 그런 비유가 혹시 성립할 수 있다면 두 사람은 썩 절묘한 대칭을 이루고 있지 않은가. 하상훈씨의 왼손이 계속해서 소설적인 근육 단련에 매진해주기를, 이종산씨의 오른손이 그녀가 말하는 '이야기'에 도달하기를 바란다. 바란다기보다는 그렇게 되리라는 예감이 든다. 내기를 걸어도 좋다.

문학동네 장편소설
아프리카의 뿔
ⓒ 하상훈 2012

초판인쇄 2012년 5월 29일
초판발행 2012년 6월 4일

지은이 하상훈
펴낸이 강병선
책임편집 김필균 | 편집 강윤정 김민정 염현숙 | 디자인 엄혜리 유현아
마케팅 신정민 서유경 정소영 강병주 | 온라인마케팅 이상혁 장선아
제작 안정숙 서동관 임현식 | 제작처 영신사

펴낸곳 (주)문학동네
출판등록 1993년 10월 22일 제406-2003-000045호
주소 413-756 경기도 파주시 문발동 파주출판도시 513-8
전자우편 editor@munhak.com | 대표전화 031) 955-8888 | 팩스 031) 955-8855
문의전화 031) 955-8890(마케팅) 031) 955-8864(편집)
문학동네카페 http://cafe.naver.com/mhdn

ISBN 978-89-546-1844-1 03810
* 이 책의 판권은 지은이와 문학동네에 있습니다.
이 책 내용의 전부 또는 일부를 재사용하려면 반드시 양측의 서면 동의를 받아야 합니다.
* 이 도서의 국립중앙도서관 출판시도서목록(CIP)은
e-CIP 홈페이지(http://www.nl.go.kr/cip.php)에서 이용하실 수 있습니다.
(CIP 제어번호 : CIP2012002491)

www.munhak.com